L'ÎLE DES DERNIERS SECRETS

D'origine italienne, Emma Piazza vit à Barcelone où elle travaille comme book-to-film scout. *L'Île des derniers secrets* est son premier roman.

6,20€

EMMA PIAZZA

L'Île des derniers secrets

TRADUIT DE L'ITALIEN PAR SOPHIE ROYÈRE

MAZARINE

Titre original :

LA CASA SULL'ISOLA CHE BRUCIA

Paru chez Rizzoli Libri S.p.A.

ISBN : 978-2-253-18133-0 – 1re publication LGF

À ma famille tout entière,
À Ginevra et Camilla
À Nico

Prologue

Cap Corse, mars 2016

Je suis vivante, et entière. Enfin, je crois.

Nous sommes vivants tous les deux. Est-ce pour le meilleur, ou pour le pire ?

Je pointe le fusil sur lui. J'essaie de rester calme et lucide, mais mon cœur me trahit, ma respiration devient haletante.

Autour de nous, les ténèbres épaisses du maquis. Le bruit sourd des vagues qui se fracassent contre les rochers. Le *libeccio* s'insinue partout, comme un poison. Il malmène le sous-bois et secoue les cimes asséchées des arbres, lézarde la surface de la mer, violente le paysage. Soudain, une fenêtre s'ouvre et le parfum de l'eucalyptus, subrepticement, s'intensifie, me ramenant à mon enfance. Une rafale d'émotions contraires m'étourdit.

Mais je ne peux perdre ma cible de vue, ne serait-ce qu'une seconde.

C'était mon héros, mon pirate, mon idole. À présent le voici pétrifié devant moi. Il me fixe de son regard acéré et pénétrant. Il a mes yeux.

Je vise la tête. Le fusil n'a qu'un coup, deux peut-être, je n'ai pas le droit de le manquer.

Comment ai-je pu en arriver là ? La haine m'a-t-elle envahie à ce point ?

« Tu te souviens quand tu me disais qu'il est dangereux de faire des enfants ? Que j'aurais des remords ? »

Il ne répond pas. Il continue de me fixer. Pas un centimètre de son corps ne bouge. Je remarque pourtant que sa mâchoire se contracte ; une petite vibration, presque imperceptible. Son immobilité est terrible, exténuante comme un désir sans fin.

« Tu te souviens quand tu me disais que faire des enfants est une erreur ? »

Il me l'a répété tant de fois. Je suis convaincue aujourd'hui qu'il le pensait vraiment.

« Tu t'en souviens, papa ? »

Ma voix est chargée de colère. L'heure n'est plus au pardon. Car rien ne peut le justifier. Ni la peur, ni l'insécurité, ni le fardeau d'une douleur ancienne.

« Tu avais raison. »

Un coup de feu, le fusil recule, tout explose et s'évanouit : le projet, la maison, l'enfant, lui, moi, nous.

À cet instant, ce à quoi je me suis désespérément accrochée pendant trente ans prend fin à tout jamais.

Chapitre 1

Lisbonne, un mois plus tôt

Tu me manques, voilà la première chose que je voudrais te dire.

Tu me manques et, depuis que tu n'es plus là, j'avance à tâtons dans le noir.

J'ai choisi le premier logement que j'ai visité. Le hasard a voulu que ce soit le plus beau. Il est un peu cher, mais il est orienté au sud-ouest, avec une large baie vitrée par où se déverse la lumière. J'ai pris cet appartement toute seule, et tu ne le verras peut-être pas. Mon cœur se brise à la pensée qu'il existe un lieu de ma vie que tu ne connaîtras jamais. Pour chasser cette idée, j'ouvre la grande porte-fenêtre et laisse entrer le soleil et l'énergie. On appelle Lisbonne « la ville lumière ». Justement, en ce moment j'ai besoin d'un endroit qui me rappelle que, chaque matin, le monde s'illumine à nouveau.

Je mets le café d'hier à réchauffer. J'inspire, me dis que tout va bien. Il reste encore plusieurs heures avant la tombée du soir, aussi je me décide à sortir.

C'est une journée magnifique, limpide. Les rues en pente semblent mener directement au ciel, assailli par les roses et les mûres. De temps à autre, j'en picore une. Je marche longtemps sans but, avec le besoin de m'éclaircir les idées. Maisons pastel, mosaïques de pavés, blancheur envahissante. Toute la ville resplendit, et moi je ne suis qu'une mince silhouette sombre qui erre dans ses ruelles.

Je croyais que venir ici m'aurait aidée à t'oublier, mais je me suis trompée. En attendant, tu ne m'appelles pas. On dirait que j'ai disparu de tes pensées comme il me semble parfois que je disparais du monde. Voilà pourquoi il m'arrive de m'asseoir sur un banc au hasard, au cours de mes errances solitaires. J'éclate alors en sanglots et me demande si tu parviens à m'entendre.

J'ai trente ans et j'ai toujours été belle. De mes yeux verts en amande, tu disais qu'ils faisaient « espionne ». Mes cheveux, ondulés et blond cendré, tombent sur mes épaules. Il y a quelques jours, un cheveu blanc a fait son apparition. Mon corps est tonique, même si j'ai pris des hanches et que je n'ai plus des seins d'adolescente. Je ne veux plus être obsédée par mon apparence physique. Maintenant que ma beauté commence à décliner, je m'en désintéresse. Je suis partie vivre dans cette ville pour me laisser aller, m'accorder du répit. Avoir le droit de n'aspirer à rien.

À Lisbonne, je me promène beaucoup, parfois jusqu'à l'épuisement. C'est ma façon de remplir l'absence. Quelle que soit la rue que j'emprunte, j'arrive toujours sur la Praça do Comércio, d'où je regarde la mer et le fleuve mêlés. Comme aujourd'hui.

En rentrant chez moi, je ne sens plus mes jambes. Le silence qui m'accueille est agréable et pesant à la fois. Au milieu de la pièce, la toile blanche m'observe. M'obligeant à admettre qu'abandonner reste plus douloureux que se battre pour ce qu'on désire. Alors que toi, tu y es parvenu tant de fois. Je devrais peut-être apprendre, moi aussi, à vivre dans le présent, à le savourer.

Ce soir, face à la toile qui me juge, immobile, les forces me manquent. On est samedi, et le soleil couchant rayonne encore à travers les nuages. Je laisse la fenêtre du salon entrouverte. Puis je me glisse au lit, malgré l'heure, et m'enroule dans la couette. L'air de Lisbonne caresse la peau de mon visage. Tout en cherchant du réconfort dans le sommeil, je me concentre sur mon avenir, où tu n'es plus le bienvenu.

Je me réveille, désorientée. J'ai dû faire un mauvais rêve, des frissons me glacent l'échine. Je suis toujours de mauvaise humeur quand je m'endors l'après-midi et reviens brusquement à moi. Quelque chose claque au vent : c'est la fenêtre. Je me lève pour aller la fermer. Puis je passe un sweat-shirt trouvé sur la chaise et me pelotonne sur le canapé.

Il est presque vingt et une heures. Dehors, la lumière a disparu, elle m'a abandonnée.

Depuis quelques mois, j'ai peur du noir.

Soudain, un bruit à la fenêtre me fait sursauter. J'aperçois une ombre, quelque chose bouge sur la terrasse. Je m'approche. Encore ce bruit. Les battements de mon cœur s'accélèrent. Sur le balcon, une mouette dévore un petit oiseau. Au début, elle ne me remarque pas. Les ailes de sa proie, détachées du reste du corps, gisent de l'autre côté de la terrasse. La mouette s'aperçoit de ma présence et me fixe de ses petits yeux vitreux, noirs, éteints. Son bec est tout ensanglanté. Elle s'acharne sur le poitrail de l'oiseau. La tête seule demeure, presque méconnaissable. Je n'ose pas ouvrir les volets. J'ai peur que la mouette ne m'attaque. Je voudrais la chasser d'un geste, mais je n'y arrive pas. Elle me fixe toujours. Dans son bec, elle tient un lambeau de chair. Un haut-le-cœur me soulève l'estomac. Ne pouvant plus me retenir, je cours vers la salle de bains.

Je vomis puis respire profondément pour me calmer. Il faut que j'affronte la situation. Quand je me résous à revenir dans le salon pour jeter un coup d'œil au balcon, la mouette s'est envolée, ne laissant que les ailes de l'autre oiseau. Je me demande où je trouverai le courage de nettoyer. Il suffira peut-être de tout faire tomber du balcon. Alors que je vais à la cuisine chercher pelle et balai, le téléphone sonne.

L'écran s'allume dans l'obscurité.

Ma première pensée est que ce puisse être toi.

Puis je me souviens que tu n'as pas mon numéro. En plus de l'appel entrant, je vois que j'ai reçu de nombreux messages sur WhatsApp.

Que se passe-t-il ?

L'appel provient d'un numéro français. Or ma mère est la seule à connaître mon numéro portugais.

« Allô ? »

Une voix familière me répond, même si je ne parviens pas tout de suite à l'identifier. Française, comme je l'avais deviné.

« Bonjour, Thérèse, c'est tante Louise. Ça fait un moment qu'on ne s'est pas parlé, j'espère que tu vas bien ? »

Elle passe outre au fait que Grand-mère et elle ont changé de numéro il y a deux ans, et qu'elle ne s'est pas souciée de me transmettre leur nouveau.

« Je vous ai envoyé une lettre avec mes coordonnées, dis-je.

— Ah bon ? On ne l'a pas reçue.

— Ça alors, c'est bizarre.

— Elle a dû se perdre, répond-elle. Écoute, Thérèse, j'ai une bonne nouvelle à t'annoncer. Grand-mère prépare son héritage, elle veut te léguer une maison, ici, en Corse. Il faudrait que tu viennes signer les papiers de la donation. »

Je reste sans voix. Tout cela sonne faux. Si elle veut me léguer cette maison, ce doit être pour ne pas la laisser à mon père, qui, j'en suis déjà sûre, ne sera pas cité une seule fois dans la conversation.

« Quand dois-je venir signer les documents ?

— Le plus tôt possible. »

Je lui demande des nouvelles de ma grand-mère. Elle me dit que oui, oui, elle va bien, qu'elle a envie de me voir. C'est certainement faux, mais une maison, ce serait une aubaine, je pourrais la vendre pour m'acheter un logement à Lisbonne. Ou à Barcelone : pouvoir y revenir, le louer et m'assurer des rentrées d'argent, ou bien y vivre. Toute seule, évidemment, avec qui d'autre ?

« D'accord, il faut juste que je regarde les vols. C'est ton numéro ? Très bien. Merci, merci beaucoup. »

En raccrochant, je me sens toute drôle. Des sueurs froides et un léger tremblement me parcourent le corps.

Je vérifie mes messages WhatsApp, tous de ma mère : « Louise a appelé !!! Grand-mère veut mettre une maison à ton nom ! Ils sont tous dingues. » Puis elle ajoute : « On se skype quand tu veux. »

J'attends un moment avant de répondre. Cette nouvelle me remue. Je sens que je dois me méfier. Je ne veux pas me disputer avec mon père. D'ailleurs, je voudrais n'avoir affaire avec aucun d'entre eux. Après tout, la Corse a toujours été comme un trou noir, où mes émotions sont aspirées et englouties.

Avant tout, je veux me débarrasser du cadavre dépecé sur mon balcon.

J'ouvre en grand la fenêtre, mais les ailes ont disparu.

*

Lisbonne ressemble à un fleuve, me dis-je, assise dans un bar aux murs bleus couverts de vieux livres en portugais. Devant moi, une salade de grenade et d'avocat que je n'ai pas encore touchée.

Les notifications d'e-mails font sonner mon téléphone en continu. Le propriétaire du bar, un Brésilien plus jeune que moi, m'épie du coin de l'œil en essuyant les verres. Je suis la seule cliente, à présent. Je ne crois pas que la cuisine soit ouverte à cette heure-ci d'ordinaire, mais j'ai dû lui faire de la peine. Voilà une semaine qu'en venant toujours à seize heures je trouve ma salade prête, comme par magie. Je ne change jamais, à la fois parce que c'est bon, et pour ne pas bousculer ses habitudes.

La première fois que j'ai mis les pieds ici, j'étais si nerveuse et contrariée que j'ai laissé le serveur choisir mon plat. Mais quand il m'a servi une assiette de gambas entières, têtes incluses, j'ai blêmi et failli m'évanouir. Depuis ce jour-là, il m'apporte toujours la même salade.

Je pourrais me détendre, me repaître de l'atmosphère de la ville, du goût de la grenade et de l'avocat, mais je suis troublée. Le coup de téléphone de ma tante m'a laissé une sensation étrange de soupçon diffus.

Je me rends compte que le garçon du bar me sourit et me fait signe, comme pour demander « tu n'en veux pas ? ». Répondant à son sourire, j'attrape quelques feuilles avec ma fourchette, puis mords dans une tranche de pain complet. Les graines de grenade éclatent dans ma bouche, répandant leur saveur âpre. Pour mieux les déguster, je ferme les yeux. En les rouvrant, je vois que le serveur me dévisage toujours, l'air satisfait. Puis il retourne dans sa cuisine, et je me remets au travail.

Je collabore avec la même agence de graphisme depuis quatre ans. Contrairement à la plupart des personnes de mon entourage, je parviens à vivre de ce que j'aime, malgré la relative précarité de la profession. L'un des avantages est que je peux travailler de chez moi, donc de partout. Barcelone, Londres, Lisbonne, peu importe. Il suffit que je reste collée à mon ordinateur neuf heures par jour. Il y a aussi des périodes plus calmes, pendant lesquelles j'ai le temps de me consacrer à d'autres activités. À la peinture, par exemple. Le seul problème, c'est que l'agence ne compte que deux personnes : mon patron, qui vit à Londres, et moi. Les perspectives d'évoluer sont limitées et, pour tout dire, la rémunération aussi. Elle me suffit pour survivre décemment, mais pas pour faire des projets, imaginer un avenir où je cesserais de fuir et pourrais m'enraciner. Avec le temps, je n'ai plus peur de partir, mais je ne sais pas revenir. Désormais, tous les lieux se valent.

Voilà un mois qu'on ne s'est pas parlé, tu attends peut-être que je t'appelle. Mais je suis partie, et je n'ai pas l'intention de revenir en arrière.

Tu aurais dû t'en apercevoir, maintenant. Mon absence est-elle si insignifiante que tu parviens à l'ignorer ?

*

Tu sais ce qui m'effraie le plus dans ta disparition, Sofia ?

Te voir revenir, le soir.

Je ne suis pas un homme mauvais, c'est du moins ce que je pensais.

Mais le soir, ton regard, Sofia, me répète le contraire.

Pourras-tu me pardonner un jour ?

Tu es venue cette nuit encore.

La chambre était plongée dans le noir, la maison silencieuse, et moi dans un demi-sommeil.

Une odeur capiteuse de fleurs fanées s'est répandue. J'ai compris que c'était toi, c'est ce parfum qui annonce ta venue. J'ai écarquillé les yeux dans l'obscurité.

La porte s'est ouverte dans un souffle, sans un bruit. Je la regardais s'entrouvrir, la tête figée sur l'oreiller, le corps paralysé.

De peur.

L'odeur de fleurs s'est intensifiée.

Tu es apparue sur le seuil. Comme toujours, tu portais la robe bleue qu'Elin a choisie pour toi la dernière fois.

Tu n'es pas entrée dans la chambre, tu n'as fait aucun pas vers moi. Sans prononcer un mot, tu me regardais fixement dans le noir.

J'ai essayé de dire quelque chose, en vain. J'ai senti les larmes me mouiller les joues.

Tout à coup, un courant d'air a fait claquer la porte.

J'ai commencé à entendre le hurlement, ce hurlement monstrueux d'Elin.

Enfin, tout est redevenu immobile et silencieux, me laissant moite de sueur, la mort dans l'âme.

*

Je suis enceinte. C'est la deuxième chose que je te dirais.

Je l'ai découvert il y a quelques jours. Voilà d'où viennent tous ces pressentiments qui me terrifient. De lui. De mon ventre. Cet enfant porte malheur. Cet intrus qui m'attend à chaque tournant, c'est lui qui veut me tuer, détruire ma vie.

J'ai toujours pensé que je ressemblais plus à un homme, que je n'étais pas aussi énigmatique et compliquée que le sont souvent les femmes. Mais, à présent que je suis enceinte, je m'aperçois que je suis plus contradictoire que ce que j'aimais croire.

Cet enfant, je n'en veux pas. J'aurais pu le désirer quand nous étions ensemble, et encore, peut-être ne me serais-je pas sentie prête à renoncer à tout. Aurais-je été capable de prendre soin de toi et de lui ? Évidemment, toi, tu en aurais voulu, tu as toujours aimé les enfants. Mais c'est moi qui aurais été censée m'occuper de tout, comme toujours.

Bien que je ne le désire pas, il grandit en moi, baigné par mon indifférence. Je continue de courir, de faire des abdominaux et des squats. Peu m'importe si je le perds.

Avant, j'aurais peut-être pu me dire qu'il était à nous deux. Désormais, il représente juste un énième poids lié à toi. Il me volerait tout, cet enfant, puisqu'il me volerait ma liberté. Or la liberté a un prix. Et ce prix-là, tu ne voudrais pas le payer. « Ne me dérange pas, tu ne vois pas que je suis fatigué ? » me dirais-tu. Et moi, alors ? Qui s'occuperait de moi enceinte ? Et si l'enfant se mettait à pleurer à deux heures du matin, qui se lèverait ? Faudrait-il donc le tuer ? Je ne supporterais pas de t'entendre soupirer, irrité. M'aiderais-tu, nous aiderais-tu ? Non, tu en serais incapable. Alors, cet enfant, qu'il disparaisse. De toute façon, tu n'en sauras jamais rien.

Mes journées se ressemblent toutes, avec d'infimes variations. En dehors du travail, je n'ai qu'une seule véritable activité : les cours de portugais, que je prends deux fois par semaine chez un certain William. Une personne spéciale. On dirait qu'il n'est pas sorti de chez lui depuis des mois. Il a la peau claire, presque transparente, et des cernes violets sous ses yeux bleus. Il doit avoir la cinquantaine et, malgré sa maigreur, il a encore du charme. Il est fuyant, ne parle jamais de lui. Pendant les deux heures que nous passons ensemble, nous lisons et parlons en portugais, il m'apprend de nouveaux mots, que je répète jusqu'à les avoir assimilés. Puis nous étudions les verbes et les règles de grammaire.

Nous n'avons jamais abordé d'autre sujet. J'en ai pourtant eu envie plusieurs fois. Bien que nous ne sachions rien l'un de l'autre, une sorte d'intimité s'est créée, que je ne saurais décrire. Il est élégant et sérieux, il pourrait être mon ami. De temps à autre, je le surprends en train de m'observer. Il n'y a rien d'ambigu ni de malveillant dans son regard. J'y lis un certain désespoir, qui nous rapproche. Je n'ai jamais osé lui demander ce qu'il fait, ou ce qu'il faisait, mais je ne crois pas que son seul métier ait été de donner des cours de langue. Son appartement est tapissé de grands livres d'art, aux couvertures rigides et brillantes.

Il vit seul, du moins d'après ce que suggèrent les apparences. Je pense qu'il y a, ou qu'il y a eu, une femme dans sa vie. Je l'ai déduit d'une photo en noir et blanc, dans son salon, représentant une jeune fille de dix-huit ans. Je ne lui ai pas demandé de qui il s'agissait. Or, un détail ne m'a pas échappé : cette fille me ressemble. C'est peut-être la raison pour laquelle il me regarde comme s'il me connaissait depuis toujours.

*

Nous aussi nous aimions l'art, te souviens-tu ? Nous passions des journées entières enfermés dans le MACBA de Barcelone. Je te montrais les tableaux, sautillant de l'un à l'autre, t'expliquant tout. Et toi qui es si curieux, tu m'écoutais avidement. Tu aimais tant mon enthousiasme, ma passion, mon énergie. Plus tard, à la maison, ils se muaient en désir et nous faisions l'amour. Nous retirions nos sandales et nous jetions sur les draps. C'étaient des moments heureux. Puis, brusquement, ce fut comme si tous les musées avaient fermé pour toujours : nous avons cessé d'enfiler nos sandales, et du jour au lendemain ce lit de Carrer de Guàrdia est resté vide.

J'ai trouvé un vol pour la Corse qui part dans une semaine, sans faire d'escale à Paris. Je l'ai payé à prix d'or. Je n'aime pas l'avion, surtout quand je suis stressée, mais c'était la seule option. La Corse est isolée du reste du monde. Si elle le pouvait, elle irait s'échouer encore plus loin. Les vols sont rares et chers, et c'est pire à la basse saison. Les ferries mettent une éternité à faire la traversée, et pourtant j'ai toujours pris le bateau quand je vivais en Italie. Les voyages étaient interminables. Train pour Livourne, correspondance à Gênes, cinq heures. Puis la traversée, de nuit. Ces dernières années, je m'arrêtais en Corse deux ou trois jours : le temps d'arriver, encore nauséeuse, de rester quelques nuits et de repartir. Durant ces brefs séjours, je me disputais immanquablement avec mon père, parce qu'il tenait à ce qu'on aille déjeuner au moins une fois avec ma grand-mère. Juste après la mort de mon grand-père, elle a changé de numéro et vendu une de ses villas. Et je n'ai plus jamais eu de nouvelles. Alors je me suis dit qu'il n'y avait plus de raison de me disputer encore avec mon père. C'était elle qui ne voulait pas me voir. Elle n'avait rien à faire de moi. De mon côté, j'en avais marre de subir leurs conflits sordides.

Mon père est quelqu'un d'autoritaire et de nerveux. Il semble toujours prêt à sortir de ses gonds. En général, le plaisir de le retrouver me porte tout le premier jour. Il me fait même rire. Je suis flattée de voir combien il est fier de moi. Le deuxième jour, il commence à m'agacer. Au bout du troisième, je ne le supporte plus. Je me mets à maudire tout ce qui m'entoure, la situation déplorable de l'île, ses habitants, leurs discours. Je déteste la moto de mon père, la Harley qu'il s'est achetée il y a des années. Chaque fois que j'arrive en Corse, il vient me chercher avec son bolide. Une seule route longe tout le « doigt » de l'île, le cap Corse. Un chemin cerné par la montagne d'un côté, et par un précipice surplombant la mer de l'autre. La Corse n'est que rochers. Des rochers pointus, mortels en cas de chute. Mon père accélère à fond, double dans les tournants. Parfois, il conduit d'une seule main. Il tient son guidon avec la droite et pose la gauche sur sa jambe. Ou bien il s'allume une cigarette. Moi, j'ai peur. Je me dis toujours qu'on pourrait s'écraser d'un moment à l'autre.

Un vague pressentiment m'envahit à l'idée de faire ce voyage. Je me sens agitée, ma tendance pessimiste a pris le dessus. Pourtant, la perspective de disposer d'une maison me donne une énergie incroyable. Il m'a fallu trente ans pour comprendre certaines choses. Une maison à soi, c'est mieux que d'innombrables appartements loués à droite, à gauche. À Lisbonne, je ne connais presque personne et cela me convient très bien. À Barcelone, à tes côtés, je me sentais enfin chez moi, mais j'ai tout perdu. Aujourd'hui j'ai contre toute attente la possibilité de posséder une maison, des racines. On verra plus tard comment la remplir. Elle est la réponse à mes problèmes, l'unique moyen de trouver une stabilité. Un refuge inébranlable où m'abriter, même quand le vent souffle. Ce refuge, je le veux. Je le mérite.

*

Aujourd'hui, tu sais, j'étais plus calme en me réveillant. Le jour, les ombres qui hantent mon cœur s'apaisent un peu. J'arrive à penser à toi avec nostalgie, mais sans la terreur qui accompagne ta venue la nuit.

Je t'imagine lointaine, mais heureuse.

Je me sens vieux et las, peu de choses me font sourire désormais. Avec toi, c'est ma jeunesse qui s'en est allée.

Tout me semble si évident, si triste, Sofia. Ne reste qu'une seule énigme, malgré toutes mes tentatives pour la résoudre : si tout se fane, si le temps nous aide à comprendre ou à oublier, pourquoi ne semble-t-il pas passer sur ma douleur ?

Comment se fait-il qu'il se soit arrêté dans mon cœur ?

Aujourd'hui, comme tu vois, je suis un vieil homme assommant et nostalgique. La pluie de Londres, la verdure humide de cette ville interminable me manquent. Lisbonne est une autre part de moi, un lieu figé, fait de lumière, de toits et de chats.

Il ne reste ici, pour moi, qu'un éternel présent, une sombre nuée qui n'avance ni ne recule.

En réalité, je ne sors pas de mon appartement. Je fais mes courses sur Internet, puis me les fais livrer. Je me refuse à la splendeur de la ville. Voilà des années que j'ai banni soleil et chaleur.

Pourtant, au tout début, je pensais pouvoir y arriver. Je m'étais fait des illusions. Mes amis, mon entourage me répétaient que le temps panse les plaies, que son passage indolent cicatrise toutes les blessures, même celle-là.

J'ai tenté de réagir, de me remettre sur pied. De retrouver un quotidien normal, de reprendre mes études d'art, de repérer de nouveaux talents, redécouvrir de vieux artistes oubliés, les juger, écrire...

tout ce qui m'avait toujours maintenu debout. La passion. Celle qui m'avait éloigné de toi, que ce soit à ta naissance ou quand tu es partie. J'ai accepté tout le travail possible, et j'ai plongé dedans la tête la première.

Mon raisonnement était lucide : si j'avais déjà pu me cacher derrière ces remparts d'activités, au point de presque disparaître de vos vies, je pouvais y parvenir encore.

Je m'étais fait des illusions. Tu comprends ?

J'en ai pris conscience lors de mon premier voyage.

J'étais parti tôt de la maison, pour éviter Elin que je n'arrivais même plus à regarder en face. Je m'étais levé avant l'aube, et j'avais décampé comme un lapin. Londres était encore plongé dans la nuit, il bruinait. Après avoir fait quelques pas, j'ai vu déboucher du coin de la rue le taxi que j'avais réservé pour aller à l'aéroport. Et de là en Hollande, à Amsterdam. J'y avais un rendez-vous depuis des mois, avec un artiste émergent qui allait gagner des millions quelque temps après. Ma biographie aurait été la première sur lui. J'aspirais à ce projet depuis longtemps, avant même de savoir que ce garçon allait devenir si riche et célèbre. Si seulement j'avais pu arriver à Amsterdam... Je croyais baigner dans la normalité. Et cette sérénité m'aveuglait.

Je n'ai pas peur de l'admettre : une fraction de seconde, je me suis senti soulagé. Cela peut te sembler monstrueux, et ça l'est. Je suis un homme abominable et je purge ma peine. Mais ça, je ne me le suis avoué que plus tard. Je me croyais affranchi, libre de mes mouvements, sans plus de crainte hormis celle de moi-même.

Je suis monté dans le taxi sans me retourner. L'habitacle anonyme, sans odeurs connues, m'a immédiatement rasséréné. Bien que je me fusse promis de résister, j'ai tourné la tête pour jeter un œil vers la maison.

Tu te souviens comme elle était belle, notre maison à Angel ? Les grandes fenêtres, les murs blancs, les meubles de grand-mère, anciens, familiers, précieux. Et ton piano au milieu du salon ? La bibliothèque que mon père avait commencée, et que nous complétions ensemble. Elin qui m'interpellait depuis une autre pièce. Ses yeux de femme du Nord. Moi qui ne lui répondais pas, parce que je te regardais jouer, fasciné. Je disparaissais dans une autre dimension, où il ne restait que toi en train de jouer pour moi, qui t'admirais.

C'est alors que je l'ai vue. Son visage était figé derrière la vitre embuée, et il m'a semblé impossible qu'elle puisse respirer. Elle portait un de ses pyjamas de flanelle à rayures et n'avait pas enfilé de robe de chambre, malgré la température.

Je me suis alors demandé : qui sait depuis combien de temps elle est là ? Toute la nuit ?

Puis j'ai remarqué un autre détail. Elin n'était pas dans notre chambre à coucher – je ne m'en étais pas aperçu avant car, depuis un bon moment, les rares fois où je passais la nuit à la maison, je dormais sur le canapé. Elle était dans ta chambre.

Et elle ne regardait pas le taxi qui s'éloignait, mais

quelque chose qui disparaissait dans le néant. Ses yeux, Sofia, étaient vides, sa peau éteinte, la vie avait été aspirée de son corps.

J'ai eu du mal à la reconnaître. L'espace d'un instant, je me suis dit qu'il y avait une étrangère dans notre maison. Mon sang s'est glacé.

Mais c'était Elin, ma femme.

Je me suis penché vers le chauffeur pour lui dire d'accélérer, si possible, parce que mon avion partait bientôt.

Je n'ai pas eu le courage de m'arrêter et d'affronter cette absence qui s'ouvrait comme une brèche dans les yeux de ma femme. J'y aurais plongé, Sofia, elle m'aurait englouti.

C'est alors que j'ai commencé à te voir.

*

Deux jours plus tard, je retourne au bar du Brésilien. Je découvre qu'il s'appelle Paulo, on se donne rendez-vous sur la Praça do Comércio, qui surplombe le Tage. Tu connais cette place, puisque tu as vécu six mois ici, il y a quelques années. Peut-être suis-je venue à Lisbonne parce que c'est le seul endroit où tu t'es senti perdu. Tu touchais le chômage espagnol et tu es venu ici, écoutant ta – notre – soif de voyager. Mais tu ne travaillais pas et tu t'ennuyais. Tes connaissances ne sont pas devenues des amis. Tes aventures amoureuses sont restées sans lendemain. Pour la première fois, tu as dû te sentir seul et tu as eu peur. Je voulais te montrer que je peux tout à fait vivre là où tu n'en as pas été capable, que je me débrouille bien mieux que toi.

Je m'assieds sur les marches qui disparaissent dans le fleuve. L'eau est-elle salée ou douce, à cet endroit où deux courants se mêlent ? La lumière oblique du couchant traverse la place et rebondit de toute part, sur les ondulations des vaguelettes, sur les dalles, sur la peau de ma main. Je me demande ce que ça ferait, d'avoir des pinceaux et de fixer toute cette lumière sur la toile.

Je laisse mes pensées vagabonder. Je ne sais pas pourquoi je suis ici, à attendre Paulo. Soudain, j'ai une furieuse envie d'aller boire un verre de vin à la fenêtre de mon appartement. Voire de rentrer en Italie chez ma mère, pour bavarder avec elle.

Au moment où je m'apprête à partir, je l'aperçois. Il n'est pas seul. Une fille l'accompagne. Je n'ai pas le temps de décider si cela me gêne ou non car leurs silhouettes se rapprochent à contre-jour. Ils m'ont vue, je ne peux plus m'échapper.

Il me regarde dans les yeux et me sourit. Le contraste entre ses dents et sa peau bistre m'émeut, cela vaut peut-être la peine de rester.

Il parle difficilement anglais, mais sa voix douce m'apaise.

« *Fernanda, my sister.* »

Elle ressemble à son frère. Elle me sourit et je lui serre la main. J'éprouve une tendresse inattendue pour Paulo, qui non seulement m'attend tous les jours avec ma salade toute prête, mais me présente aussi sa famille au premier rendez-vous.

Soudain, l'euphorie me gagne, le soulagement qu'une autre personne soit avec nous. Même si le soleil se couche, j'essaie de me détendre et de juguler ma peur, de ne pas être submergée par la paranoïa. La pénombre est douce, je suis en bonne compagnie, et j'ai envie de m'amuser.

Nous quittons la place et pénétrons dans la ville. Nous grimpons les ruelles et je me laisse transporter par le courant de Lisbonne, par cet air un peu vétuste de village sur l'océan. Nous arrivons dans un quartier escarpé où la foule se presse, des touristes surtout. Je ris beaucoup, parle fort, un mélange d'anglais, d'espagnol et de portugais. Paulo me regarde dans les yeux dès qu'il le peut. Fernanda semble contente que son frère s'amuse. Nous entrons dans un bar, buvons un mojito, puis nous changeons de quartier, où nous prenons encore quelques verres. Nous descendons et remontons les collines, nous arrêtant pour regarder la ville d'en haut. Je me sens comme lors de ce mois d'août il y a deux ans à Barcelone, juste à mon arrivée, quand nous nous sommes rencontrés par hasard. Dès le premier jour, la sensation familière de te connaître depuis toujours. Nous avons parlé des heures durant. Tu faisais comme si ça ne t'importait pas. Nous sommes restés bloqués dans un pub à cause d'un orage, tu m'as posé une question pour que je me retourne et tu m'as embrassée. Nos premières nuits chez toi, où vous viviez à quatre. Les week-ends passés dans la ville. Tu me chantais Domenico Modugno à l'aéroport, les gens se retournaient sur nous.

Je chasse cette pensée et me concentre sur Lisbonne

et sa frénésie. C'est le premier soir où je sors depuis que je vis ici, la première fois que je n'ai pas peur.

Nous arrivons dans le quartier de Graça, pas loin de chez moi. Il y a beaucoup de monde, surtout des Portugais. Nous entrons dans un énième bar, petit et bondé. Enivrée, je souris. Je me sens bien. Paulo effleure ma main, puis se tourne et me regarde. Son sourire rayonne dans la pénombre du bar. Nous trouvons une petite table ronde et nous asseyons. Un groupe joue du fado, la musique nous enveloppe. Je soupire. J'ai bien fait d'accepter ce rendez-vous. Paulo s'éloigne un instant et disparaît dans la foule. Quand il revient, il porte trois cocktails. Fernanda et moi applaudissons, euphoriques. Cette inconnue et moi échangeons des regards complices, et nous trinquons en nous remerciant tacitement pour cette belle soirée. Nous parlons de tout, de Barcelone, des voyages, de notre travail, de ce que nous aimons.

Je chasse ta pensée une fois de plus. Elle arrive par intermittence, emportant tout sur son passage, comme quand la lumière se rallume au petit matin dans une boîte de nuit. J'appuie sur l'interrupteur pour tout éteindre. Ce soir, je veux juste m'amuser.

Fernanda se lève pour aller aux toilettes. Je reste un instant seule à la table, mais Paulo réapparaît subitement avec trois autres verres à la main.

Je ne devrais pas boire.

Tu dois te dire que je te dégoûte, que je me saoule alors que je suis enceinte. Que j'essaie de tuer ton enfant de la plus écœurante des façons. Avec un inconnu qui veut sûrement coucher avec moi.

Je décide qu'il est temps de m'en aller. Soudain, je ne m'amuse plus du tout. Après l'euphorie et l'insouciance, je commence à suffoquer. Je pense à la toile encore blanche.

J'ai la nausée. Sans un mot, je prends la tangente en poussant les gens qui me crient « hé ! hé ! », sous les regards stupéfaits de Paulo et Fernanda.

En sortant, je songe encore à toi qui chantes Modugno à pleine voix dans l'aéroport, au moment où tu me vois arriver, et les yeux me brûlent. J'ai un haut-le-cœur terrible une fois passé la porte et me mets à vomir. Avant même de prendre conscience de cette scène pathétique, une main attrape la mienne, j'entends « taxi ! taxi ! », et on me fait monter dans une voiture. Je m'allonge en travers des jambes de Paulo qui me caresse les cheveux, puis j'éclate en sanglots comme une idiote.

Paulo aussi s'est montré mesquin.

Quand nous sommes montés dans le taxi, j'ai cru qu'il agissait par gentillesse. Puis j'ai senti sa main effleurer ma cuisse, et j'ai compris.

Je te laisse imaginer la suite. Ça t'énerve, pas vrai ? Qu'un homme ait essayé de coucher avec moi, dans un état semi-conscient, de surcroît enceinte de ton enfant ? Qu'est-ce que tu en dis ? Tu pleures ? Tu devrais. Si tu avais eu le courage de réapparaître, tout cela ne serait pas arrivé.

Tandis que je traverse la ville dans un autre taxi, enfin seule, et que je monte et descends des rues pavées qui font vibrer la voiture, j'ai envie de te téléphoner et de te raconter le dégoût que j'éprouve pour moi-même et cette soirée. La peur aiguë de l'avenir. Et les crampes qui me transpercent le ventre, ce sentiment de culpabilité qui m'a dévorée toute la nuit. Mais je n'en fais rien, et je résiste.

Tu ne mérites pas de savoir où je suis. Tu mériterais plutôt de découvrir que j'ai été en danger et qu'il n'y avait personne pour m'aider. *Tu* n'étais pas là, et j'étais mal comme un chien en pensant à toi.

*

Aujourd'hui est un nouveau jour. J'essaie de reprendre courage, de repartir de zéro. J'ai attendu le soir. Me voici en sous-vêtements devant la toile vierge fixée sur le chevalet au milieu de la pièce. J'ai un pinceau à la main, mais ne sais qu'en faire. J'essaie de me concentrer, je retiens mon souffle. Il faut que je sois professionnelle. Je dois bien savoir dessiner quelque chose. Allez, Teresa. Quelque chose qui se cache en moi.

J'attends, immobile.

Rien ne vient.

Pourtant, je n'ai pas le choix : je dois présenter ce tableau à l'exposition. Mon agente a dit que ça pourrait être ma « Grande Occasion » de faire mes preuves en tant qu'artiste.

C'est cet enfant qui me vole mon talent. Je le sens. Il me nuit. Il me rappelle son existence à chaque geste. Je ne le supporte plus. Il est plus obstiné que moi.

Je reste dans la même position une demi-heure

encore, puis renonce. Aucun miracle n'adviendra. Je gâcherai cette « Grande Occasion », je me suis surestimée. Je respire. Essaie encore. Je regarde la toile. Il faut que je dessine. J'attends l'inspiration, mais ne perçois qu'un bruit vague, un bourdonnement distant. Tout cela est ta faute. C'est toi qui m'as mis cet enfant dans le ventre, c'est à cause de toi que je suis partie, que je ne m'amuse plus. À cause de toi si je suis seule, si je passe mes journées sans dire un mot à âme qui vive. Si j'entends en moi ce bruit de tôle froissée.

Je serre le pinceau, mouillé par la sueur de mes mains.

Puis le fil tendu qui tenait mes nerfs lâche. Je lance le pinceau contre l'écran allumé de mon ordinateur, posé sur la petite table du salon. Il l'atteint, et une tache noire se forme aussitôt. Un cri de rage m'échappe. Je donne un violent coup de pied dans la table. La plaque de verre se soulève et retombe avec fracas.

La lucidité me revient immédiatement. La plaque de verre s'est brisée en deux. Je me tiens là, haletante. Une douleur lancinante s'empare de mon pied. Une profonde entaille saigne sur le dessus. Je l'observe sans bouger, dégoûtée. Une réaction digne de mon père, dirait ma mère. Je cours à la salle de bains tout en pensant à mon ordinateur. Je tamponne ma blessure avec une serviette bleue, qui commence à se tacher de rouge.

Il faut que je me remette au travail. Qu'est-ce que je vais dire à mon chef? Surtout si je dois lui demander de me libérer quelques jours pour aller en Corse.

Je me traîne dans le salon en sautillant sur mon

pied indemne, pour vérifier si l'ordinateur, par terre, peut être sauvé. J'ai l'impression d'avoir fait mal à quelqu'un, d'avoir frappé un chien.

Je m'accroupis en tenant fort mon pied qui me brûle terriblement. La souris ne répond plus aux commandes. L'écran n'est pas trop mal en point. Il y a juste cette tache noire dans un coin. Il est encore utilisable, mais il me faut un nouveau clavier. Le problème, c'est que mon pied saigne trop.

Quelqu'un frappe à la porte. Mince, j'ai dû faire beaucoup de bruit. C'est la vieille dame qui habite en face. Elle me dévisage d'un air interrogatif. Je bredouille «*desculpe, desculpe*», et elle me lance un regard sévère, puis baisse les yeux vers mon pied blessé.

La panique s'empare de moi. Je referme la porte, en m'excusant encore. La serviette est imbibée de sang. Cette fois j'ai besoin d'aide, il faut que je mette ma fierté de côté. Le seul qui me vienne à l'esprit, c'est William. L'idée de rester seule chez moi, avec la mouette qui m'attend comme un vautour, la toile vierge et mon Mac bousillé par terre, est une perspective si anxiogène que je finis par l'appeler.

Quand je le vois apparaître à la porte, il a l'air d'un fantôme. Il est pâle et si maigre que de nous deux, c'est lui qui semble avoir le plus besoin d'aide. Il est en sueur, l'air d'être sur le point de s'évanouir.

«Excuse-moi, lui dis-je, je ne savais pas qui appeler…»

Il me répond: «Pas de problème», et me sourit. Dans ses yeux, la douceur frôle la mélancolie. Il semble perdu. Mais la vue de mon pied l'inquiète. « On va aller chez moi, j'ai tout ce qu'il faut pour te soigner. »

*

La tête me tourne et je chancelle, mais William me rattrape avant que je ne tombe. Je n'avais pas remarqué à quel point il était squelettique. Les larmes aux yeux, je lui avoue tout à trac que je ne sais pas quoi peindre sur cette maudite toile et que je suis enceinte.

Le reste de la nuit n'est que sanglots dans la salle de bains. Après avoir soigné mon pied, William veille derrière la porte. Je l'entends faire les cent pas. Par moments, sa voix me parvient, il me demande comment ça va, je réponds chaque fois que ça va aller, qu'il peut aller se coucher, et je le remercie de manière pathétique et insistante. Mais il ne bouge pas. Il doit être cinq heures du matin quand je me décide à sortir. Je le trouve endormi dans un fauteuil qu'il a poussé dans le couloir. L'appartement est plongé dans le noir. La lumière bleu clair de l'aube se diffuse peu à peu.

Je décide de ne pas le réveiller, mais la porte de la salle de bains se referme en claquant derrière moi. Nous ne disons mot et échangeons un bref regard. J'ai face à moi un homme fatigué, au visage émacié, dont le regard est animé du vestige d'un ancien éclat. Il a face à lui une fille enceinte et désespérée, qui a passé la nuit enlacée à une cuvette de toilettes, vomissant sa tristesse jusqu'à la lie. Un fil invisible nous relie.

« Allez, je vais te faire un thé », dit-il.

Aucun de nous deux n'a l'idée d'allumer la lumière. Nous préférons penser que c'est le matin, et que la nuit est derrière nous. Je m'installe dans un fauteuil du salon, trop sonnée pour observer en détail l'appartement. Seule reste imprimée en moi une intense odeur de papier, de bois, de camphre et de poussière. Pendant que l'eau bout, je m'endors et me réveille plusieurs fois, dans un état d'agitation croissant.

William s'assied face à moi dans le fauteuil rembourré de velours sombre, et nous buvons notre thé sans mot dire. Je voudrais parler, mais je me sens engourdie par la fatigue et gênée de m'être déjà ainsi ouverte à lui.

« Je n'en veux pas, de cet enfant », lui dis-je enfin.

À son expression alarmée, je me rends compte qu'il ne sait pas quoi répondre ni comment m'aider. C'est un homme d'une cinquantaine d'années, seul. Qui sait quel chagrin il cache entre les côtes pointues qui saillent sous sa peau. Comment puis-je lui faire porter le poids de ce dilemme qui ne le concerne en rien ? Pourtant, je ne peux pas m'arrêter. Cet aveu me glace le sang. C'est la première fois que je parle de cet enfant à quelqu'un, et c'est pour dire que je ne le désire pas.

William répond en anglais, notre langue commune, que nous n'utilisons presque jamais quand nous étudions le portugais. J'apprécie sa tentative de me mettre à l'aise et d'abandonner le contexte professionnel auquel nous sommes habitués.

« Tu ne veux pas fonder de famille ? »

Le soin avec lequel il contrôle le moindre de ses mouvements, comme pour dégager une assurance qu'il ne possède pas, m'attendrit, alors je me mets à tout lui raconter.

Je lui parle de ma famille corse et de l'étrange appel que j'ai reçu de ma tante. Je lui dis que j'ai besoin de cette maison, mais qu'une petite voix me répète de ne pas me hasarder à revenir sur l'île, pas sans prévenir mon père, et que c'est seulement un mirage qu'on m'a promis. J'appréhende que les choses déraillent, j'ai la sensation de marcher sur un fil. Je suis en train de trahir la confiance de mon père. Lui qui m'aime à sa manière, même s'il n'a jamais vécu avec nous. Je raconte à William que j'essaie de surmonter les obstacles entre nous, en allant le voir tous les étés. Notamment la fois où j'ai pris le bateau toute seule à douze ans pour passer l'été avec lui, malgré ma peur de la mer. Il m'avait alors obligée à me jeter du canot dans l'eau profonde et salée. Prenant une grande inspiration, j'avais ravalé mes angoisses : je me répétais obstinément qu'il était mon père et que je devais l'aimer, sous peine de me noyer dans l'abîme qui s'était ouvert en moi. Enfin, j'avais sauté dans l'eau glacée en espérant qu'aucun requin ne m'ait attendue dans les profondeurs.

William m'observe. De temps à autre, il porte sa tasse de thé vide à sa bouche. J'essaie de ne pas avoir l'air désespérée.

« J'ai eu une vie heureuse et j'ai d'assez bonnes relations avec mon père. Ça me fait de la peine qu'il soit seul. Je ne l'ai pas vu depuis deux ans. C'est une éternité, je sais, mais je n'ai pas eu le temps de retourner en France. Ça n'a pas été facile. »

William m'écoute, soucieux d'interférer le moins possible. Il a l'air terrorisé à l'idée de devoir me donner un conseil, alors je me dépêche d'ajouter : « Excuse-moi, on se connaît à peine, je ne sais même pas pourquoi je t'embête avec tous ces problèmes. Hier soir, je me suis sentie très seule et je n'avais personne d'autre à appeler, je n'aurais pas dû te déranger… »

William secoue la tête en répétant « non, non » et se penche en avant pour poser sa tasse par terre. Il inspire profondément et, comme si ça lui coûtait énormément, déclare :

« Je crois que vouloir des enfants est un choix irrationnel. Je pense aussi que les gens qui décident de ne pas en avoir mènent une vie, disons, plus sereine. Pourtant, la plupart des gens en veulent et ceux qui ont choisi de se risquer dans cette expérience en parlent comme de la plus belle de leur vie. La plus heureuse. » Il fait une pause pour reprendre son souffle. « Si tu ne veux pas de cet enfant, c'est tout à fait compréhensible. Tes craintes de devenir son esclave sont entièrement fondées. La privation d'une part importante de ta liberté est une conséquence réelle de ce choix et tu ne dois pas te sentir obligée d'y renoncer. Pour ma part, si tant est que mon opinion puisse compter, je ne crois pas qu'aucune vie ait plus d'importance qu'une autre, et donc que la tienne ait moins d'importance que celle d'un hypothétique enfant. À toi de décider librement, Teresa. » Il s'éclaircit la voix, puis poursuit : « Mais si cette indécision vient du fait que tu ne sais pas si ton ex-compagnon voudrait ou non de cet enfant, c'est une autre histoire. Je crois que tu devrais le garder, si toi tu le désires. N'attends pas qu'un autre décide pour toi, même dans ce cas, et même si cela vous concerne tous les deux. Contacte-le quand tu seras déjà sûre de ton choix.

— Merci, William, tu es un ami. »

Un doux sourire s'esquisse sous ses yeux cernés. Dans la pénombre de l'aube, il m'apparaît encore plus mal en point. Je me demande ce qui peut le consumer à ce point : une maladie ?

La pièce semble embrumée par les scintillements transparents de la poussière en suspension. La lumière commence à changer de couleur. Enfoncée dans le fauteuil, je me sens faible, somnolente.

William a dû lire dans mes pensées parce qu'il se lève, m'invitant à le suivre.

Nous arrivons devant une porte en bois. Il sort de sa poche une petite clé et l'insère dans la serrure, qu'il ouvre comme un coffre.

Au moment où je vais entrer dans la chambre, sa main me retient. William a pâli tout à coup, il regarde autour de lui comme s'il y avait quelqu'un dans la maison. Des gouttes de sueur perlent à son front et je me demande s'il ne va pas s'évanouir pour de bon.

Je lui lance un regard interrogateur, et, alors que je m'apprête à faire demi-tour, il me demande : « Tu ne sens pas un parfum de fleurs fraîches ? »

La question est si incongrue que je ne bouge pas.

Il doit s'apercevoir qu'il m'a prise de court, car il ajoute : « Ce n'est rien, excuse-moi, ça doit être la dame du dessous qui… enfin, rien, peu importe. Reste ici pour cette nuit et essaie de te reposer. »

*

Je ne mange plus. Depuis un mois, deux peut-être. Je suis exténué. J'ai l'impression que mon corps s'évapore.

Je me prépare à la fin, je m'approche du grand jour les pieds nus, pur et léger. C'est ainsi que je veux m'en aller. Avec la peau sur les os, comme un repenti, un paria qui vit dans une caverne et ne voit jamais la lumière du soleil.

J'ai mis fin à tous mes engagements auprès de mes élèves. Je m'étais promis de ne pas en prendre de nouveaux. J'évitais les contacts humains par peur qu'ils ne dérangent mon chagrin.

Mais elle, je l'ai acceptée : pourquoi ?

Je le sais parfaitement.

Les gens me semblent tristes, leurs regards absents, des âmes assoiffées et errantes, en quête d'un peu d'ombre sous le soleil qui les consume. Je n'ai plus envie de me joindre à cette foule déprimante. Plus rien ne me semble valoir la peine de continuer.

Je suis emmuré ici depuis dix ans. Je ne suis jamais revenu à Londres. Je ne sais même pas où est Elin en ce moment. Je ne crois pas que je la reconnaîtrais. Tu pompes tout mon sang, avec tes visites nocturnes.

Ma bataille n'a que la valeur de la défaite.

C'est ma faute. Tout est ma faute.

En vérité, je ne me suis jamais senti capable d'être père. Je ne voulais pas d'enfants. C'est Elin qui en voulait, et d'ailleurs, même si je ne peux pas en être absolument sûr, je crois que j'ai toujours douté qu'elle soit tombée enceinte par erreur. Nous n'en avions presque jamais parlé, sauf une fois, des années auparavant.

Nous campions en Écosse, il pleuvait et nous nous étions abrités sous la tente. Je me souviens encore de la grande vallée verdoyante devant nous, avec ses prairies et ses moutons. Amoureux, nous nous suffisions à nous-mêmes. Ce fut l'une des plus belles périodes de ma vie.

Elin était parfaite pour moi, dans sa jeunesse. Elle était rationnelle et indépendante, avec toujours un temps d'avance sur moi. Nous partagions certaines passions, comme les visites d'expositions et de galeries d'art, ou l'intimité des salles de cinéma. Nous avions de longues conversations sur nombre de sujets, mais parlions rarement de nous, ou d'un avenir commun. Tout s'est passé naturellement. Un jour, je lui ai demandé de m'épouser, plus par devoir que par véritable envie. Pour moi, se marier ne voulait rien dire. Nous serions restés ensemble tant que ce choix nous aurait convenu, puis, le cas échéant, nous nous serions séparés. Elin n'avait pas besoin de moi ni moi d'elle, nous étions ensemble par souhait. Et c'était parfait ainsi.

Elle est devenue une éminente psychiatre, et moi un écrivain spécialisé en art, et plus particulièrement dans les biographies d'artistes peu connus, qui allaient sortir de l'ombre en partie grâce à moi. Au début, bien sûr, c'était difficile. Mais avec le temps, ma réputation a grandi, mon travail a acquis une telle valeur et mes livres se sont si bien vendus qu'être choisi comme sujet de mes biographies est devenu une garantie de succès.

Je passais mon temps à voyager, m'absentant durant de longues périodes. Elin suivait de nombreux patients, son travail la passionnait. C'est ce qui me plaisait chez elle. Même si quelque chose la touchait profondément, elle restait maîtresse d'elle-même et lucide. Elle aimait son métier, mais n'avait jamais ressenti de désespoir quand elle avait perdu un patient. « C'est de la science, William, me disait-elle, et la science n'est pas infaillible, mais un ensemble infini de tentatives. »

Ce jour-là en Écosse, nous avions fait l'amour dans la tente sous le déluge, et étions restés enlacés, silencieux et à moitié nus, observant l'eau qui dégouttait de la véranda improvisée. Je me sentais en paix.

C'est Elin qui avait parlé la première : « Tu aimerais avoir un enfant, un jour ? » Ce qui me surprit, ce ne fut pas la question, mais l'intonation de sa voix. J'eus l'impression que cette question faisait remonter à la surface une part inconnue d'elle-même, qu'elle me cachait. Mais j'ignorai ces sensations, auxquelles je n'arrive à donner de sens qu'aujourd'hui, tant d'années plus tard. Je répondis sincèrement : « Non. » Nous n'avons plus jamais abordé le sujet.

Jusqu'à ce que, bien longtemps après, elle m'apprenne qu'elle était enceinte.

J'avais toujours été franc envers Elin et, ce jour-là, je me suis senti trahi. Surtout, j'ai pris la mesure de la partie immergée de l'iceberg, celle qu'Elin m'avait toujours dissimulée.

Teresa m'a annoncé qu'elle est enceinte. Cela m'a fait l'effet d'un coup de poing en pleine poitrine.

Je viens de comprendre une chose importante. Quand une femme vous annonce sa grossesse, elle vous demande surtout de faire preuve d'un effort d'empathie au-delà de vos forces. Et elle vous place face à un choix très clair : ou vous êtes prêt, ou vous ne l'êtes pas. Dans ce dernier cas, et ce n'est pas grave, mieux vaut le lui faire savoir.

Ce jour-là, avec Elin, je n'ai pas eu ce courage, et c'est peut-être pour ça que tu hantes encore ma chambre.

*

La chambre est garnie d'un lit à une place, d'une bibliothèque et d'un fauteuil ancien en velours foncé. Il y a aussi un poster d'un vieux groupe de rock que je ne connais pas, et un autre de Pink Floyd. William m'invite à m'asseoir dans le fauteuil pendant qu'il change les draps.

Je ne dis pas un mot, je ne lui propose pas de l'aider. Je me sens épuisée, vidée, sans plus de force à rien.

Une fois seule, je respire l'odeur de renfermé et de

pages jaunies. Une odeur étrangement réconfortante, qui évoque le passé, une histoire à raconter.

Je remarque que la bibliothèque contient des romans en anglais, presque tous écrits par des femmes. Il y en a un de Clarice Lispector, que je prends et ouvre : j'adore cette écrivaine. Une photographie s'en échappe et tombe à terre. Je la ramasse, dans un effort qui me paraît éreintant. C'est une vieille photo un peu jaunie représentant trois jeunes filles qui rient, enlacées, sous un ciel pluvieux, peut-être en Angleterre. Elles doivent avoir seize ou dix-sept ans, et je me demande qui elles peuvent être, pourquoi un homme tel que William, si solitaire, peut conserver dans un roman de cette auteure la photo de trois gamines. En regardant de plus près, il me semble que celle qui se trouve au milieu est la jeune fille de la photo accrochée dans le salon. Je voudrais en savoir plus, mais mon esprit est grippé. Comme une machine à la batterie déchargée. Je glisse juste à temps la photo dans le livre, que je dépose à terre, avant de plonger dans le sommeil.

Peu après, je rêve déjà d'un souvenir très vague.

Je marche au bord de la route qui longe le cap Corse. C'est le soir. Il s'est passé quelque chose de grave, je suis encore sous le choc. Je boite à cause de mon pied blessé, qui me fait mal. Une de mes chaussures est souillée de sang. Les voitures qui passent à toute vitesse me frôlent, et chaque fois que j'en entends une approcher, je m'accroupis pour ne pas être vue. Allongée à terre, j'essaie de me confondre avec la maigre végétation qui pousse au bord de la route. Je ne comprends pas de quoi j'ai peur ni pourquoi je me cache. J'entends le grondement de la mer qui se fracasse sur les rochers. L'herbe et la terre me piquent les bras quand je m'allonge, et toujours ce parfum intense d'eucalyptus qui s'entête.

Le décor de mon rêve change soudain. Je suis chez ma grand-mère, enfant. Je pleure parce que les chiens de mon père, auxquels je me suis attachée pendant l'été, se sont échappés durant la nuit et ont dévoré les brebis. Je sais que mon père, à leur retour, les tuera avec son fusil. Je ne veux pas que Spike et Turbo meurent. Nous passons notre temps ensemble depuis un mois et nous sommes devenus amis. Je ne veux pas qu'il les tue. Je suis restée avec ma grand-mère qui essaie de me rassurer, mais ses manières glaciales n'ont aucune prise sur moi. Sa vaste maison m'inquiète aussi. Dans le salon trônent de sombres portraits d'hommes et de femmes austères à l'air réprobateur. Assise sur l'escalier à l'entrée, j'attends le retour de mon père. Il est allé chercher les chiens. J'espère qu'il ne les trouvera pas, j'espère qu'ils n'ont pas mangé les brebis et sont juste allés faire un tour. Mais Spike apparaît en haut de la côte, en remuant la queue, tout excité. Il tient dans sa gueule la patte coupée d'une brebis. Je commence à lui hurler de s'en aller, de s'enfuir loin d'ici. Mais il continue à remuer la queue et s'approche en m'apportant sa proie, comme un hommage. Au loin, j'entends le bruit d'une voiture. C'est mon père. Quand je sors le rejoindre, son regard est sévère et impassible. Du coin de l'œil, il remarque mon expression désespérée, mais m'ignore. Spike va à sa rencontre d'un air énamouré, mon père lui décoche un grand coup de pied dans les côtes. La dernière chose que j'entends, c'est le gémissement de Spike qui reste bloqué dans son poitrail.

Je me réveille brusquement en hurlant.

Aussitôt, William entre dans la chambre, les yeux écarquillés, et me demande ce qui se passe. Je reprends mon souffle en secouant la tête.

« Ce n'est rien, juste un cauchemar. Je suis désolée. »

Mon pied me fait mal, l'antalgique ne doit plus faire effet. Je devrais en prendre un autre, mais j'ai peur que ça nuise au bébé. Tant qu'il sera en moi, j'essaierai de rendre son séjour agréable, même si je ne veux pas le garder.

William, qui s'était éloigné, revient avec deux tasses de thé fumantes. Je m'assieds, toujours à demi camouflée sous les draps, tandis qu'il s'installe dans le fauteuil de velours. La première gorgée me réchauffe. Depuis combien de temps n'ai-je pas mangé ? Mon estomac vide est revigoré par la chaleur.

William remarque mon soulagement, mais il ne sourit pas. Il a l'air soucieux.

« Tout ça pour une toile blanche, Teresa ? »

Je m'étonne que ce soit sa première question. Il est évident qu'il a tout deviné, pourtant j'ai évoqué ma difficulté à peindre sans entrer dans les détails. Je baisse les yeux et ne réponds pas.

« Comme le disait un célèbre écrivain : “Créer,

c'est donner une forme à son destin." Ça arrive, de se sentir bloqué. De ne pas savoir où on va. Tu devrais arrêter de te concentrer et laisser venir l'inspiration à toi. Manifestement, un mécanisme s'est enrayé. Tu dois le libérer, et tout suivra.

— J'essaie, mais ce n'est pas facile. Il me reste un mois à peine.

— Commence par peindre n'importe quoi. Un chien, un chat, expérimente.

— J'en suis incapable, je suis paralysée. Ce tableau vierge me terrorise… »

Nous restons quelques minutes sans mot dire, absorbés dans nos pensées. William fixe le parquet délabré et semble suivre un fil qui l'emmène très loin d'ici. Puis son regard croise le roman à terre et il fronce les sourcils. L'espace d'un instant, il paraît troublé. Je me sens en devoir de me justifier.

« J'adore Clarice Lispector, je ne savais pas que tu l'aimais aussi.

— En vérité, je n'ai jamais fini un seul de ses livres. Elle est un peu trop intense pour moi, elle va très en profondeur, je ne pense pas avoir assez de sensibilité pour la comprendre pleinement. »

Curieuse, je voudrais demander qui sont les filles de la photo. Le moment me semble propice.

« J'ai trouvé ça dedans… », dis-je en ramassant le livre et en sortant le cliché.

William l'attrape, comme s'il était brûlant. « Tu l'as trouvé dans le livre de Lispect… »

Ses derniers mots s'étranglent dans sa gorge. Il déglutit, mais ne parvient plus à parler.

Je n'aurais pas dû m'en mêler.

« William, je… Je suis désolée… »

Il se lève brusquement, bredouille une excuse et sort, assez rapidement pour me faire comprendre que je n'ai pas besoin de le suivre.

*

De la cuisine parviennent des bruits de vaisselle ainsi qu'un fumet délicat. Je me relève péniblement. Ma blessure palpite, me rappelant mon piètre état : je risque de passer à côté de ma « Grande Occasion ». Elle me rappelle surtout quelle mère épouvantable je ferais. Tracassée par ces pensées, je me traîne à la cuisine, où je trouve William aux fourneaux. Il me sourit de ses yeux mélancoliques, voilés d'inquiétude.

« Excuse-moi, je murmure.

— Viens, Teresa. »

Je m'assieds à une table carrée dans la petite cuisine. En bois sombre, parée d'une nappe ocre tachée, elle est dressée avec des assiettes dépareillées et deux pots de confiture vides en guise de verres. J'en prends un et dis en plaisantant : « À East London, ce serait très branché. »

William rit enfin, et je comprends que nous avons fait la paix.

Peu après, je découvre qu'il est aussi excellent cuisinier. Jusqu'à présent, il ne m'avait offert que des litres de thé et des biscuits au beurre. En entrée, il a préparé une soupe portugaise légère qu'il appelle *caldo verde*. Je me sens encore si épuisée que j'en ai des frissons, et ce velouté me réchauffe immédiatement. Ensuite, il me sert un délicieux *fish pie* anglais.

Nous dînons, et je savoure la sensation de sécurité que me procurent ses attentions. Nous bavardons de tout et de rien, puis parlons encore d'art et de création. William m'avoue avoir d'abord essayé de peindre dans sa jeunesse, avant de découvrir que sa plus grande satisfaction était de décrire les tableaux des autres, d'étudier la vie des artistes.

« L'essentiel pour un créateur, et pour quiconque à mon avis, c'est de savoir jusqu'où il peut arriver. Ne pas viser trop haut, mais ne pas se sous-évaluer non plus. J'ai compris que comme peintre, je ne valais pas grand-chose, alors je me suis retiré avec humilité. J'ai écrit des livres et j'en suis heureux. »

Nous nous taisons quelques secondes, puis William déclare :

« Elle s'appelle Sofia. La fille de la photo, dans le roman de Clarice Lispector. Ce sont ses livres, sur l'étagère, et c'était sa chambre, quand nous venions en vacances à Lisbonne. Je suis né à Londres, mon père était anglais et ma mère portugaise. J'ai vécu ici mes premières années, et toutes les suivantes à Londres. Je suis revenu ici il y a dix ans, quand Sofia est morte, que mon mariage s'est écroulé et que ma vie a perdu tout son sens. Excuse-moi, je n'en parle avec personne. Ça doit faire des années que je n'ai pas raconté cette histoire. En vérité, après la mort de Sofia, je me suis enfui de Londres justement pour ne plus avoir à la raconter. J'avais honte. C'était comme si ma douleur se lisait sur mon front. Je me sentais pestiféré, désespéré, et je l'étais. D'ailleurs, je le suis encore.

— C'était ta fille… »

Il baisse les yeux.

Comment n'ai-je pas déchiffré plus tôt la douleur sur son visage ?

Je le cherche du regard, en vain : il a disparu loin dans ses pensées. Je voudrais le prendre dans mes bras et lui dire combien je suis désolée, mais je reste paralysée sur ma chaise.

Nous nous taisons à nouveau. Une larme m'échappe malgré moi. William la voit et déglutit, il est pâle, ses yeux brillants. Dans cet échange silencieux, nous nous disons beaucoup. Que nous nous sommes trouvés et que nous nous comprenons. Que deux vides qui se rencontrent n'en font peut-être pas un plus grand, mais parviennent à se combler. Que dans les moments de détresse, un nouvel ami peut susciter de nouveaux sourires.

Nous débarrassons sans rien dire, mais la tension est retombée.

« Puisque dans ton état tu ne peux pas boire de *ginja*, je te propose une excellente camomille avec des *buttered biscuits* venus de Londres. »

J'accepte avec plaisir. William les conserve dans une élégante boîte en fer-blanc. Exquis, ils fondent dans la bouche. Lui n'y touche pas.

« Tu sais, moi aussi j'aurais dû aller en Corse, il y a des années, avant que Sofia… » Il soupire, avant de reprendre : « J'avais commencé des recherches sur un peintre qui est né et a grandi sur l'île, et je voulais écrire une biographie sur lui, le révéler au grand jour. »

Je suis sur le point de lui dire qu'il pourrait reprendre en main ce projet, mais une fois de plus, il me devance.

« Je n'irai pas, Teresa. » Et il sourit d'un air doux, mais résigné.

« Tu devrais, au contraire, William. Tu ne peux pas t'enterrer vivant ici.

— Je ne supporterais pas le voyage. Ça fait trop longtemps que je ne suis pas sorti de chez moi. »

Je hoche la tête, un peu perplexe.

« Je ne sais presque rien de ce peintre. J'ai seulement vu le dépliant d'une galerie, une fois, et je n'ai trouvé que très peu d'informations sur Internet. Ma seule certitude, c'est qu'il a un talent incroyable. » Il gesticule, rougit légèrement. « Vraiment, souligne-t-il, un talent exceptionnel. Mais quand j'ai essayé d'entrer en contact avec la galeriste, le téléphone sonnait dans le vide... » Il fait une pause, puis secoue la tête. « Enfin, c'était il y a si longtemps... »

*

Enceinte, Elin a commencé à changer.

Je n'arrivais pas à me faire à cette idée, alors j'essayais de me comporter comme si de rien n'était. Au début, Elin était compréhensive. Je pense qu'elle s'imaginait que j'avais besoin de temps pour assimiler la nouvelle. Mais je continuais à tergiverser. Même quand son ventre s'est mis à grossir, il m'était impossible de concevoir qu'il contînt un enfant, mon enfant. Plus j'agissais comme un imbécile, plus Elin s'éloignait de moi. Quand je m'en suis rendu compte, il était trop tard pour revenir en arrière.

Je me souviens encore d'un soir – Elin devait en être au sixième mois –, je rentrais d'un dîner important avec mon éditeur. Nous avions discuté d'un projet intéressant qu'il souhaitait me confier. C'était une fraîche soirée d'été, et l'air était léger. Un intense parfum de jasmin me redonna de l'optimisme et, durant quelques minutes, j'oubliai mes problèmes. Je me sentais si grisé que je m'arrêtai dans un supermarché ouvert tard le soir pour acheter un bouquet de fleurs et une bouteille de vin, afin de fêter l'événement. Dans ma tête, Elin allait être enthousiaste et contente, comme toujours quand une bonne nouvelle s'annonçait dans notre vie. Nous allions trinquer, faire l'amour, débridés par le vin, avant de nous endormir enlacés.

À la maison, je trouvai Elin assise dans le canapé, en train de lire un livre sur les premiers mois de maternité. Quand elle me vit entrer en tenant une bouteille de vin, tout sourire, ses yeux se remplirent d'un mépris que je ne l'aurais jamais imaginée éprouver à mon égard.

« William, je suis enceinte, je ne peux pas boire. »

Comment avais-je pu être aussi stupide ?

Le retour à la réalité fut si brutal que la tête me tourna.

Elin continuait de me fixer avec résignation et embarras.

Je m'assis sur le canapé, posai la bouteille par terre et gardai le bouquet de supermarché contre moi. Puis je me mis à pleurer, comme toi quelques mois plus tard. Les pleurs désespérés de quelqu'un qui s'est perdu et a besoin qu'on le prenne dans ses bras pour le rassurer. C'est ce que fit Elin. Ce jour-là, je pris conscience que j'allais devenir père, et que d'une certaine manière, ma vie allait finir là où la tienne allait commencer.

J'avais peur, tu sais, Sofia? Peur à en crever. Je n'avais jamais osé en demander tant au destin.

La femme que j'avais épousée se transformait. D'indépendante et solide, elle devenait lunatique, et ses yeux semblaient toujours me faire des reproches. Avant, ce que j'étais lui suffisait, à présent elle attendait davantage. Soudain, je dus être plus efficace, plus serviable, plus attentif, plus sensible. Mon travail comptait, mais ne devait pas prendre trop de temps à la famille. Je me sentais avili, privé de ma liberté, jamais à la bonne place. Pourtant, le sens de l'honneur et l'amour que je continuais d'éprouver pour elle me clouaient sur place, je ne pouvais pas abandonner, j'aurais été un véritable lâche.

Aujourd'hui, je n'ai plus peur de dire ce que j'aurais dû dire alors.

J'aurais dû en parler avec Elin, exprimer mes doutes, pour savoir s'il me fallait vraiment rester à tout prix.

*

Depuis cette soirée, William et moi nous voyons tous les jours. J'ai beaucoup pensé à son histoire, à Sofia. Comprendre la douleur dans ses yeux m'a aidée à mieux appréhender la mienne. Nous parlons de tout, désormais. Ou disons plutôt que je lui raconte des détails de ma vie, et qu'il m'écoute en intervenant parfois. Essayer de le rendre plus heureux m'aide aussi à ne pas penser à toi. Alors, je vagabonde dans son appartement et sors les livres des rayonnages. Des livres d'art, surtout. À présent, je le fais avec désinvolture, mais au début chacun de mes gestes était précédé d'un rapide coup d'œil pour approbation.

« Paula Rego ? »

William m'observe depuis la table en bois de la cuisine. Il a l'air amusé par mon expression de surprise.

« Mais j'*adore* Paula Rego ! Sa force volcanique, son expressivité impitoyable, ses visages déformés, et son engagement politique et social, sa défense des femmes… Je l'*adore*, vraiment ! J'ai lu un livre, il y a des années, excell… »

Je m'arrête, abasourdie, car je viens de saisir une chose encore plus incroyable. William et moi avons bien plus en commun qu'une créature minuscule qui nous consume de l'intérieur.

Il sourit, puis confirme : « *La Vie et Paula Rego*. C'est moi qui l'ai écrit. »

Il s'en faut de peu que le lourd volume ne me tombe des mains. Je reste bouche bée.

« Ce livre est magnifique, je l'ai dévoré, mais… William, qui es-tu vraiment ? »

Je ne parviens pas à contenir mon enthousiasme, je porte les mains à mes cheveux. À présent, William rit de bon cœur.

« Personne, répond-il en rougissant. Seulement un homme qui a écrit quelques biographies…

— Tu es une surprise ambulante !

— Hé, je pourrais en dire autant de toi ! » Et cette fois c'est moi qui ris.

Depuis combien de temps n'ai-je pas ressenti cette légèreté ?

Nous parlons d'art pendant des heures, il me révèle des détails surprenants sur la vie de plusieurs artistes. Il est si cultivé et intéressant, et sa voix si calme et précise.

« Tu sais quoi, William ? »

La nuit est tombée, demain je dois me réveiller tôt pour travailler, et il est presque vingt-trois heures. Voilà au moins quatre ou cinq heures que nous sommes chez lui. Nous avons bu tant de thé que je dois aller aux toilettes toutes les cinq minutes, et j'ai mangé une quantité déraisonnable de biscuits au beurre. Lui n'a presque pas touché à la nourriture.

« Dis-moi, répond-il, se préparant une fois de plus à une de mes révélations de la soirée.

— Je crois que le projet corse dont tu m'as parlé pourrait être vraiment captivant. Les Corses sont un peuple extrêmement fier, et ils seraient honorés qu'un biographe de ton envergure s'intéresse à eux. C'est une idée géniale. Je crois que tu devrais y aller. Je pense même que le fait que moi aussi je doive y aller bientôt est un signe évident du destin. Tu n'as plus qu'à faire tes bagages ! » Je souris, consciente toutefois que mon encouragement n'a rien d'altruiste. William compte pour moi, je voudrais qu'il se remette à écrire, qu'il sorte de cet appartement. Mais j'ai surtout peur d'aller sur l'île toute seule. Le savoir aussi dans les parages me soulagerait.

Mon enthousiasme s'envole aussitôt devant son changement subit d'expression.

Il baisse les yeux. « Je ne crois pas que ce soit possible.

— Et pourquoi donc ?

— Parce que. En ce moment, je ne suis pas capable d'entreprendre un voyage.

— Tu es malade ? Qu'est-ce qui t'arrive ? Tu as besoin d'aide ? »

William esquisse un sourire nerveux tout en reluquant ses mains qu'il a posées sur ses genoux. Il secoue la tête.

« Non, je ne suis pas malade. Enfin, d'une certaine manière, je le suis… » Il hésite. « Disons que ce projet est d'autant plus complexe qu'on a perdu la trace de la galeriste qui avait monté l'exposition du peintre.

— Les Corses se connaissent tous, tu verras que ce ne sera pas difficile de la trouver. D'ailleurs, une fois que j'aurai réglé les affaires de la maison, je pourrais te rejoindre et on la chercherait ensemble. »

William prend un air affligé, se contentant de secouer la tête avec vigueur. Je devine que ce n'est pas la peine d'insister mais, c'est plus fort que moi, je lui demande : « Je te comprends. Une partie de moi ressent une répulsion primitive à la seule idée de me rendre sur l'île. Mais si j'avais besoin de toi ? »

*

L'avion volait toujours et à chaque secousse je croyais que mon cœur allait lâcher. Après une heure et demie de vol, j'étais moite de sueur, mais j'avais survécu.

La dame assise à côté de moi m'a regardé d'un air d'abord interrogatif, puis compatissant. Quand nous avons enfin atterri, elle a posé sa main sur mon avant-bras et m'a souri, comme pour dire : « Vous y êtes arrivé. »

J'étais le premier du rang. Quand la porte s'est ouverte, une lumière claire et chaude m'a assailli avec une telle violence que j'ai failli tomber à la renverse. J'ai eu peur qu'elle ne m'aveugle et que le vent ne m'emporte au large. Alors, j'ai glissé la main dans ma poche et le contact avec ma fiole de tranquillisants m'a redonné un peu de courage.

J'ai inspiré profondément, puis j'ai descendu la passerelle. Les gouttes de sueur sur mon front scintillaient au soleil.

J'ai fait mon premier pas sur l'île, convoquant mes dernières forces pour ne pas éclater en sanglots.

Chapitre 2

J'ai peur.

La peur est la sensation prédominante de ces derniers mois. Ce fut d'abord celle de te perdre, puis celle de t'avoir perdu. La lente prise de conscience que tu n'étais pas prêt à t'engager dans un avenir commun. Puis la peur d'avoir à prendre seule la bonne décision. Et celle de rester dans la même ville que toi. De risquer de te rencontrer. Ensuite la peur du noir, de la solitude, d'errer pour toujours dans ces limbes de tristesse et d'inadaptation.

Aujourd'hui, c'est la peur de voler. Elle m'envahit tandis que l'avion accélère et quitte la piste de Lisbonne. Je ne peux m'empêcher de penser combien cette coque de métal est fragile, et inutile la ceinture que j'ai dû attacher.

La Corse me met dans tous mes états. C'est le dernier endroit où je voudrais me rendre, surtout enceinte. Il faut que je réagisse. J'essaie de me concentrer sur la perspective d'hériter de la propriété. Aller chez ma grand-mère, signer les papiers, passer dire bonjour à mon père, affronter la discussion, repartir en Italie.

Là, je pourrai enfin pousser un soupir de soulagement. L'argent de la maison assurera mon indépendance. J'aurai du temps pour peindre. Devenir une artiste, voilà une alternative acceptable à ton amour.

En sortant de l'avion, je suis assaillie par la lumière et le vent. Sur l'île, il fait plus chaud, l'air semble vouloir vous couper le souffle, pour l'emporter au loin. Le soleil aveuglant me fait plisser les yeux. J'ai toujours peur de devenir comme la Corse, de me reconnaître dans ce lieu.

J'ai décidé de ne pas appeler ma tante pour qu'elle vienne me chercher. Mon pied me fait moins mal et j'ai réservé un taxi. Après une file d'attente interminable pour le contrôle d'identité, j'aperçois un homme portant un panonceau où est inscrit mon nom. J'espère de toutes mes forces qu'aucune connaissance de mon père ne l'a remarqué. S'il apprend que je suis ici et que je suis allée chez ma grand-mère, il se mettra en colère, et je n'ai aucune envie de me disputer. Mon cœur bat la chamade et je commence à transpirer. Puis je me dis qu'il me suffit de mettre un pied devant l'autre. Chaque pas me rapproche de ma maison, mon indépendance et mon avenir.

Deux ans après, refaire la route qui remonte vers le cap Corse depuis Bastia réveille en moi un sentiment d'inquiétude diffus. On a l'impression de disparaître, tandis que la voiture s'éloigne de la civilisation. Les habitants vous épient et vous jugent. Italien ou Français ? Portugais ou Allemand ? La réponse est la même pour tous : étranger. D'Erbalunga à Pietracorbara, il n'y a qu'une seule route, sinueuse, précipice d'un côté, paroi rocheuse de l'autre. Des lieux arides, comme si une colère antique les avait privés de leur lymphe vitale. Une colère qui se confond avec l'île elle-même, se répand à travers les minéraux et sous le maquis.

En Corse, on manque d'eau. Les habitants espèrent toujours qu'il va pleuvoir. Il faut de l'eau pour ne pas brûler vif et pour que les oliviers produisent leurs fruits. Les buissons à ras du sol, secs et trapus, s'en tirent mieux. Mais les oliviers aussi veulent grimper vers la lumière, escalader les pentes ; parfois ils s'affaissent, à cause des constructions abusives ou des sangliers. La Corse possède une nature absolue, rugissante. Montagnes, hommes et mer se confondent en une seule et même splendeur rageuse. Cette terre a le visage hérissé d'une barbe sauvage, ses yeux portent la couleur du maquis, et même son cœur est embroussaillé. Couchée entre les montagnes brûlées par le soleil et le vent, comme dans un enfer tiédi, elle dégringole jusqu'aux roches acérées. Là, elle se jette avec une ardeur guerrière dans la mer, qui apporte d'une année sur l'autre algues ou méduses. La Corse est renfrognée et ombrageuse, comme mon père. Mais une clarté palpite dans ses yeux.

Tout sauf accueillant, le cap Corse n'a rien d'une destination touristique. Les rares villages semblent inhabités. Les villas surplombant les falaises ont des fenêtres sans vitres, comme des orbites évidées. Sur les pancartes, les inscriptions en français ont été effacées, pour ne laisser que celles en corse.

La plupart des panneaux de signalisation gardent la trace d'impacts de projectiles. On croit rouler sur une route déserte, où les maisons ne sont qu'un décor pour tromper les passants.

De Bastia à Luri, une seule plage s'étire, si on peut appeler « plage » cette simple étendue de sable. Nous la longeons en taxi. Elle aussi est déserte, seule une petite barque amarrée à une bouée oscille, sans maître. À chacun de mes séjours, j'ai l'impression que ça empire. On dirait que cette partie de l'île est de plus en plus pauvre, que toute vie a délaissé le cap. Quel contraste étrange entre la beauté de ce lieu et ses habitants, rompus à la solitude, fiers de survivre dans cet endroit oublié de tous ! On dirait qu'ils vont lentement à la dérive, en même temps que l'île entière. Certains projettent de déménager en Roumanie, d'autres savent qu'ils mourront ici, à quelques mètres de leur maison natale. La Corse est percluse de problèmes, les Français, les impôts, la criminalité, le chômage, ce maudit *libeccio* que je ne perçois pas à présent, mais qui m'attend dehors, je le sais, ce *libeccio* qui répand le feu à la moindre étincelle, emportant tout sur son passage, maquis, maisons et campings, hommes et femmes serrés les uns contre les autres. Feu et vent, enchaînés en une danse infernale.

*

Le chauffeur de taxi a roulé lentement et, par chance, n'a pas dit un mot de tout le voyage. Je me demande s'il ne me parle pas parce qu'il sait qui je suis et où je vais. Il connaît peut-être mon père, ma famille. Je n'ai pas le temps de me poser plus de questions, parce que après le dernier virage, la villa de ma grand-mère apparaît dans toute sa décadente beauté, comme un antique présage.

Autour de la villa, ce n'est que maquis. Devant, la mer inquiète.

Elle a été bâtie dans les années 1970. Complètement isolée, elle est située à égale distance de deux villages d'une centaine d'habitants chacun. Pendant qu'on la construisait, ma grand-mère dormait à l'intérieur pour la protéger, seule, son fusil dans les bras. Il y a dix ans encore, la maison était entourée d'un camping. On pouvait planter la tente sous les eucalyptus et se salir avec la résine des arbres. On avait accès à une petite plage privée, appartenant elle aussi à ma famille. Ma grand-mère et mon père ne s'adressaient déjà pas la parole à l'époque, mais elle tenait à garder un minimum de relations avec moi. Quand j'étais petite, j'allais souvent jouer dans le camping avec une lointaine cousine, plus âgée. Un jour, j'ai fait une mauvaise chute et failli m'écraser en bas du ravin. Je ne me souviens presque de rien, c'est ma mère qui me l'a raconté. Le seul détail resté gravé en moi, c'est ma cousine qui me regarde d'en haut, moi qui lui tends la main en espérant qu'elle m'aide à remonter, elle qui se tourne et s'en va. Mais peut-être l'ai-je imaginé.

On ne s'attend pas à appartenir à une famille où germe la haine. Quelque chose de malade court dans ses veines. Vous espérez être immunisé, vous vous répétez que ce virus ne vous touchera pas, puis vous regardez votre famille en face et vous avez l'impression de vous voir dans le miroir. On n'échappe pas à ce qu'on est. Voilà pourquoi il était important que je fonde une nouvelle famille, avec toi. Une famille où cette bactérie n'ait pas d'habitat pour prospérer.

Une fois sortie du taxi, le *libeccio* s'abat sur moi, se faufilant jusque dans mes poumons. Je vois quelqu'un s'approcher de la porte-fenêtre et me regarder de derrière la vitre. Mais le soleil me transperce de ses rayons et je ne reconnais pas la personne qui m'observe. Je sais seulement qu'elle attend un peu avant de sortir, comme si elle me scrutait. Puis j'entends crier, sans conviction : « Thérèse ! Quel plaisir de te revoir ! » La voix de ma grand-mère est rauque : le germe de la haine, planté dans sa gorge, lui brûle l'œsophage et l'empêche de parler.

Voilà deux ans que je ne l'ai pas vue, mais elle n'a absolument pas changé. Grand-mère est une personne minuscule et menue. Elle s'habille toujours en noir, pantalon et chemise de lin, avec un pull blanc sur les épaules pour se protéger du vent. Elle a les cheveux blond platine, à la parisienne, comme dirait mon père. Le vent les balaie d'un seul côté de son visage, qui est toujours aussi anguleux, avec des yeux perçants.

Elle s'approche et nous nous embrassons, sans nous étreindre, pas dupes de cette comédie que d'ailleurs nous jouons mal.

À la maison, tante Louise m'attend. Commissaire de police du petit village de Luri, elle s'habille simplement – jean et chandail –, a des manières masculines et les cheveux très courts avec quelques mèches retombant sur son front. Comme dans mon souvenir, elle fume.

Elle et mon père ne se parlent pas depuis des années, pour des histoires de maisons et de terrains. Il l'a frappée, paraît-il.

Elle me toise, avec ce regard pénétrant et distant, semblable à celui de mon père, de ma grand-mère, et au mien. Elle fronce les sourcils, l'air toujours nerveux.

Un jour, ma mère m'avait raconté une scène qui s'était déroulée chez Louise. À l'époque, elle vivait dans un petit appartement à Bastia où elle nous avait invités un soir à dîner, mes parents et moi. À notre arrivée, elle regrettait déjà de nous avoir conviés. Agacée, elle nous avait à peine dit bonjour et s'était mise à jouer sur son vieux piano. Ma mère, mon père, et moi entre eux deux, nous nous étions assis sur le canapé. Mes parents étaient visiblement mal à l'aise. Ma tante avait joué pendant une bonne demi-heure, jusqu'à ce qu'elle se soit défoulée, puis avait servi le dîner.

Je ne sais pas si elle a trouvé un homme ou pas. Elle a toujours été une femme seule. Mon père affirme que son mauvais caractère vient de là.

Mon grand-père Lisandru est mort il y a un peu plus de deux ans d'une rupture d'anévrisme, sans laisser à personne le temps de lui dire adieu. Sa mort semble avoir dilaté les distances entre les membres de la famille restés sur l'île, ainsi qu'entre eux et moi.

Arrivée près de moi, Louise me sourit en s'efforçant de feindre la complicité, après avoir soufflé un nuage de fumée. Elle m'étudie l'air de dire : « Je te connais mieux que tu ne le crois, tu es une Casalta, comme nous tous. »

Je lui souris à mon tour, essayant de paraître naturelle et sûre de moi.

« Salut, Louise, tu as l'air en forme. »

Alors on s'embrasse, puis on s'assied toutes les trois autour de la table.

La cuisine de ma grand-mère est vaste et lumineuse. Au centre se trouve cette table en bois rectangulaire, longue et imposante. Sur un côté de la pièce, deux énormes arcades transformées en porte-fenêtre donnent sur la mer. Ma grand-mère me racontait que quand elle était petite, on pouvait y observer la migration des baleines. Le paysage est resté inchangé, superbe et agressif. Les mêmes arbres, oliviers et eucalyptus, les odeurs puissantes, la mer. Malgré toute la tension du moment, la nature dessine un cadre parfait, que je désirerais plus que tout au monde pouvoir reproduire.

Ma tante remarque mon enthousiasme et s'approche, puis pose sa main sur mon épaule. « C'est beau, non ? »

Alors je me lève et m'approche des fenêtres.

« Toujours aussi magnifique, continue-t-elle, dommage qu'on doive la vendre.

— La vendre ? »

Louise soupire, et son regard se perd à son tour dans le panorama. Qui sait si elle voit le monde comme je le vois.

Elle se remet à parler doucement, après une brève

pause : « Ta grand-mère vend tout, elle veut mettre de l'argent de côté et déménager en ville, ici c'est trop isolé. C'est pour ça qu'elle veut te donner ta part d'héritage. Elle et moi souhaiterions que toi aussi, tu décides de vendre la maison qui sera la tienne. Plus personne ne vient en Corse, désormais, alors imagine au cap. En plus, le marché immobilier est en baisse. Autant encaisser l'argent tout de suite. Les prix sont trop élevés, de même que les impôts. La France nous a oubliés. Elle nous a toujours négligés. Il n'y a plus que de la misère, ici. »

Ma grand-mère acquiesce et répète le mot « misère ».

Je reste encore quelques secondes sous le charme du paysage, sans me retourner. Leurs voix résonnent derrière moi, j'essaie de ne pas trop y accorder d'attention, de ne retenir que les propos utiles. La vue de la mer devrait me calmer, mais un pressentiment étrange m'habite, venu de je ne sais où. Depuis que j'ai mis les pieds sur l'île, c'est comme si quelqu'un était en train de m'épier.

Ma grand-mère m'appelle depuis l'autre pièce, alors je détache mes yeux du paysage pour la rejoindre.

Le salon aussi est resté comme dans mon souvenir : blanc et dépouillé, à l'image de la maison. Quelques meubles en bois massif, les hauts plafonds, la cheminée que nous allumions à Noël quand nous le passions tous ensemble. Et les tableaux aux murs, ces tableaux sombres d'ancêtres lointains, accrochés trop haut. Malgré leur austérité, les coups de pinceau calmes et sûrs sont ceux d'un artiste qui avait du temps et aucune peur de se tromper.

Parmi ces portraits, l'un attire particulièrement mon attention. Le sujet en est une jeune fille, peut-être ma grand-mère dans sa jeunesse. À la différence des autres, il n'a pas l'air d'être une œuvre de commande, mais l'expression d'un élan profond. C'est bizarre, je ne crois pas l'avoir remarqué la dernière fois que je suis venue ici. Il est plus vivant, son style et sa lumière dégagent une force palpable. Ma grand-mère, si c'est elle, est méconnaissable, parce qu'on lit de la douceur dans ses yeux, même si elle essaie de la dissimuler. La passion semble y éclore.

Elle s'aperçoit d'ailleurs de mon intérêt et s'approche derrière moi.

« Oui, c'est moi.

— Il est magnifique, lui dis-je sincèrement. Qui l'a peint ? »

Mais elle s'est déjà éloignée de quelques pas sans un mot. Je suis sûre qu'elle a entendu ma question.

Je me risque à dire : « J'aimerais l'étudier. Ceux-là aussi sont du même peintre ? »

Le style semble le même, pourtant le portrait de ma grand-mère se distingue des autres.

« Tu sais, Thérèse, cela nous fait très plaisir de t'avoir ici avec nous, après tout ce temps. » Elle décide de m'ignorer en jouant les victimes, mais c'est trop facile.

« J'ai tenté de vous appeler, mais votre numéro… »

Elle ne me laisse pas terminer et poursuit, imperturbable : « Nous sommes heureuses de t'avoir ici, insiste-t-elle. La famille, c'est important, et tu en es membre au même titre que les autres. Ou presque… » Bien sûr, le « presque » se réfère à mon père. Mais je n'ai pas envie de parler de lui, que ce soit pour le défendre ou l'entendre se faire accuser.

« En tout cas, continue ma grand-mère, l'essentiel c'est que tu sois ici avec nous aujourd'hui, pour fêter ta nouvelle propriété. Nous t'avons toujours aimée, tu sais.

— C'est vrai ! » confirme tante Louise, qui fait son apparition dans le salon. Elle s'avance vers moi presque prudemment, comme si quelque chose la répugnait.

« Merci, dis-je, ne sachant quoi ajouter.

— Bien, répond Grand-mère en me souriant. Tu dois être fatiguée, pourquoi n'irais-tu pas dans ta chambre ? Celle que tu avais quand tu étais petite ? Repose-toi un peu avant le dîner, et tu nous raconteras tout après. »

J'acquiesce.

Louise insiste pour prendre ma valise et me devance dans le long couloir sombre jusqu'à ma chambre, au fond de la maison. En parcourant ces quelques mètres, les souvenirs m'assaillent : quand j'échappais à papa, par jeu, et qu'il me faisait rire, quand je jouais à la Nintendo, et que j'avais toujours l'impression d'être une invitée, avec ma grand-mère et son regard sévère, le visage de ma mère tendu quand elle était assise dans la cuisine, à fumer et à scruter la mer, comme si elle voulait prendre le large.

Ma chambre n'a pas changé. Un lit à deux places en bois, plus haut que celui de Lisbonne, une armoire en bois sombre. Une télévision à tube cathodique et une fenêtre donnant sur la Méditerranée.

Louise pose ma valise sur le lit et prend congé avec un regard qui se voudrait doux, je présume. Je lui réponds d'un sourire forcé. Une fois seule, je m'assieds sur le matelas et pousse un soupir.

Il y a deux ans, ma grand-mère a cessé de répondre à mes tentatives pour la joindre. Je l'ai appelée en vain pendant tout ce temps, et dès que j'ai appris le décès de mon grand-père, je lui ai envoyé une lettre à laquelle elle n'a même pas répondu. Et voilà que je suis soudain un membre de la famille, qu'elles m'aiment…

Je retire ma chaussure pour regarder mon pied. Il va mieux, on dirait. La blessure me rappelle la toile blanche que je ne sais pas comment remplir. Ce tableau dans le salon de ma grand-mère m'inspire, il a la force que je voudrais insuffler à mon travail.

Je retrouve l'art au dernier endroit où je l'aurais imaginé. Ce voyage sera peut-être plus utile que ce que je pensais. J'aimerais en parler avec William. Qui sait s'il est arrivé, comment s'est passé son voyage, comment avance sa recherche.

J'ai envie de m'allonger un peu. Alors que je m'approche de la fenêtre pour tirer le rideau, j'ai de nouveau la sensation d'être observée. Un frisson me parcourt le corps. Le soleil se couche. Je scrute le golfe vers la gauche où j'aperçois une petite tour médiévale et un hameau, qui ne compte pas plus de trois maisons. L'une d'entre elles éveille ma curiosité. C'est une villa austère, un parallélépipède de deux étages qui se trouve sur la falaise de l'autre côté de la petite crique. Son air abandonné me fait froid dans le dos. Je plisse les yeux. Au deuxième étage, une fenêtre est éclairée. Je remarque une ombre immobile au centre du rectangle de lumière, comme si elle était en train de m'observer. Mais d'ici, cela pourrait tout aussi bien être un tour de mon imagination. Rien que d'y penser, j'ai la chair de poule. Je reste là encore quelques secondes à fixer la villa, mais l'ombre ne bouge pas.

Soudain, un bruit strident, comme un hurlement à quelques centimètres de moi, me glace. Une mouette a manqué de s'écraser contre la fenêtre de la chambre. Figée, je retiens mon souffle. Je tire le rideau et me glisse au lit en me répétant que personne ne m'épie et que les mouettes ne veulent pas me tuer. Je m'endors quelques minutes après.

*

Je ne sais pas comment je suis arrivé jusqu'ici.

La jeune fille à la réception a hésité un instant de trop avant de me donner les clés de la chambre. Je continuais de m'éponger le front avec la manche de ma veste. Je me suis senti comme un de ces hommes d'Europe du Nord qui ne sont pas habitués à la chaleur. J'ai couru m'enfermer dans ma chambre à double tour. J'ai accroché le panonceau « NE PAS DÉRANGER » à la poignée de la porte. Puis je me suis jeté sur le lit de tout mon poids, après avoir avalé une poignée de pilules, en maudissant Teresa de m'avoir fait promettre de venir ici, et moi-même d'avoir accepté. J'ai senti les draps propres absorber les gouttes de sueur que mon corps continuait de sécréter.

Je suis tombé dans un demi-sommeil pendant un temps indéfini, jusqu'à ce que change l'inclinaison des rayons du soleil qui filtraient par les persiennes. L'air s'est soudain rafraîchi. Alors seulement, je me suis remis à respirer normalement et j'ai trouvé la force de me lever.

La fenêtre de mon hôtel donne sur une place. Des palmiers, la mer, et au fond d'énormes ferries qui glissent sur l'aplat du ciel bleu. Le paysage semble englué dans une lenteur sinistre.

Vais-je parvenir à affronter le monde extérieur ?

Ce premier contact avec l'île a été désastreux. Bien que mon cœur soit un peu tranquillisé par les médicaments, s'il le pouvait il bondirait de peur hors de ma poitrine.

C'est dans de tels moments que je pense à Elin, à sa peur à elle. Elle était terrorisée, et je l'ai laissée seule. Mais je n'ai pas pu faire autrement, Sofia, me crois-tu ? Dans une mer aux vagues gigantesques, je ne trouvais aucun point d'appui auquel m'accrocher. Je ne pouvais sauver personne, pas même moi : si je lui avais tendu la main, nous nous serions noyés tous les deux.

J'ai fini par y arriver, tu sais ?

J'ai enfilé une chemise propre, je suis sorti et j'ai commencé à me promener dans les rues de Bastia. Les gens me mettent mal à l'aise, j'ai l'impression qu'ils me regardent comme si j'étais fou.

Mais j'ai une mission, j'ai fait une promesse à

Teresa : trouver le peintre. J'essaierai de l'appeler depuis le téléphone de l'hôtel, pour la prévenir que j'ai atterri et que je suis vivant.

Pour arriver à l'adresse que j'avais notée, j'ai marché une quarantaine de minutes. C'était aussi épuisant qu'un marathon, mais la splendeur du paysage m'a accompagné. Cela m'a surpris, je ne me croyais plus capable d'apprécier la beauté.

L'endroit que je cherchais se trouvait dans la Citadelle, près de la cathédrale. C'est une église baroque, commencée dans la seconde moitié du XVIe *siècle. Cette partie de la ville est perchée sur un promontoire, d'où l'on surplombe la mer et le reste de Bastia. Jusqu'au* XVIIIe *siècle, c'était le siège du gouverneur, de la prison et du tribunal. Dans les ruelles étroites, si on lève les yeux, on découvre le ciel qui rejoint la mer à l'horizon.*

Je suis passé devant plusieurs lieux intéressants, un vieux donjon devenu musée, quelques petites églises. Et je suis enfin arrivé au 32, rue de la Paroisse, où je n'ai trouvé qu'un rideau de fer baissé. Les maisons attenantes étaient plus hautes, et pourtant je sentais toujours l'odeur de la mer. Je me suis dit que cet endroit était idéal pour une galerie d'art, mais c'est là que mes forces ont commencé à m'abandonner.

Soudain, une silhouette à contre-jour a débouché de l'autre côté de la ruelle. Elle se dirigeait vers moi. J'ai voulu réagir, mais la tête a commencé à me tourner, et j'ai dû m'appuyer au mur. Je ne devais pas être beau à voir.

L'effet des pilules s'estompait et je savais que si je

ne mangeais pas un morceau rapidement, je m'évanouirais. Mais avant tout, je voulais jeter un coup d'œil à cette galerie.

« Que faites-vous ici ? »

L'homme était à moins d'un mètre de moi, je pouvais voir son visage. Un foulard de soie noué au cou, une veste bleu foncé, des lunettes à lourde monture encadrant son visage effilé.

« Je cherchais Chloé Cipriani, ai-je entendu ma voix lui répondre, même si elle me parvenait distante et éthérée, comme si ce n'était pas la mienne.

— Pourquoi la cherchez-vous ? »

En entendant ce nom, le ton de l'homme, de curieux, s'était fait agressif.

J'ai fermé les yeux une seconde pour reprendre mes esprits, mais ma tête s'est mise à tourner encore plus rapidement et des frissons glacés se sont emparés de moi.

« Je suis un biographe, William Cole... » Les mots peinaient à sortir de ma bouche. « Excusez-moi... je... je ne me sens pas très... »

Puis j'ai senti cet homme soutenir mon corps, pour m'aider à me détacher de ce mur qui allait m'engloutir.

*

Un murmure me réveille et je sens qu'on effleure ma main. Je mets quelques instants à comprendre où je suis et ce qu'il se passé. Une ombre est assise sur mon lit. Je me relève brusquement, terrorisée.

C'est ma tante. Quand elle voit que j'ai eu peur, elle me sourit.

« Doucement, Thérèse, c'est moi, Louise. Tu t'es bien reposée ? »

Encore confuse, je ne réponds pas.

« Le dîner est presque prêt, si tu veux venir. Grand-mère a préparé ton plat préféré. Dire que je ne m'en souvenais même pas ! On ne devrait pas passer autant de temps sans se voir. C'est dommage… » Puis elle remarque mon pied bandé. « Qu'est-ce que tu t'es fait ?

— Je suis tombée », dis-je en bredouillant. Je ne veux pas qu'elle sache la vérité.

Louise hoche la tête, peu convaincue, et sort de la chambre en laissant derrière elle une légère odeur de fumée de cigarette.

La chambre est plongée dans le noir, juste éclairée par le couloir allumé. Je ne me sens pas à mon aise. Elle aurait dû frapper avant d'entrer, ne pas me surprendre en plein sommeil. Elles ont beau être des membres de ma famille, je les connais à peine. J'allume la lumière et me regarde dans la glace. Outre mes traits tirés, je vois le reflet du rideau qui recouvre la fenêtre derrière moi. Une partie de moi voudrait vérifier si l'ombre m'observe encore, l'autre pense au contraire qu'il ne vaut mieux pas. La curiosité l'emporte. Je m'approche prudemment de la fenêtre – comme si je risquais d'être entendue par quelqu'un qui, si tant est qu'il existe, se trouve à plusieurs kilomètres. J'entrouvre le rideau de quelques centimètres. Dans la maison, de l'autre côté du golfe, la lumière est encore allumée mais l'ombre a disparu. C'était peut-être juste quelqu'un qui fumait à la fenêtre ou savourait la brise du soir.

Autour de la villa, on ne voit plus rien, l'île est engloutie par l'obscurité. On ne perçoit que le bruit de la mer et les reflets de la lune presque pleine sur les vagues. Je lève les yeux vers le ciel et la multitude d'étoiles me stupéfie. C'est superbe, j'oublie toujours la puissance, la perfection de la nature. La nuit, la paix, la sérénité, la force, la passion, voilà ce que je voudrais peindre sur ma toile.

Alors que je me laisse transporter par ces sensations, il me semble que quelqu'un s'approche. Je me retourne brusquement et me retrouve de nouveau face à Louise.

« Pardon, je t'ai fait peur ? »

Je souris, car je ne veux pas lui faire ce plaisir. Avec elle je dois donner le change, mais mon cœur bat la chamade. Il est évident qu'elle cherche à me mettre dans l'embarras. Ou bien n'est-ce qu'une impression ?

« Non, je regardais le paysage. Je suis éblouie chaque fois.

— Eh oui », confirme-t-elle en s'approchant et en ouvrant entièrement le rideau. Comme par enchantement, l'ombre réapparaît à la fenêtre éclairée. Si Louise l'a remarquée, son expression ne change pas.

« Le dîner est servi. On t'attend, dit-elle tout à coup, et elle sort de la chambre comme si elle s'était rappelé quelque chose d'important.

— J'arrive. »

Je passe dans la salle de bains pour me rafraîchir le visage, puis me dirige vers la cuisine. Depuis le couloir, j'entends leurs voix. Elles parlent français et je ne comprends pas ce qu'elles disent. Des odeurs de cuisine et de cigarette me parviennent.

La table est dressée avec une nappe blanche, simple mais élégante. À mon entrée, elles se taisent. Louise se lève puis éteint sa cigarette dans le cendrier. Elle déplace la chaise en bois massif pour que je m'installe et s'assied face à moi. Ma grand-mère est en bout de table. Dehors, il fait si noir qu'on ne voit sur les vitres que le reflet de la cuisine. J'ai la sensation que l'ombre au-delà du golfe est immobile devant la fenêtre. Je me demande si, à cette distance, elle parvient à nous voir.

Le plat principal que ma grand-mère vient d'apporter interrompt mes pensées.

Tu sais combien je déteste les crustacés et les poissons. Leur apparence m'effraie, surtout quand ils donnent l'illusion d'être toujours vivants.

Voilà pourquoi, quand Grand-mère dépose au centre de la table un lourd plat débordant de risotto au safran et aux fruits de mer, d'où dépassent des gambas entières, des crevettes, deux petits homards parfaitement coupés en deux et un crabe entier qui trône sur le tas de riz, je suis si ébahie que l'espace d'une seconde la scène ne me dégoûte même pas. Des sueurs froides coulent le long de mon échine. J'évite de croiser leur regard, même si je sens celui de ma grand-mère dardé sur moi. Nous ne disons mot.

« Superbe, maman, félicite Louise à voix basse.

— Merci, ma chérie », remercie Grand-mère tout en me servant une abondante portion de risotto.

Évidemment, pour ne rien gâcher, j'ai droit au morceau de choix : le crabe. Je ne cille pas et remercie, essayant d'ignorer la carapace avec les pinces qui se trouve devant moi.

Le commentaire de ma grand-mère ne se fait pas attendre : « J'ai cuisiné cette recette exprès pour toi. Tu as toujours aimé le risotto au safran, n'est-ce pas, Thérèse ? »

Je la fixe une seconde pour découvrir le germe de la haine dans son regard, et savoir s'il existe une possibilité de l'en extraire. Son visage est tendu en un sourire qui ne me laisse pas douter de la réponse. Je me demande ce que j'ai bien pu lui faire de mal. Au fond, ma seule faute est d'être la fille de mon père. Je ne connais pas précisément la raison de leurs querelles, ils sont toujours restés flous, prétextant des balivernes, de vieilles rancunes : ta grand-mère me fouettait avec du fil de fer quand j'étais petit, ton père n'a pas voulu réparer le toit quand j'en avais besoin, etc. Mais personne ne m'a jamais raconté quelle goutte avait fait déborder le vase. Ma grand-mère me déteste parce que je ne me suis pas rangée de son côté, parce que je n'ai jamais logé chez elle lors de mes séjours en Corse, ces dernières années.

Cette invitation a tout l'air d'une vendetta.

Le dîner est une succession de mondanités, de faux sourires et de phrases de circonstance. Comment vas-tu, où vis-tu, que fais-tu, ici en Corse les jeunes n'ont aucune perspective, tu as bien fait d'étudier à Londres, ne crois pas que l'argent était à ton père, chaque fois que tu es venue tu n'es restée que quelques heures, ton père ne s'est même pas montré à l'enterrement de ton grand-père… et ainsi de suite.

Louise parle peu et me regarde d'un air complice. À un moment, elle me fait même un clin d'œil. C'est du moins ce qu'il m'a semblé. Elle ne pose jamais de questions directes et commente mes réponses de façon laconique. Elle m'observe lutter avec les crustacés morts dans mon assiette. Heureusement, je m'en sors avec dignité. J'ai coupé les têtes des crevettes, prenant bien garde à ce que le liquide sombre qui s'y trouve ne se mélange pas au riz – autrement, je ne pourrais pas finir mon plat. Une fois la tête détachée du corps, le reste est mangeable. En ce qui concerne le crabe, je tergiverse, mais tôt ou tard je devrai l'affronter.

« Alors comme ça, tu as quitté Barcelone pour t'installer à Lisbonne, et tu travailles pour une agence de graphisme », résume ma grand-mère tout en mâchant nerveusement. On n'entend que les tintements des couverts et de temps à autre le *crac* d'une pince brisée.

« Exact », dis-je, ne sachant pas trop quoi manger hormis le riz autour du crabe, gisant au centre de mon assiette. Ce qui me distrait du ton insidieux de ma grand-mère.

« Tu as beaucoup voyagé, tu as vu du pays. Tu dois avoir une sacrée culture maintenant…

— Disons que cela m'a appris pas mal de choses, enfin, je pense. J'espère.

— Et entre tous tes voyages, tu n'as pas trouvé une

minute pour venir dire bonjour à ton grand-père avant qu'il nous quitte. »

Je cherche le regard de Louise, qui me fixe désormais sans la moindre émotion. J'essaie de garder mon calme, même si le sang pulse dans mes tempes.

La situation est grotesque. J'étais déjà fatiguée à cause du voyage, de tout ce qui m'arrive, toi, mon tableau, l'enfant. Et voilà que je dois subir à présent les insinuations de cette vieille qui m'a fait venir ici pour me faire culpabiliser et me servir un dîner à base d'animaux aux yeux vitreux.

Je compte mentalement jusqu'à trois et articule bien chaque mot. Je regarde ma grand-mère dans les yeux. Il faut qu'elle sache que je n'ai pas peur.

« J'ai essayé de prendre de vos nouvelles pendant deux ans, en vain. S'il y a quelqu'un qui a disparu sans laisser de trace, ce n'est certainement pas moi. »

Ma grand-mère me toise avec mépris. « On a dû t'apercevoir deux heures une fois tous les deux ans ces dix dernières années. Comment ça se fait ? Pour l'argent, bien sûr, la seule chose qui vous intéresse, ton père et toi. Tu es bien sa fille. Tu as toujours été de son côté, ma chérie, tu es exactement comme lui. Maintenant, tu vas avoir ce que tu as toujours voulu, ta maison, après tu pourras bien ne plus jamais revenir. »

La comparaison avec mon père me fait sortir de mes gonds. En une seconde, tout passe au deuxième plan, la maison, les bonnes manières, la famille. La seule chose qui compte est de lui rendre sa méchanceté coup pour coup. Je ne suis plus la gamine craintive qu'ils pouvaient exploiter pour gérer leurs sombres histoires.

Je ne suis plus la fille italienne de Timéo, celle qui vivait au loin et n'était citée que quand il s'agissait de se plaindre et de faire du chantage. Elle me doit du respect, et pas seulement parce qu'elle est ma grand-mère. Je suis Teresa Casalta, et je ne suis pas venue ici pour me faire maltraiter.

Avant même de prendre conscience de mon geste, ma main attrape par réflexe le couteau comme un poignard et le plante violemment dans le crabe. Quelque chose se rompt, la carapace expulse un liquide blanchâtre, le jet éclabousse mon tee-shirt. Je bondis de ma chaise sous le regard impassible de Louise et celui, furieux, de Grand-mère.

« Je vais me changer, puis je partirai. Merci pour le dîner. »

Et sur ces mots, je quitte la pièce.

Alors que je traverse à la hâte le couloir sombre, je me dis que cette scène t'aurait fait rire. D'ailleurs j'ai moi-même envie de rire, mais malheureusement les larmes arrivent les premières.

*

Je pleure.

C'est devenu une habitude en ce moment. Je pleure pour expulser cette colère qui me dévore. Je serre de toutes mes forces l'oreiller entre mes mains, y plonge mon visage. Comment ai-je pu me fourrer dans une telle situation ? Ces derniers mois, j'ai l'impression de vivre un mauvais rêve dont je n'arrive pas à me réveiller. Je veux m'en aller, m'échapper de l'île. Il faut absolument que je quitte ces lieux le plus vite possible. Je ne désire rien d'autre que tout laisser derrière moi, comme si ce bref voyage était le comble du cauchemar, ce moment où on tombe dans le vide avant de se réveiller brutalement.

Quelqu'un frappe à la porte, délicatement, me ramenant à la réalité. « Entrez », dis-je avec un filet de voix, tout en m'essuyant les yeux à la hâte.

Je vois apparaître le visage de Louise.

« Thérèse…

— Louise, je m'en vais. Tu peux m'appeler un taxi, s'il te plaît ? » lui dis-je fermement en m'asseyant sur le lit.

« Attends, ça te dit de parler un peu ? J'appellerai un taxi après, si tu veux. »

Je soupire bruyamment et tourne la tête. De l'autre côté de la petite crique, il me semble apercevoir la fenêtre briller dans l'obscurité.

Je ne réponds pas, et Louise se remet à parler : « Grand-mère est vieille et s'inquiète pour son avenir. Elle est seule depuis trop longtemps dans cette immense maison, et cela fait des années qu'on cherche un acheteur. Tu sais ce qu'elle a traversé : la mort de mon père, et tous les problèmes qu'a causés ton… Tu ne dois pas le prendre mal, tu sais comment elle est, ce n'est pas après toi qu'elle en a, mais après lui. Il nous a fait beaucoup de mal, Thérèse, tu devrais savoir qu'il m'a frappée il y a quelques années et…

— Je suis au courant, dis-je en l'interrompant, je n'ai pas envie d'entendre rabâcher cette histoire.

— Très bien », répond-elle. Elle a compris qu'il vaut mieux ne pas insister. « Mais c'est quelqu'un de dangereux, ton père, je le dis pour toi. Si jamais tu avais besoin de quelque chose, Thérèse, sache qu'ici, en Corse, et dans ta famille, nous ne sommes pas tous égaux. » Elle fait une pause. « On ne se connaît pas beaucoup, mais j'ai toujours admiré le courage avec lequel tu as affronté ta situation. Même quand tu étais petite. » Elle s'interrompt encore. « À part ça, Grand-mère est désolée de ce qu'elle t'a dit au dîner, elle voudrait te présenter ses excuses.

— Excuses acceptées, Louise, mais je n'ai pas vraiment envie de rester.

— OK, si c'est ce que tu as décidé, je n'insiste pas. Mais attends demain, signe d'abord les papiers, sois un peu rusée, ne t'en va pas comme ça. Grand-mère sait qu'elle a eu tort. Ne te prive pas de cette occasion, continue-t-elle, devinant que je suis prête à céder. Signe les papiers, et demain tu t'en iras avec une maison en poche. »

Je me mords la lèvre inférieure et pense à nouveau à toi. Je voudrais qu'on puisse partager ce moment. Je voudrais que la maison t'accueille toi aussi et ne soit pas uniquement pleine de mes rêves, de mon ambition. Depuis que tu n'es plus là, ma « Grande Occasion » vire au cauchemar.

« Thérèse ? »

Je m'étais perdue dans mes pensées. « D'accord, je vais venir signer. Et je partirai demain. »

Louise sourit. « Je savais que tu étais une fille intelligente. »

Et moi, je sais que vous ne me considérez pas comme un membre de la famille. Mais c'est entendu ainsi, je suis ici pour la maison, pas pour recoller les morceaux.

Quand je reviens au salon quelques minutes plus tard, ma grand-mère est assise dans le canapé. Elle a un mouchoir à la main et la tête inclinée, comme si elle pleurait et voulait qu'on la console. Je ne vois pas son visage. Quand elle relève la tête, elle se force à sourire, mais elle a une expression peinée. Je la trouve fausse et écœurante. Toute cette mise en scène, conçue uniquement pour punir mon père en le privant d'une partie de l'héritage qui lui revient, c'est mesquin et déloyal. D'ailleurs, je participe pleinement à cette farce moi aussi et je ne peux me permettre de juger.

« Grand-mère, dis-je en essayant de paraître conciliante, qu'est-ce qui se passe ? Ce n'est pas la peine de pleurer.

— Mais oui, maman », insiste Louise, qui arrive de la cuisine avec un dossier à la main. Je ne sais pas comment elle fait pour surgir toujours derrière moi. « Nous sommes des Casalta, nous sommes tous faits du même bois. On sait bien que quand on s'énerve… », et elle cligne de l'œil vers moi.

Je réponds par un sourire complice et regarde ma grand-mère, qui semble avoir apprécié cette repartie et a repris son sempiternel air glacial. En une seconde elle redevient elle-même : sur son visage ne subsiste pas une ombre de la fragilité que je viens d'y voir.

Je m'avance vers Louise, qui dépose les papiers

sur la table, et nous nous retrouvons toutes les trois debout, en train de contempler les feuilles en silence.

C'est ma grand-mère qui rompt la glace : « Ma chère Thérèse, même si les choses n'ont pas toujours été faciles entre nous, par ce geste j'espère te prouver, du moins en partie, combien tu es importante pour moi et pour nous en tant que membre de la famille. »

Je soupire et acquiesce.

« La Corse est sublime, continue-t-elle, mais pauvre. Ce que je veux te donner, avant de m'en aller…

— Arrête, maman, l'interrompt Louise, agacée. Tu ne vas pas nous quitter ! »

Grand-mère sourit. « Bien sûr que non, mais tôt ou tard… En tout cas, Thérèse, celle que je veux te donner est une superbe maison. Tu la verras demain. Fais-en ce que tu veux, amènes-y tes enfants, quand tu en auras, ou bien vends-la, ce qui sera peut-être le mieux. C'est une maison très spéciale, pour toi seule. Tu es liée à elle plus que tu ne l'imagines. Tu la verras demain, c'est une surprise. À présent tu n'as qu'à signer et inscrire les données de ton passeport. Demain, nous irons chez le notaire pour faire valider les papiers, puis elle sera à toi. »

Le mot « enfants » m'est tombé dessus comme un coup de poing dans le ventre et m'empêche de me concentrer sur ce qu'elle a dit juste après.

« Ça va, Thérèse ? » demande Louise d'une toute petite voix. J'ai dû pâlir.

« Oui, très bien, excusez-moi. Merci, Grand-mère. Où est-ce que je dois signer ?

— Ici, ma chère.

— Très bien, je vais chercher mon passeport. »

Ma grand-mère et ma tante hochent la tête d'un air satisfait.

Je me dirige vers ma chambre en traversant de nouveau le couloir. Chaque fois que je croise une pièce qui donne sur la crique, je regarde vers la mer. Est-ce que j'espère apercevoir l'ombre ? Bien que l'atmosphère se soit détendue dans la maison, et mes nerfs aussi, l'impression d'être suivie ne me quitte pas. Je m'efforce de ne pas y penser. Arrivée dans ma chambre, je ne lève même pas les yeux. J'évite la fenêtre et cherche mon passeport.

Demain, après le notaire et la visite de la maison, je quitterai l'île et commencerai sérieusement à réfléchir à ce que je veux et dois faire. Pour le moment, j'avance pas à pas. J'essaierai aussi de contacter William pour savoir si je peux lui donner un coup de main.

Tout en fouillant dans mon sac, je touche mon téléphone et l'écran s'éclaire. Il y a un message WhatsApp de ma mère que je ne lis pas et celui d'un numéro inconnu. C'est bizarre, je n'ai laissé le mien à personne d'autre qu'à William. Je l'ouvre et ma gorge se serre.

Teresa, ça fait des semaines que j'essaie de te contacter. J'ai demandé ton numéro à ta mère. Il faut que je te parle. Tu me manques.

C'est toi. En une seconde tu réapparais, et c'est comme sortir d'une longue apnée. L'air qui entre dans les poumons fait presque mal. C'est trop, je respire et pourtant j'ai l'impression d'étouffer. C'est toi, et tu veux me parler. Tu ne m'as pas oubliée.

Mais le moment n'est pas propice. À ton tour d'attendre, comme je t'ai attendu jusqu'à présent.

Je repose le téléphone sans relire le message. Je le glisse dans la poche la plus profonde de mon sac, comme pour l'y oublier. Je prends mon passeport, mais au moment de m'en aller je reviens sur mes pas et récupère le téléphone au fond du sac. Je l'empoigne comme on rattrape quelque chose sur le point de tomber et sors enfin de la chambre. La seule proximité de ton message me rassure.

Même la fenêtre me fait moins peur à présent. Que celui qui m'épie, qu'il soit réel ou le fruit de mon imagination, voie la femme que je deviens et sache que ma grand-mère n'est pas la seule à ne plus avoir peur de rien.

Je retourne en hâte dans le salon. Ma grand-mère est assise sur le canapé, et tante Louise adossée à la cheminée, avec son habituel regard impénétrable.

« Me voici. » Je parle trop fort et ma voix résonne.

« Merci, Thérèse, alors inscrivons tes données dans le contrat », dit ma grand-mère en retrouvant son calme et en se frottant les mains.

Nous nous rapprochons de la table. Je pose mon portable et remplis les papiers rapidement, en essayant de me concentrer. Je vérifie deux fois ce que j'ai écrit, puis soupire de soulagement. À cause de ton message, je lis le reste du contrat en diagonale. Je vois l'adresse de la maison, mais mon cerveau est incapable de retenir des informations.

« Très bien, ma chérie, dit ma grand-mère sans parvenir à cacher sa satisfaction. Maintenant, nous devons trinquer ! »

Soudain, le sentiment d'être la seule à qui échappent les événements me frappe.

Louise disparaît pour revenir peu après avec une bouteille de champagne et trois verres. Ma grand-mère profite du moment où nous restons seules pour attraper mon poignet de ses doigts fins. Elle a le visage contracté en une grimace d'où s'est enfuie la satisfaction de tout à l'heure. De la terreur : voilà ce que je lis dans ses yeux. Je devine qu'elle est sur le point de me dire quelque chose, lorsque ma tante entre dans la pièce. Ce devait être une énième pique, je songe.

Nous portons un toast à la maison et à ces retrouvailles. J'ai l'impression de rêver. La situation est si absurde. Je ne devrais pas boire, mais je ne peux pas me justifier, alors je prends un verre. J'espère ne pas faire de mal à l'intrus caché dans mon ventre. Pourvu qu'il dorme et ne sente rien. Après ton message, tout est encore plus opaque, irréel. Ma tante, ma grand-mère et moi trinquons devant la mer et le maquis obscurs qui nous entourent. Au-dessus de nous, un manteau d'étoiles. Je décide de lâcher prise, de me détendre quelques minutes. Je me concentre sur la maison qui vient de devenir mienne, oubliant son origine, à qui elle devrait appartenir, et les conséquences possibles. Je trinque à moi-même, et à moi seule.

Nous finissons notre champagne en silence. Grâce à Dieu, aucune de nous ne ressent la nécessité d'ajouter quoi que ce soit. Soudain, je me rends compte que je ne tiens presque plus sur mes jambes. L'épuisement écrase mes émotions. J'ai signé le contrat, je m'en irai demain soir, tu m'as écrit un message. Tout compte fait, les choses s'arrangent.

Louise me demande si je veux un thé, me dit qu'elle en boira un avec ma grand-mère avant de rentrer chez elle, mais je décline l'invitation, l'embrasse et me réfugie dans ma chambre. Je retire à la hâte mon tee-shirt sale et le jette dans un coin de la pièce. J'enlève aussi mon jean et reste en culotte. Je me glisse dans le lit frais, sous un drap propre et une couverture assez lourde qui me réchauffe. Je caresse mon ventre nu. Si j'appuie doucement sous le nombril, je parviens à sentir une légère tension abdominale. Ton enfant. Tu imagines ? Il est en moi, en train de dormir et grandir. Il a hâte de se réveiller, je le sens. Il me tiendra compagnie dans ce voyage loin du monde réel.

En éteignant la lumière, je m'aperçois que le rideau est resté entrouvert. Depuis le lit, je vois le ciel sombre et les étoiles, et de petits nuages mus par le vent. J'ai trop sommeil pour me lever et tirer le rideau. Je me souviens aussi avoir oublié mon portable sur la table dans le salon, à côté de mon passeport. Mais me lever pour le récupérer est décidément trop pénible.

Cette nuit, les étoiles éclairent mon front et me disent bonne nuit. Enfin une trêve. Mes pensées flottent, s'entremêlent, créant de nouvelles fantaisies…

Alors que je vais m'abandonner au sommeil, un bruit tout proche me fait sursauter.

Je me relève d'un bond. La lumière est allumée et devant moi se tient quelqu'un. Je mets quelques secondes à identifier ma tante Louise. Instinctivement, je me couvre la poitrine avec le drap.

« Il ne faut pas avoir honte, on est en famille », dit-elle.

Je balbutie je ne sais trop quoi.

« Ce soir, je ne fais que t'épouvanter, ma pauvre Thérèse. Mais ce n'était pas mon intention, au contraire, je suis venue ici pour te mettre en garde. »

Je fronce les sourcils et la fixe. Son visage est sillonné de rides profondes, creusées par la fumée. Son teint mat fait ressortir ses yeux verts, son air androgyne et ses lèvres minces.

Louise fait quelques pas vers moi et je recule d'instinct. Elle s'en aperçoit et sourit. Elle s'assied sur le lit et me prend une main. De l'autre, je continue de me couvrir avec le drap.

« J'espère que tu partiras le plus vite possible demain, sans passer chez ton père. »

Je reste de marbre. En sommes-nous vraiment arrivées là ?

« Tante Louise, j'aime mon…

— Chut ! Je sais que tu l'aimes, et c'est tout à ton honneur. Tu lui es fidèle même s'il n'a jamais été là pour toi. Et tu as aussi supporté ma mère, ta grand-mère. Tu es une femme forte. Je l'ai toujours su. Mais écoute-moi, à présent. Je pense que tu as déjà compris la raison pour laquelle elle a voulu t'offrir la maison, non ?

— Eh bien, oui, enfin, j'imagine que…

— L'héritage. Ta grand-mère ne veut pas donner un centime à ton père, mais la loi l'y oblige. Et il existe une seule manière de l'éviter.

— Me donner à moi ce qui lui revient à lui.

— Exactement. Tu as trente ans, maintenant, tu sais ce qui motive la plupart des hommes. Et ton père n'est pas une exception.

— Oui, mais lui, en tout cas…

— Et toi non plus, tu n'es pas une exception, Thérèse, ou je me trompe ? »

Je reste sans voix. Son regard me transperce. Je n'arrive pas à répliquer. D'ailleurs, dans la position où je me trouve, je ne peux pas lui donner tort.

« Ton père serait prêt à faire n'importe quoi pour l'argent, Thérèse. *N'importe quoi*, tu me comprends ?

— Non, je ne te comprends pas, Louise, je ne vous ai jamais compris… Même si oui, bien sûr, moi aussi je suis venue ici pour avoir la maison, et ce n'est pas un secret. » J'essaie de lui montrer que je contrôle la situation, qu'elle ne parviendra ni à m'effrayer ni à me monter contre mon père.

« Thérèse, pense ce que tu veux, mais fais attention. Timéo est une personne très dangereuse, et si j'étais toi, je garderais mes distances. »

Je déglutis le peu de salive qui me reste dans la gorge.

« Dors, maintenant, je vais rentrer chez moi. Je repasserai peut-être demain matin, sinon j'espère te revoir bientôt, ma chère Thérèse. Je te le répète, tu peux compter sur moi. »

Je ne l'ai jamais vue comme ça. Je murmure un

« merci ». Alors, elle se penche vers moi et me prend dans ses bras. Je reste pétrifiée, continuant de serrer un pan du drap.

Puis Louise se lève et se dirige vers la porte. Avant de l'ouvrir et de disparaître dans le couloir, elle m'adresse un dernier coup d'œil et éteint la lumière, me laissant seule dans l'obscurité de la pièce. Sous la clarté vacillante des étoiles, j'entends le sifflement sinistre du vent. Ma peau conserve longtemps une étrange sensation.

*

Je me suis endormie depuis peu, lorsqu'un vrombissement explose dans le silence. Une moto. Je n'ai aucune idée de l'heure qu'il est.

Quelqu'un cherche à ouvrir la porte d'entrée en tirant violemment sur la poignée.

Puis les pas s'éloignent de quelques mètres.

Une poignée de secondes après, un coup sec. Ma respiration s'accélère.

Soudain, un bruit de verre brisé, d'une vitre qui vole en éclats. Quelqu'un vient d'entrer dans la maison. Collée au lit, je ne bouge pas d'un millimètre. J'entends des pas tout proches. Puis soudain, une voix d'homme émet un hurlement étouffé.

Le silence revient pendant quelques instants. Un silence absolu, interrompu seulement par les bruits de la nature, la mer, le vent et ma respiration, qui doit être audible à des kilomètres d'ici. Même mon cœur fait du bruit. Il faut que je m'enfuie. C'est la seule pensée lucide que je parviens à formuler. Je cherche une issue de secours. La fenêtre : je dois sortir par là et aller me cacher dans le maquis.

J'attrape le sweat-shirt informe que j'avais posé sur la tête de lit, puis me lève le plus silencieusement possible. Celui qui est entré dans la maison fait de même, ou alors il est immobile, parce qu'on n'entend plus rien.

La fenêtre coulisse vers le haut, dans un léger souffle. L'odeur humide de la nuit et de la mer me remplit les narines. Puis j'entends de nouveau les pas, qui accélèrent et se rapprochent. Viennent-ils par ici ?

Sans réfléchir une seconde de plus, je saute par la fenêtre. Me voilà hors de la maison.

Je me mets à courir, pénétrant dans le vieux camping abandonné, à travers les arbres, pieds nus sur les cailloux. Je me griffe les jambes, me heurte aux branches. Mon pied blessé me fait mal, mais j'ignore la douleur. Je veux me mettre à l'abri. Mon cerveau pulse sous une décharge d'adrénaline, il me guide au milieu des buissons et des arbres. Soudain, j'aperçois une structure en brique. Les dalles blanches qui recouvrent les murs surgissent dans l'obscurité. Les anciens sanitaires du camping, d'après mes souvenirs. Je décide d'entrer. Le sol semble recouvert de terre, je trébuche sur quelque chose, peut-être un caillou. Un de mes orteils commence à brûler. À tâtons, je trouve les vieilles douches et ouvre une des portes rouillées. Le grincement des gonds m'effraie, on dirait qu'il envahit l'air comme un signal d'alarme. J'espère qu'il – ou elle ? – ne l'a pas entendu. Je m'enferme à double tour à l'intérieur. Puis je ne bouge plus, aux aguets.

Pas un bruit. Ni pas, ni branche qui se casse. Seulement les feuilles des arbres, la mer au loin, un bruissement de temps à autre. On dirait qu'il a cessé de me suivre. Je ne cesse de me répéter à quel point ma cachette est banale, mais il est trop tard pour me remettre à courir.

Je ne sais pas combien de temps je reste debout dans la douche, une éternité, me semble-t-il, alors que seules quelques minutes ont dû passer. Tout à coup, un bruit lointain me fait sursauter. C'est le vrombissement de la moto. Est-ce qu'il part ? Est-ce qu'il vient me chercher ? Il est impossible qu'il arrive dans le bois à moto. Ne me trouvant pas, il pense peut-être que je me suis enfuie par la route.

Le véhicule s'éloigne, je l'entends monter la côte qui ramène à la route. Puis le bruit du moteur, en longeant le bois, revient dans ma direction. Il se rapproche. Je retiens mon souffle, mes jambes sont en coton.

Enfin le vrombissement passe et s'éteint. La moto est partie.

Je reprends mon souffle, doucement, silencieusement. Cette douche est comme une cellule de prison, où n'entre pas même un filet de lumière. Je n'ai aucune idée de quoi faire, mais je ne peux pas rester enfermée là-dedans éternellement, il faut que je prenne une décision. Dehors, il fait encore nuit, je n'ai pas envie de marcher dans l'obscurité. Je dois attendre l'aube, c'est la seule solution.

Soudain, une autre pensée me traverse l'esprit. Ma grand-mère. Après moi, c'était la seule personne présente dans la maison. A-t-elle entendu les bruits ? S'est-elle aperçue de la présence de l'intrus ? Et si c'était un voleur ? S'il lui avait fait du mal ? Je devrais peut-être retourner à la villa. Elle pourrait avoir besoin d'aide. Et si, en fait, c'était mon père ? Cette hypothèse m'assèche la gorge et je déglutis péniblement. Mon estomac se noue. Mon père veut-il vraiment me tuer, comme l'a laissé entendre Louise ?

J'ai peur de répondre à ces questions. Alors je reste figée dans le noir.

Peu à peu, je commence à bouger doucement, reprenant le contrôle de mon corps. L'adrénaline a baissé, et je me sens fiévreuse. Je m'accroupis et tâte le sol avec mes mains. Quelque chose remue entre mes doigts et s'échappe. Sous le coup de la frayeur, je recule. Un insecte, peut-être un rat. J'enserre mes genoux et les presse fort contre ma poitrine, les recouvrant avec le sweat-shirt déformé. Je pose ma tête contre un mur de la douche et tends l'oreille. Le jour se lèvera bientôt, et si rien ne bouge, j'irai vérifier que ma grand-mère va bien.

Je m'assoupis légèrement, pas plus de quelques minutes. Je suis réveillée plusieurs fois par mon cœur qui accélère brutalement. Enfin, j'aperçois un rai de lumière par le haut de la porte, et je comprends que l'aube est arrivée.

Je me lève. Mes jambes se sont engourdies et je ne sens plus l'une d'elles en dessous du genou. Je tape plusieurs fois mon pied par terre pour rétablir la circulation. Puis je me décide à ouvrir la porte. Je ne suis plus habituée à la lumière. Les vieux sanitaires du camping sont éclairés par l'aube pâle qui entre par les ouvertures latérales. Quelques plantes ont poussé entre les dalles décorées de petites fleurs bleues. Devant moi, un énorme miroir est accroché au mur. Il est encore intact et bien qu'il soit sale, je parviens à voir mon reflet. J'ai le visage creusé et une expression apeurée. Mon visage, qui paraît rapetissé, sort du sweat-shirt déformé comme d'une coquille. J'ai de la terre sur les bras et sur une cuisse, et plusieurs griffures tout le long du corps. J'ai froid, je suis peut-être tombée malade. Je soulève lentement mon sweat-shirt et regarde mon ventre. Tout a l'air d'aller. Je le caresse et espère qu'il ne s'est aperçu de rien. À petits pas, en faisant le moins de bruit possible, je sors des sanitaires et me retrouve dehors. Je respire le parfum intense d'eucalyptus et de résine. Une aube mûre, orange et rose, se lève sur la mer. C'est d'une beauté à couper le souffle. Cette apparition sereine est égoïste, indifférente aux événements de la nuit.

Je marche lentement, en silence, bras croisés contre la poitrine pour me protéger du froid. Mon pied blessé me fait souffrir à chaque pas. J'essaie d'éviter rochers et cailloux. Tout à coup, je vois la villa. Je ne suis pas allée bien loin cette nuit : ma cachette était ridicule. Avant de m'approcher, je l'observe de loin, cachée derrière un buisson. Tout semble normal. Je commence à descendre le sentier et longe le mur jusqu'à la porte d'entrée. Elle est ouverte. Par terre brillent les fragments de la vitre. Je décèle aussi les traces d'une moto. J'inspire profondément, puis j'avance en essayant de ne pas me blesser avec les éclats de verre. Sans y entrer, je jette un rapide coup d'œil dans le salon. La porte de la cuisine est entrouverte. Je m'approche sur la pointe des pieds pour regarder dans l'entrebâillement. La clarté orange de l'aube entre par les fenêtres. Avec un filet de voix, j'appelle ma grand-mère.

« Grand-mère ? »

Pas un mouvement, pas un bruit.

« Grand-mère ? Tout va bien ? »

Silence. Je me décide à ouvrir la porte complètement, tout en répétant : « Grand-mère ? Grand-mère ? »

J'entre enfin. Par les vitres, on voit la mer et le soleil qui a presque entièrement surgi de l'horizon. Le ciel propage des couleurs violentes, qui confèrent à la scène une atmosphère irréelle. La porte-fenêtre qui donne sur la falaise est ouverte. Ma grand-mère est peut-être dehors, raison pour laquelle elle ne m'entend pas.

Je sors, à la rencontre de l'aube. J'appelle ma grand-mère à grands cris. Aucune réponse. La maison a l'air abandonnée, envahie elle aussi par la nature de l'île. Habitée par une vie intérieure.

Je scrute l'horizon. J'observe ce tableau parfait où cohabitent ciel et mer. À mes pieds, la falaise à pic. Soudain, je remarque un détail de cette composition parfaite, qui m'avait échappé. Un linge blanc voltige quelques mètres en contrebas, sur les rochers. On dirait une robe, ou un drap.

Je reconnais alors le corps de ma grand-mère

renversé sur la roche, la tête tournée en arrière d'une façon peu naturelle. Ses yeux vides et distants semblent rivés sur moi.

La suite n'est qu'un hurlement violent et abyssal.

*

Je n'ai aucune idée de ce qui se passe ensuite. La peur s'est emparée de moi. Je suis terrorisée à l'idée qu'il soit encore ici, qu'il me réserve le même sort qu'à ma grand-mère. J'imagine la dureté des rochers, le bruit de mes os qui se brisent. Je m'éloigne rapidement de la falaise. La sensation d'être poursuivie est si forte qu'il me semble qu'une main invisible m'effleure les épaules. Mon cerveau me donne des ordres, indépendamment de ma volonté : prends ton portable, cache-toi, appelle la police, reste là à attendre. J'entre dans la villa par la porte-fenêtre de la cuisine et me dirige vers le salon. Je l'imagine aux aguets derrière chaque recoin. Mon père avec son fusil. Son air impénétrable. Pourtant, il a l'air de vouloir m'épargner pour le moment. Peut-être ne s'est-il pas aperçu que j'étais là hier soir. Est-ce la raison pour laquelle il ne m'a pas suivie ?

Dans le salon, je cherche mon téléphone frénétiquement, mais il a disparu. Je transpire. Ma grand-mère l'a peut-être caché ou a essayé de l'emporter avec elle. Je trouve le téléphone fixe, soulève le combiné : la ligne est coupée. Je fouille partout, ouvrant en grand les portes des placards, renversant les tiroirs débordants des meubles. Je passe à la cuisine et fais de même. Mon passeport reste introuvable lui aussi, et le téléphone fixe est débranché : quelqu'un a arraché la prise. Le contrat de la maison a également disparu. Mon sang se glace. Mon père a dû perdre le contrôle une fois qu'il a eu confirmation que nous voulions le spolier. A-t-il appris que je me trouve en Corse ? Ou bien Grand-mère lui a-t-elle dit que je n'étais pas là, pour me protéger ? A-t-il préféré ne pas vérifier et s'en aller le plus vite possible ? Peut-être me cherche-t-il déjà ailleurs : aucun assassin ne revient sur le lieu de son crime, surtout pas quelques heures après l'avoir commis.

Je scrute la pièce avec fébrilité. Une boulette de papier sous la chaise où était assise ma grand-mère au dîner attire mon attention. Je m'approche pour la ramasser, la respiration haletante. Me souvenant soudain que j'ai laissé mon exemplaire du contrat de la maison dans ma chambre, je préfère fourrer la boulette de papier dans la poche de mon sweat-shirt. Avec cet exemplaire, je pourrai récupérer les données de mon passeport. Je suis si bouleversée que j'en arrive à croire que je vais pouvoir quitter l'île et laisser pour toujours cette horreur derrière moi. Au milieu de tout cela, ma grand-mère gît, le cou brisé, inerte, à quelques mètres de moi. Le souvenir de son cadavre me pétrifie.

Je m'élance dans le couloir, terrorisée à l'idée que quelqu'un puisse surgir derrière une porte : mon père, ma grand-mère en sang, une nuée de mouettes. J'arrive enfin à ma chambre, dont j'ouvre en grand la porte, hors d'haleine, m'attendant au pire. Elle est telle que je l'ai laissée : le lit est toujours défait, et la fenêtre ouverte. Il fait jour maintenant. C'est une paisible journée de mars, superbe et cruelle, à l'aplomb de la mer.

Je reprends ma quête désespérée et finis par retrouver ma copie du contrat. Je la mets dans ma poche avant d'enfiler sweat-shirt, pantalon et chaussures. Ma blessure au pied se rappelle à mon souvenir par un élancement douloureux. J'ai les jambes griffées et les bleus sur mes cuisses s'étendent comme des taches de mûres. Il est temps de fuir cette maison maudite.

Une dernière pensée me traverse l'esprit : la maison sur le golfe, l'ombre. Et si elle avait tout vu ? Je me tourne vers la fenêtre encore ouverte, la gorge nouée. Même en plein jour, la bâtisse garde un aspect sinistre. On dirait qu'il n'y a personne.

Je m'enfuis à toutes jambes en me heurtant contre les meubles, les murs, les portes. Me voilà enfin dehors, fouettée en plein visage par les gifles chaudes du soleil, qui semble vouloir me réveiller de ce cauchemar. Mais cessera-t-il seulement un jour ?

Je marche à présent sur l'unique route du cap Corse, qui est déserte. J'avance au bord de la chaussée, côté falaise. Tantôt c'est un enchevêtrement de ronces qui me sépare du vide, tantôt un liseré de terre aride. Mon pied me fait mal et je commence à avoir chaud, avec mon sweat-shirt épais et mon pantalon. Le soleil darde ses rayons sur ma tête et embrume mes pensées. Il faut que j'atteigne le village de Luri, qui doit être situé à moins d'une dizaine de kilomètres de la villa de ma grand-mère. Chaque pas provoque une nouvelle décharge dans mon pied. Je l'imagine gonflé, les points de suture prêts à sauter d'un moment à l'autre, faisant couler le sang.

Soudain, le bruit d'une voiture qui se rapproche. Je me cache aussitôt dans les ronces, où je me tapis pour guetter son passage. De couleur cuivre, elle roule tranquillement. Un touriste, peut-être. Mes lèvres frôlent la terre. Une intense odeur d'humidité et de poussière me monte aux narines. Une fois certaine que je suis hors de danger, je me lève, me frotte les mains et me remets en chemin.

Devant moi, la route creusée dans la montagne, et la mer qui poursuit son mouvement hypnotique et régulier. Je n'arrive pas à croire que tout cela s'est vraiment produit. Je m'imagine en train de raconter cette histoire à maman, et l'espace d'un instant j'ai envie de rire. En buvant un verre de vin dans la cuisine, je lui répéterais tout pour la énième fois, elle aurait toujours la même expression choquée et surprise, comme si elle ne savait pas comment cela allait finir. Tout à coup, une pensée affolante m'envahit. Est-ce que je pourrai seulement lui raconter un jour? Et si je perdais la vie? Je m'imagine sa douleur, une douleur inhumaine. L'air me manque, je n'arrive même pas à pleurer. Je me répète ces cinq mots comme une prière: «Je ne veux pas mourir, je ne veux pas mourir, je ne veux pas mourir...» Puis je me souviens de lui, de notre enfant. Il est ici avec moi, vivant ce cauchemar que je n'ai pas su lui épargner. Ma première erreur de mère. Je l'ai amené ici, sur cette île, où la réalité se désagrège à chaque pas. La seule chose que je puisse faire, c'est le protéger. Je ne cesse de me dire que j'aurais pu faire une fausse couche, quelque part, ici en Corse. Peut-être pendant que j'échappais à la vue du corps de Grand-mère, ou alors sur cette route sans fin et absurde, qui longe la mer.

Soudain, je me souviens de la boulette de papier minuscule que j'ai ramassée dans la cuisine. Je m'accroche à l'espoir qu'elle me délivre un conseil, une solution, n'importe quoi de salvateur. Pour faire un pas de plus, il me faut absolument un espoir, si ténu soit-il. Je m'arrête un instant, pour reprendre mon souffle et retrouver ma lucidité. Je suis si fatiguée et confuse, avec ce soleil si insistant qui cogne sans trêve sur ma tête, m'obligeant à fermer les yeux. J'ouvre le petit mot prudemment, de peur que le vent ne l'emporte à bas de la falaise. Je mets quelques secondes à comprendre ce qui est écrit, même si la calligraphie est claire et les mots simples. C'est celle d'une personne âgée, sûrement Grand-mère. Mon cerveau refuse de collaborer, j'espère avoir mal compris, mais ce que je lis, malheureusement, n'a qu'une seule signification, choquante et funeste. Une force mauvaise agit sur l'île, et j'en suis prisonnière. J'en ai la confirmation. Rien n'arrive par hasard. Et il n'y a pas de temps à perdre : « *Cours, Thérèse ! Tu vas te faire tuer !* »

Les premières maisons de Luri apparaissent comme un mirage au milieu du désert. J'ai soif, je sens ma tête lourde palpiter. J'ai absolument besoin de comprendre, mais la raison m'abandonne. Soudain, les couleurs des fleurs des lauriers-roses, qui surgissent des maisons rustiques, semblent m'indiquer un chemin. Alors je les suis, les yeux mi-clos sous la lumière intense, et je pénètre dans le petit village. Au moment où je me dis que les plantes sont mon salut, que je reverrai bientôt Louise pour lui raconter ce qui m'est arrivé et qu'on m'embarquera sur un bateau ou dans un avion pour quitter cette île sans retour, mon corps brûle ses dernières réserves d'énergie et me lâche.

Au loin, j'entends le moteur d'un fourgon déglingué s'approcher. C'est la dernière chose dont je me souvienne avant de m'évanouir et de m'écrouler comme un sac sur la route poussiéreuse.

*

L'homme qui m'a aidé à ne pas m'évanouir devant le rideau de fer de la galerie de Chloé Cipriani s'appelle Olivier Poli. Il est propriétaire de la Boutique de mobilier, rue Gabriel-Péri.

L'intérieur du magasin sent le bois ancien et le vernis.

Dans son bureau, je suis lentement revenu à moi. J'ai bu un thé, mangé un en-cas qu'Olivier m'a gentiment offert, et me suis réfugié dans la salle de bains où j'ai englouti quelques calmants en m'accrochant au robinet d'eau froide.

Une demi-heure plus tard, Olivier et moi nous sommes regardés dans les yeux, que nous avions tous deux fatigués : les yeux de deux hommes vieillissants, porteurs des désillusions de toute une vie.

« Vous êtes donc un biographe d'art et vous êtes venu jusqu'ici, attiré par un tableau que vous avez vu sur un flyer glané sur Internet...

— Exact. »

Olivier m'observe, de l'autre côté du bureau massif en bois laqué. De temps à autre, il retire ses lunettes et en frotte les verres avec son foulard de soie.

« Et c'est pourquoi vous êtes remonté jusqu'à la galerie de Chloé Cipriani.

— Exact, dis-je encore, essayant de paraître sûr de moi.

— Et qu'espériez-vous trouver, dans cette galerie ? »

Sa question me laisse perplexe. « Chloé en personne, si possible, et les tableaux de Pascal Chadel, pour pouvoir les étudier de plus près. Et puis, qui sait, peut-être écrire quelque chose sur lui. » Je fais une pause, tente de mettre de l'ordre dans mes pensées. Sa question est très sérieuse et j'ai du mal à répondre. « En fait, il s'agissait d'un projet très vague. Voilà des années que je n'ai pas écrit une biographie, et je voulais me mettre à l'épreuve une nouvelle fois. »

Olivier acquiesce, puis inspire profondément : « Monsieur William Cole, je ne vous cache pas que dès que je vous ai vu, j'ai presque pris peur. Mais quand vous m'avez dit votre nom, eh bien... », il hausse les sourcils, « je vous ai évidemment reconnu.

— Oh, vous me flattez.

— J'ai l'intégralité de votre œuvre dans ma bibliothèque. Félicitations, ce sont d'excellentes

biographies. Mais ce qui me touche le plus, c'est que vous vous intéressiez à un peintre comme Chadel et à l'art de notre île.

— J'ai de bonnes raisons de penser que c'est un artiste passionnant. Qui sait, une réalité locale pourrait prendre de l'ampleur... »

Olivier m'interrompt : « Oui, exact, prendre de l'ampleur. Chloé a consacré sa vie à cela. Elle est revenue de l'étranger pour venir ici et offrir une opportunité à son île. Elle a ouvert la galerie à la force de ses seuls bras. On peut dire qu'elle a donné sa vie pour ce projet. Elle a trouvé Pascal, l'a approché, l'a convaincu... ça n'a pas été facile, vous savez. Cet homme a un talent incroyable, aucun doute là-dessus, mais c'est quelqu'un de particulier...

— Dangereux ?

— Peut-être. C'est un point que je n'ai toujours pas élucidé, monsieur Cole. C'est l'une des nombreuses pensées qui me hantent la nuit. Le jour de l'inauguration de l'exposition, Chloé était radieuse. Plusieurs personnes avaient participé, c'était un premier pas, mais c'était déjà bien. Pascal était absent, vous pensez bien, au milieu de tous ces gens... C'est moi qui l'ai aidée à fermer la galerie, ce rideau de fer que vous avez vu baissé aujourd'hui. Elle était un peu ivre, mais sans plus. Ce fut le premier et le dernier jour de la galerie. » Olivier s'interrompt et retire une fois encore ses lunettes d'un geste mécanique.

Alors, je lui demande : « Vous connaissez Chloé Cipriani personnellement ?

— C'était ma fille.

— Et serait-il possible de lui parl... » Mais au moment de terminer ma phrase, je me rends compte qu'Olivier et moi avons en commun bien plus que je ne l'aurais imaginé.

« Elle est morte, monsieur Cole, on me l'a enlevée.

— On l'a tuée ?

— Il semblerait, oui. Chadel était l'unique suspect, mais en définitive ma fille est morte sans un coupable, car la police n'a pu trouver aucune preuve. La galerie a été fermée, son contenu mis sous scellés. Et je suis resté là, à errer dans le monde comme l'ombre de ce que j'étais : un homme heureux. »

Chapitre 3

En ouvrant les yeux, je vois d'abord le plafond d'une maison que je ne connais pas, piqueté de taches d'humidité. L'une d'elles s'étend dans un coin. Où suis-je ? Odeur de vernis, de peinture. Remugle de moisissure, de couvertures conservées avec du camphre. Effluves de vieux bois, de meubles anciens. Un lit de bois, dur et d'un autre âge, des draps fins, usés par trop de lavages. L'espace d'un instant, je me crois chez Grand-mère. Autour de moi, les murs sont nus, jaunis par les ans. J'entends une musique, depuis des heures, me semble-t-il. Toujours la même. C'est un morceau de piano, répété en boucle, qui se répand dans l'air comme une litanie.

Il y a une petite fenêtre de quelques centimètres de large. Du lit, je ne parviens pas à voir au-dehors. J'essaie de bouger, mais mes muscles sont endoloris, comme mon pied. Je le glisse hors du drap pour l'observer. Quelqu'un a changé mon bandage. Celui-ci est immaculé. Je remarque aussi que je ne porte pas mes vêtements, mais une vieille chemise de nuit en coton défraîchi, avec de petits boutons de nacre sur la poitrine et des dessins délavés sur les bordures. Suis-je à l'hôpital ? Qui m'a changée ? Où sont mes habits ? Je me lève et m'approche de la petite fenêtre. J'aperçois alors des arbres, eucalyptus, tamaris, oliviers, genévriers : on ne dirait pas un jardin, mais une parcelle de terrain sauvage. Le soir va bientôt tomber, la lumière décline. Quelque chose remue dans les feuilles. Je recule à peine, et, alors, derrière un buisson trapu d'aloe vera, apparaît un chat. Soudain, la porte s'ouvre dans mon dos.

Je me retourne brusquement, mon cœur bondit dans ma poitrine. Sur le seuil se tient un homme. Il doit avoir une dizaine d'années de plus que moi, mais ressemble à un adolescent. Il est vêtu d'un pantalon large garni de poches et d'un sweat-shirt en polyester, tous deux tachés de peinture. Dans un autre contexte, je le qualifierais de normal. Immobile, sans prononcer un mot, il me toise. Dans sa barbe de trois jours pointent quelques poils blancs. Sa mâchoire est acérée, ses yeux vert clair. Une lueur étrange et inquiète y luit.

Je lui demande en français : « Qui es-tu ? »

Pas de réponse.

« Pourquoi suis-je ici ? »

Il reste mutique.

Indiquant du regard les taches de couleur, j'insiste : « Tu peins ? »

Il parle alors, sans me répondre : « On se rencontre enfin. »

Sa voix est grave, avec un timbre très clair. Mais

ses mots et son élocution saccadée me donnent des frissons.

« Pourquoi devrait-on se rencontrer ?

— Oui, je peins, affirme-t-il en ignorant à nouveau ma dernière question.

— Moi aussi », dis-je dans une tentative désespérée de l'amadouer. Je dois savoir pourquoi je me trouve ici, et qui est cet inconnu qui me regarde fixement comme si j'étais une voleuse entrée par effraction.

« Combien de temps ai-je dormi ? Est-ce que je me suis évanouie sur la route ?

— Oui, c'est moi qui t'ai sauvée avec mon fourgon. La chemise de nuit est à maman.

— Oh, merci beaucoup. J'allais à Luri, tu pourrais peut-être m'aider encore, j'aurais vraiment besoin d'utiliser un téléphone.

— Il n'y en a pas.

— Peut-être que si tu m'accompagnes à Luri avec ton fourgon, ils en auront un… »

Je le regarde avec des yeux suppliants, il suffirait de si peu, je veux seulement partir le plus vite possible.

« Le fourgon est en panne », déclare-t-il sèchement, et je comprends qu'il vaut mieux cesser de l'interroger.

Pourquoi cet homme me ment-il ? Pourquoi ne veut-il pas m'amener à Luri ? Je dois garder mon sang-froid et ne pas me laisser submerger par la résignation qui m'envahit subitement. Il faut que j'atteigne le village, pour tout raconter à ma tante. Elle seule peut m'aider.

Je touche légèrement mon ventre, amaigri et sans énergie. La tension abdominale est encore perceptible, signe de la présence de l'enfant, même s'il ne voit pas, ne sent pas, et se contente d'être là. Je crois que si je ne percevais plus cette légère protubérance un peu dure, je me laisserais mourir ici, devant cet inconnu, dans cet endroit que je n'ai jamais vu. Je mourrais avec le regret de ne jamais l'avoir connu.

L'homme saisit mon geste et l'interprète de travers.

« La soupe est presque prête », dit-il, puis il se tourne et sort.

Dans l'autre pièce, la mélodie a pris fin, puis a recommencé. Les notes se suivent sans interruption, me donnant la nausée.

Cette vaste maison doit être ancienne. Le froid y règne, à moins que ma température corporelle n'ait chuté. Des babioles et des meubles empilés la remplissent. Dans le salon trône une table en bois massif, très abîmée, sans nappe. La musique provient d'un vieux magnétophone posé par terre, relié à un câble usé qui disparaît derrière un meuble. Depuis le salon, on entrevoit une cuisine noircie, avec des tuyaux apparents enchevêtrés comme des ronces. Les plafonds sont tachés de moisissures et d'humidité. Les deux grandes fenêtres du salon surmontent un amas recouvert de lourds rideaux imprégnés de poussière. La maison semble abandonnée, avec ses commodes auxquelles il manque vitres et portes, ses chaises sans pied, ses bouts de bois épars. Pourtant, des traces de vie sont visibles çà et là : une tasse de thé sale sur la table, un pull gris en laine feutrée sur le dossier de l'une des rares chaises qui tiennent debout. Malgré l'obscurité et le silence, cette demeure a une âme.

Quand l'inconnu disparaît dans la cuisine, je m'assieds sur la chaise où gît le pull et en revêts mes épaules tremblantes. La pièce est éclairée par une ampoule suspendue au plafond. J'observe la table en bois devant moi. Des taches de couleur y sont incrustées. En dessous, le sol est encrassé, comme s'il n'avait pas été nettoyé depuis des mois. Tout à coup, l'homme sort de la cuisine avec une casserole chaude et la pose sur la table dépouillée. Puis il retourne dans la cuisine et revient avec deux assiettes ébréchées. Il s'assied devant moi et m'observe avec une sorte de soubresaut.

« Pourquoi as-tu mis ce pull ? »

Je le retire aussitôt et le lui tends. « Pardon, j'avais froid, je l'ai vu et je l'ai mis. »

Il l'attrape sans mot dire et le repose sur la chaise vide.

« Il est à maman. Tu ne peux pas le mettre », dit-il en me regardant sèchement. Puis il ôte le couvercle de la casserole d'où s'échappe une forte odeur d'oignon. La faim se rappelle aussitôt à moi. Je ne me souviens pas à quand remonte mon dernier repas, j'ignore quelle heure il est, combien de temps j'ai dormi.

Muette, je le regarde verser une espèce de soupe de légumes dans mon assiette. Nous commençons à manger, toujours en silence. Seule résonne en fond cette même mélodie qui se répète. La soupe a une saveur fade, et je me force à l'avaler. J'ai beau essayer de ne pas penser au froid, je tremble de plus en plus fort, jusqu'à ne plus parvenir à tenir ma cuillère, qui va cogner contre l'assiette. L'homme se tait tout en continuant de m'épier nerveusement du coin de l'œil, penché sur sa platée.

Ne pouvant plus supporter le froid, je finis par demander : « Où sont mes vêtements ?

— Je les ai lavés, ils étaient sales. »

Je comprends alors que la copie du contrat de la maison se trouvait dans mon sweat-shirt. Je n'en crois pas mes oreilles. « Mais… » La colère me monte au visage. « Qui t'a dit que tu pouvais me déshabiller ? Qui t'a dit que tu pouvais laver mes vêtements ? Il y avait un papier important, dans mon sweat-shirt, où est-ce que tu l'as mis ? »

Il me regarde sans répondre, et ses yeux ne révèlent rien de bon. Son silence m'agite encore plus. Pourquoi se tait-il ?

Je me mets à hurler : « Tu m'entends ? J'ai besoin de ce papier ! Il est très important ! Tu dois me le rendre, il est à moi ! » Je voudrais lui lancer l'assiette à la figure, le griffer et le frapper. Je me lève, prête à taper de toutes mes forces sur la table. Mais il me précède d'un bond qui me paralyse.

Un coup fulgurant m'atteint à la joue si soudainement que je suis prise de court. Puis l'homme attrape ma tête entre ses mains et approche son visage tout près du mien. La chaleur sur ma pommette augmente, et la pression de ses mains calleuses sur mes tempes s'intensifie. Il me serre de plus en plus fort. Je le regarde, terrorisée. Dans ses yeux vert clair, fendus et inquiets, je lis de la souffrance et de la haine. Cet homme n'a rien à perdre.

Avec les dernières forces qui me restent, je murmure : « Je t'en prie, ne me fais pas de mal », et deux grosses larmes chaudes glissent sur mes joues. Je ne veux pas que l'enfant ait à subir ça, et la pensée qu'il puisse me frapper au ventre m'effraie plus que tout.

« Écoute-moi bien, Thérèse. Tout ne t'appartient pas, tout ne *vous* appartient pas. Mets-toi bien ça dans la tête, ici ce n'est pas toi qui commandes ! »

Comment connaît-il mon nom ?

Je n'arrive presque pas à remuer la mâchoire. Sa prise se resserre.

« Je ne sais pas qui tu es, tu te trompes, je ne t'ai rien fait… »

Il me lâche d'un seul coup et je vacille en arrière. En retrouvant mon équilibre, je reprends haleine comme après une apnée. Je halète, tousse et porte mes mains à mes tempes, que je masse tout en m'éloignant de lui. Il continue de me scruter sans bouger, comme s'il attendait le moment propice pour m'achever. Cette fois-ci, je vais m'écrouler dans un coin, le front brûlant, attendant qu'il me tue. Je ne l'ai jamais vu, j'en suis certaine, je n'ai pas la moindre idée de qui il est. Je me mets à sangloter, d'abord tout doucement, puis de plus en plus bruyamment. Je me sens perdue, sans plus de forces pour lutter. Terrorisée, j'enlace mon ventre, tandis que le froid remonte du sol pour se répandre dans mon bassin et mon dos.

C'est alors qu'il fait quelques pas vers moi et s'accroupit. Je recule, me rapetisse encore, de peur qu'il me frappe une fois de plus. Son visage à quelques millimètres du mien, je sens son souffle chaud dans mon cou. Il m'étudie. Observe chaque centimètre de ma peau.

Puis tout à coup, il se lève et s'en va.

La musique continue, pénètre en moi et m'enveloppe.

Que veut-il me dire ? Que veut-il me faire ? Je suis secouée de frissons.

Il revient peu après et me lance mon sweat-shirt, propre et parfumé. Je l'enfile aussitôt et remarque que le contrat de la maison n'est plus dans la poche. Ce problème me paraît secondaire, à présent.

Il reste encore un moment silencieux, les yeux rivés sur moi, comme si ma présence suscitait en lui des émotions contradictoires. Cet homme me déteste, et pourtant un voile de curiosité résiste dans son regard.

Puis, solennellement, comme s'il s'adressait à un parterre de spectateurs, il me lance : « Je m'appelle Pascal Chadel. »

J'ignore qui est Pascal Chadel et ce que veut de moi cet homme qui prononce son nom comme si je devais le connaître. Je sais seulement que si je veux sortir d'ici vivante, je dois essayer de garder le contrôle et ma lucidité.

« Est-ce que je peux m'allonger sur le lit ? Je me sens très fatiguée. »

Il m'observe de son regard indéchiffrable, puis acquiesce d'un signe de tête.

« Demain, je te montrerai mes tableaux », dit-il

brusquement. Ce n'est ni une question ni une invitation.

Je saisis l'occasion pour essayer de le flatter, doutant d'être convaincante : « Je suis sûre qu'ils sont très beaux…

— Tu crois tout savoir ?

— Non, c'est juste que tu as l'air de savoir peindre… » Cette fois, je dois lui faire de la peine, parce qu'il ne me répond même pas.

« Je peux aller aux toilettes ? »

Encore le silence pour toute réponse.

Nous quittons la cuisine humide et Pascal m'escorte jusqu'à la chambre. Avant de sortir, il me montre un pot de chambre sous le lit, et j'ai la preuve définitive que je n'irai pas aux toilettes. Enfin, il s'en va sans mot dire, les yeux tantôt levés vers moi tantôt baissés vers le sol, comme s'il avait peur de croiser mon regard. Une fois seule, mon unique consolation est de constater que la musique faiblit.

Je m'assieds sur le lit. Les yeux rivés sur la porte fermée, je tente de rassembler mes esprits.

J'ai besoin de concentration absolue, comme lorsque je peins. Premier objectif : survivre. Deuxième objectif : sortir de cette maison et parler à ma tante. Il me faut un plan pour m'enfuir, et un autre pour rejoindre Luri. Je n'ai aucune idée de l'endroit où je suis ni de la distance qui me sépare de lieux habités. Il me faudrait un téléphone pour appeler la police. Donner l'alarme, prévenir que Grand-mère est morte, que mon père l'a tuée.

Au moins, tant que je suis cloîtrée ici, il ne peut pas me trouver. Une flamme s'allume dans mon estomac, puis remonte jusqu'à ma gorge. La pensée de mon père, qui m'affligeait avant, me met maintenant en colère. Elle me réchauffe et me redonne des forces, un courage inattendu. J'empoigne les draps. Je regarde mon ventre, m'imaginant le petit intrus qui baigne dans le liquide amniotique. Je lui promets que je nous sauverai tous les deux.

Je reste pétrifiée pendant d'interminables minutes : j'attends encore qu'il se passe quelque chose. La mélodie se répète au moins cinq fois. Quand elle reprend, une nausée incontrôlable s'empare de moi.

Soudain, à mon immense soulagement, la musique prend fin. Mes jambes sont engourdies, j'ai besoin de faire quelques pas. Je me lève, éteins la lumière et m'accroupis derrière la porte en tendant l'oreille. Quelqu'un monte l'escalier. Pascal doit être en train d'aller se coucher. Par la porte, aucune lumière ne filtre, la maison est désormais plongée dans l'obscurité.

J'attends encore. Pas un bruit hormis le vent qui souffle et le grondement de la mer. Pourtant, derrière la porte, à quelques centimètres de moi, je devine une présence silencieuse, qui écoute le moindre de mes mouvements, voit dans le noir et perçoit chacune de mes respirations. Un frisson me saisit. Mais si je veux survivre, je dois me libérer de la peur, la reléguer dans un coin reculé de mon esprit.

Quand j'ai estimé qu'assez de temps a passé sans que rien n'ait bougé, je me lève et attrape la poignée de la porte des deux mains. Je prie pour qu'il ne l'ait pas fermée à clé. Je la pousse légèrement. Le bouton est lisse et froid. Je commence à tourner. Soudain, elle se bloque. Je pousse encore, et un mécanisme saute. J'ouvre le plus lentement possible. La sensation que quelqu'un se trouve là-derrière est très nette. Je voudrais être invisible et silencieuse comme le vent, pour me glisser dans les fentes sans être vue. Mais devant moi, il n'y a rien. Personne. Seule la cuisine sombre. Par les fenêtres n'entrent ni la clarté du ciel étoilé ni la lueur de la lune. Une obscurité de plomb dissimule les objets et les êtres. Je retiens mon souffle et avance d'un pas dans le noir. Il faut que je trouve la porte d'entrée. Et si elle était fermée ? Il me faut essayer quand même. Je mets un pied devant l'autre, jusqu'au centre de la pièce. Je me cogne contre quelque chose, la table, je crois, et le bruit résonne dans le noir. Je tâte la surface de mes mains pour m'orienter, me souvenir. De la cuisine, on accédait à deux autres pièces au moins, fermées par des portes semblables à celle de ma chambre. L'une des deux doit mener à l'entrée, j'imagine, et donc à la sortie. Je tâtonne dans l'obscurité, mes mains oscillent dans le vide. Enfin, elles se posent sur un bouton froid. Il faudrait que je me dépêche, on pourrait m'entendre, peut-être Pascal attendait-il juste un mouvement de ma part pour mieux me surprendre. Je tourne la poignée avant de trop réfléchir.

Noir total. Une odeur de renfermé, piquante et désagréable, me tombe dessus. Où suis-je arrivée ?

Je ne sais si je dois continuer ou revenir dans la

cuisine. Dans mon indécision, je fais un petit pas dans la pièce, et ma jambe heurte un objet. Je perds l'équilibre un instant. Je me rattrape à une masse molle et chaude. Épouvantée, j'étouffe un gémissement. Mais rien ne se passe. Je deviens paranoïaque. C'est peut-être une couverture, qui pourrait d'ailleurs se révéler utile. Les nuits de mars en Corse sont froides, avec ce maudit vent qui s'infiltre partout. Je tends lentement un bras dans le vide pour toucher encore la masse devant moi. Elle est comme enveloppée dans la laine et dégage une chaleur intense. Je la tâte encore quelques secondes, sans parvenir à l'identifier. On dirait un animal. Mais quand cela sursaute sous mes mains, le cri que j'avais réussi à contenir explose violemment.

On m'attrape un bras. Une main, des os. La main semble petite et l'étreinte faible. Je n'ai pas le temps de comprendre ce qui se passe, car j'entends des pas descendre l'escalier. Pascal. Le bruit l'a alerté. Une seconde après, la lumière de la pièce m'éblouit, tout se brouille dans mon esprit, tandis que sa main me prend à la gorge. Je retire mon bras brusquement et bascule en arrière.

« Qu'est-ce que tu fais ici ? Hein ? » me hurle-t-il à l'oreille.

Glacée, je ne parviens pas à articuler une réponse.

« Qu'est-ce que tu voulais lui faire, dis-le-moi ! » Pascal me serre contre lui, me bloquant la respiration. Il tient ma tête levée vers le plafond pour que je ne regarde pas vers le bas. J'essaie de desserrer son étreinte, mais elle est si forte que j'étouffe.

Tout à coup, j'entends le vrombissement d'une voiture qui s'approche de la maison. Sauvée ! Pascal s'immobilise. « Merde », dit-il. Des portières qui claquent, des voix, des bruits de pas juste à côté de la maison. À ce moment-là, Pascal s'adresse à quelqu'un que je ne parviens pas à entrevoir. Il lui enjoint d'aller à la porte. Lentement, péniblement, une personne se lève d'un lit, qui grince. L'odeur piquante s'intensifie. Au même instant, on frappe à la porte.

Pascal relâche son étreinte et me fait pivoter face à lui. Durant la fraction de seconde où j'arrive à baisser les yeux, j'entrevois la silhouette d'une femme. Bossue, elle se traîne lourdement malgré son corps léger, en tenant à la main un bâton noueux et fragile comme elle.

« Si tu prononces un seul mot, je te jure que je te tue. Tu as bien compris ? » Pascal me regarde fixement, de ses iris incandescents, comme deux phares qui dardent sur moi toute leur lumière.

Il referme la porte de la chambre et me maintient contre lui, une main sur la bouche. Il éteint la lumière et nous restons sans bouger l'un devant l'autre. J'entends les pas de la femme s'éloigner de nous et rejoindre les voix. Ça sent la peinture, la forêt et le vernis.

La porte d'entrée s'ouvre et quelqu'un s'exclame : « Police, Pascal Chadel, police ! »

Il me serre encore plus fort. Je suis sûre qu'il sent les battements affolés de mon cœur comme j'entends les siens. Même si je le voulais, je ne pourrais pas crier.

Ma tante doit avoir donné l'alerte et on est parti à ma recherche.

Je crains plus l'étincelle dans les yeux de Pascal que sa force physique.

La voix de la femme est difficilement perceptible, je l'imagine comme un souffle ténu, presque inexistant. Puis plus rien, jusqu'au bruit sourd de la porte qui se referme, barrant la route à mon salut.

*

J'ai mal au cou à cause de l'étau d'hier. Une immense fatigue me tenaille. La première chose que je vois, c'est la tache d'humidité au plafond. Le premier son que j'entends, c'est le morceau de piano qui a repris sa lamentation monotone. La lumière du soleil entre par la fenêtre étroite. Je m'assieds péniblement sur le lit. Ce cauchemar commence à m'être familier, comme si je savais qu'il durerait à jamais. Je tire de sous le lit le pot de chambre en céramique, m'accroupis, lève la chemise de nuit de coton et urine. Tous mes muscles sont douloureux. Rester dans cette position me coûte un effort terrible. Je cherche dans mon urine la trace d'une anomalie, un reflet rouge sang, mais tout semble normal. Malgré la peur, une part inconnue de moi continue de grandir, ignorant le danger permanent.

Je me relève et me rhabille. Puis je m'approche de la fenêtre pour regarder au-dehors le jardin sauvage entraperçu hier. Au-dessus, le ciel bleu et lumineux de la Corse, celui que j'adorais enfant parce qu'il signifiait que j'étais auprès de mon père. Je me souviens du bruit d'un coup sec, de la poussée exercée pour refermer les lames des cisailles et tailler la branche. « Il faut élaguer les oliviers, sinon ils poussent mal. C'est toi qui dois aider les branches à trouver leur chemin pour atteindre le soleil, m'explique mon père, autrement elles cesseront de grandir. » Je m'y reprends, avec plus de vigueur. Enfin, la branche est coupée. Je peux voir la sève qui circule encore dans le bois et brille d'un vert vif sous le soleil de juin. « C'est bien », me dit-il, et il me donne en plaisantant une tape sur l'épaule qui me fait presque basculer. Alors je ris, tout en observant l'olivier attentivement, afin de choisir la prochaine branche. J'aime tailler les oliviers. Nous avons presque terminé de nous occuper d'une dizaine d'arbres qui se trouvent sur le terrain de mon père, autour des maisons qu'il a construites. La mer est visible, le silence règne. Nous sommes bien. Nous aidons les oliviers à forcir, et j'en apprends plus sur l'herbe kikuyu peu adaptée à un environnement aussi sec, ou bien sur les techniques pour chasser le cerf et le dépecer. Bien que je sois impressionnée, je ne laisse rien transparaître. Puis arrive un petit chat sauvage que personne ne parvient à attraper et qui saute dans les bras de mon père. Il m'explique que c'est une chatte, dont la maigreur pourrait être due à l'ingestion d'une souris empoisonnée. À moins qu'elle ne porte un chaton mort dans le ventre. Il tâte ses flancs et me dit : « Tu vois ? Sens ses côtes, elle est trop maigre, elle va mourir. » Je le regarde d'un air terrifié, alors il se corrige : « Je ne suis pas certain qu'elle meure, mais c'est probable.» Il la garde un peu dans ses bras, puis lui donne une caresse et la chasse.

À présent, tout est si confus que même le ciel semble conspirer dans mon dos. Plus personne ne semble digne de confiance. J'inspire profondément et avance vers la porte. J'attrape le bouton de la poignée avec détermination, m'agrippant de toutes mes forces à un espoir que je sais déjà être vain. Elle est bel et bien fermée, et moi prisonnière. Je tire plus fort, en la secouant. Rien. Je ne pourrai jamais l'enfoncer d'un coup d'épaule, je suis trop faible, même si elle est en vieux bois pourri.

Un bruit de pas, c'est sûrement Pascal qui s'approche. Une clé tourne dans la serrure, le bouton bouge, et le voici devant moi. Nous nous regardons, lui de ses yeux nerveux qui rebondissent sur tout, et moi fixement. J'espère lire sur son visage un indice qui me révèle où je me trouve et pourquoi.

«Tu viens prendre le petit déjeuner», me dit-il. Toujours sur ce ton qui n'est ni une question ni vraiment un ordre. C'est celui des fous, de ceux qui vivent dans un univers à part. Quelque chose en lui est insaisissable.

Je le suis dans la cuisine et m'assieds à la table. Pour ne pas sentir le froid, je porte mon sweat-shirt par-dessus la chemise de nuit. La lumière du soleil n'entre pas dans la pièce, car les rideaux nous isolent du monde extérieur. Pascal m'apporte une tasse de thé et des biscuits rassis que je mange avidement. Il faut que je reprenne des forces. Depuis hier soir, j'ai compris que je ne sortirai de cette maison qu'avec mes jambes.

La chambre de la femme est fermée, comme toujours depuis mon arrivée ici. L'odeur de putréfaction de ce lieu s'est imprégnée dans mon cerveau.

Après m'avoir servi le petit déjeuner, Pascal s'en va en portant un plateau. Quand il revient dans la cuisine, il a l'air détendu. Il s'aperçoit à peine que je le regarde, et comme s'il me devait une explication, il me dit : « Maman a tout mangé. Elle ne t'en veut pas. C'est quelqu'un de gentil, elle pardonne toujours. »

Si je veux sortir vivante de cette maison, je dois entrer dans sa tête. J'essaie de jouer le jeu, de me mettre à sa place.

« Merci. Dis-lui que je lui en suis très reconnaissante.

— Quand tu auras fini, je te montrerai mes tableaux. »

Cette fois encore, son ton est privé de nuances. On dirait une simple constatation, comme si rien n'était plus naturel.

Je lui réponds « bien sûr », en esquissant un sourire.

Je m'en sors plutôt bien. Pascal est calme ce matin. Je ne dois pas faire de faux pas, s'il a confiance et qu'il me parle, je comprendrai ce qu'il veut de moi.

Après avoir mangé les biscuits et bu mon thé, je me lève lentement de la chaise. Mes os craquent et mes muscles s'activent, brûlant toute l'énergie recueillie durant ces brefs moments de trêve. Depuis un coin de la pièce, Pascal observe chacun de mes mouvements, comme s'il n'avait jamais rien vu de semblable. Je devrais avoir peur qu'il me désire, qu'il me viole, et pourtant, inexplicablement, c'est bien la seule chose que je ne crains pas.

« Me voici, lui dis-je gentiment, je suis prête. »

Je monte l'escalier derrière lui. Les marches grincent à chaque pas. L'odeur de vernis et de peinture devient plus intense. Le deuxième étage de la maison révèle le même désordre qu'au premier. Des tableaux retournés contre les murs, des chevalets, des palettes tachées de couleurs, des pinceaux, le tout entassé dans le couloir. Pascal ouvre une des portes et nous entrons dans une pièce sans meubles. Au centre, une toile à peine commencée. Contre les murs, d'autres sont empilées en vrac. Le sol est maculé de grumeaux de couleur incrustés. Tout baigne dans la lumière, grâce à une fenêtre grande ouverte par laquelle entre une brise fraîche et parfumée d'eucalyptus, qui donne sur le jardin broussailleux que je connais déjà. La lumière naturelle et l'air frais me revigorent.

Montrant les toiles posées contre le mur, je lui demande : « Je peux ? »

Pascal hoche la tête d'un air sérieux, comme s'il craignait d'être jugé. Alors j'en soulève une et, en la tenant des deux mains, je la place devant mes yeux.

Ce que je vois me stupéfie plus que tout ce qui m'est arrivé jusqu'alors. J'en reste bouche bée. Les coups de pinceau sont épais, audacieux. À travers l'utilisation précise de la technique par coulure, les formes deviennent volumes. Elles semblent bondir hors du tableau, invitant à toucher les couleurs sombres qui se confondent sans signification apparente. Mais soudain, le sens se fraie un chemin dans le chaos et me submerge totalement. Le tableau suscite immédiatement peur, ressentiment et frustration, révélant un talent et une force créatrice impétueux.

Au bout de quelques minutes seulement, je m'aperçois que Pascal me regarde nerveusement en torturant les petites peaux mortes de ses doigts avec les dents. Sans mot dire, je dépose le tableau à terre et en tourne un autre. Celui-ci a des couleurs moins sombres, des traces de lumière le font briller d'une once d'espoir. Le sujet est identique, la beauté tout aussi évidente. Je le remets en place et commence à regarder frénétiquement toutes les toiles de la pièce avec émerveillement. Il me laisse dévorer ses créations, sans me quitter du regard.

« Ils sont superbes », dis-je en le regardant droit dans les yeux. Et l'espace d'un instant, ceux-ci cessent de remuer.

« Magnifiques.

— D'accord », répond-il sans sourciller, mais en laissant transparaître un éclair d'émotion.

À présent, je vois enfin Pascal l'artiste, et pas seulement le fou, grâce à cette émotion qui perce dans ses yeux et qui l'a trahi. Nous avons un talent commun, j'ai trouvé une langue avec laquelle nous pouvons communiquer.

Je montre l'un des tableaux et lui demande : « Qui est-ce ? »

Pascal ne me répond pas.

Ils ont tous le même sujet. Dans la plupart des

cas celui-ci se tient de dos ou semble quitter la toile. Dans d'autres, il est devenu un point à l'horizon. Tout autour la mer, le ciel, la forêt ou le noir total. Parfois, il est dissimulé par d'autres éléments, et on entrevoit alors juste un bras, surgissant par exemple de derrière le mur d'une maison. Quelques détails sont reconnaissables : un buisson, un pan de mur décrépit. Ces tableaux énigmatiques et fascinants dégagent une intensité contagieuse et de la nostalgie. Parfois, quand elle n'est qu'une silhouette, cette figure pourrait être un homme ou une femme. Je le regarde, pleine d'espoir, en pensant à William : qui sait ce qu'il dirait des tableaux qui m'entourent. Je me promets de lui en parler quand je le reverrai. Mais la pensée me traverse que ce désir pourrait ne jamais être exaucé, et une vague de tristesse inonde mon cœur.

« Pourquoi ne me montres-tu pas comment tu travailles ? Je suis très curieuse, moi aussi je peins, tu sais ? Tu pourrais peut-être m'apprendre. »

À ce moment-là, son regard s'éclaire à nouveau et il secoue légèrement la tête. Il s'approche de la toile à peine commencée et se met à peindre en silence.

Je devrais être effrayée. Pourtant, dès que Pascal s'empare de son pinceau, je suis émue comme lorsque j'entre pour la première fois dans un musée et me retrouve devant une œuvre que je rêvais de voir depuis longtemps.

Pascal disparaît dans une autre dimension. Accompagné par les notes lointaines et perpétuelles du piano venues du rez-de-chaussée, il danse et glisse sur les lignes qu'il trace. Il s'immerge dans les couleurs, en oublie de respirer, expirant parfois brusquement, restant d'autres fois en apnée, selon le rythme de ses coups de pinceau. Je l'étudie, essayant de mémoriser le moindre de ses mouvements. Il m'offre une leçon inestimable : j'assiste au travail d'un génie qui accouche d'une créature effrayante, tourmentée et pourtant riche d'harmonies incroyables. Je m'assieds par terre et l'observe, envoûtée. Pascal ne daigne pas m'accorder un seul regard. En vérité, je ne suis même pas sûre qu'il se souvienne de ma présence.

Soudain, il revient à lui aussi brusquement qu'il s'était évaporé. Et il me regarde enfin, harassé, vidé.

Je reste assise par terre, jambes croisées. « Splendide… », lui dis-je seulement et, en guise de réponse, il affiche une mine difficile à cerner. Pascal ne s'exprime ni par le regard ni par les mots. C'est comme si des nuages de couleur glissaient sur son visage, imperceptibles, délavés, transparents. À présent, j'y discerne un voile qui signifie « merci ».

Tandis qu'il referme les tubes de peinture, j'en profite pour jeter un coup d'œil aux tableaux du couloir. J'avance lentement, cherchant d'abord du regard l'approbation de Pascal. Les gestes brusques l'effraient, et quand il a peur, il devient violent. Là encore, sur ces toiles, le même sujet se répète de manière obsessionnelle. Il y a là assez d'œuvres pour remplir deux galeries d'art. Je suis ensorcelée, mais l'inquiétude m'étreint.

Après avoir regardé la moitié des tableaux environ, j'en découvre un différent des autres. Il me faut quelques secondes pour en déceler le sujet. C'est l'île, la Corse, avec la mer. Je reconnais un golfe, une falaise. Et au-delà du golfe, une maison. Une villa. C'est comme une révélation.

Non, ce n'est pas possible.

La villa.

Elle est vue d'une autre perspective, mais c'est bien elle, j'en suis sûre. Les portes-fenêtres en arcade, la petite terrasse devant le salon, la falaise en bas de laquelle j'ai trouvé ma grand-mère… Je lâche le tableau, la panique me gagne. Je commence à m'emparer de tous ceux qui sont appuyés contre le mur. Mon cœur bat la chamade. La maison est représentée le soir, le jour, la nuit. Répétée des centaines de fois, sa vision rebondit dans ma tête comme pour la faire exploser.

Je comprends enfin. Ce pressentiment qui s'immisce dans mon cerveau est le pire de ma vie. L'espace d'un instant, mon corps, mon esprit, mon courage, mon espérance, tout s'éteint et le noir l'emporte.

Je me mets à courir, incapable de penser, transportée par une force toute-puissante au milieu des tableaux dans le couloir, contre lesquels je bute. Je dévale l'escalier, au risque de tomber, perds l'équilibre : mon ventre heurte la rampe de plein fouet. Le souffle coupé, je continue pourtant ma course. Derrière moi, Pascal arrive à toute vitesse pour me rattraper en criant : « Thérèse, Thérèse, arrête ! » Je veux savoir la vérité, comprendre ce qui se passe. Arrivée dans la cuisine, je m'élance vers le rideau, l'attrape des deux mains et l'arrache. Quelque chose cède. Un nuage de poussière s'élève du tissu et scintille tout autour de moi, éclairé par la lumière du jour.

Me voilà face à la vérité, dans toute sa violence. La beauté du décor devant moi contredit violemment la terreur pure qui me tenaille. La mer étale reflète les rayons du soleil. La nature est caressée par une légère brise qui berce les branches et fait vibrer les éléments. Au-delà du petit golfe, la villa de ma grand-mère apparaît dans toute sa désolante splendeur. Un foulard blanc voltige au bas du ravin.

Je suis dans la maison d'où je me sentais épiée.

Et Pascal est l'ombre qui me poursuivait.

*

« Qui es-tu ? »

Au bas de l'escalier, agrippé à la rampe, Pascal a l'air décontenancé. Je m'avance lentement vers lui sans le quitter des yeux. Il remonte de quelques marches à reculons.

« Je t'ai demandé qui tu es, tu m'as entendue ? »

Ses yeux rebondissent à droite et à gauche, en quête d'un point de fuite. Mais il ne peut pas disparaître. Il est ici face à moi, face à la vérité. Son silence ne le protégera pas.

Je hurle : « Qui es-tu, qui es-tu ? »

Il reste muet. Enfin, son regard s'arrête sur le mien, et je le capture un instant. Il faut qu'il parle.

« C'est toi qui as tué ma grand-mère ? C'est toi qui es entré chez elle cette nuit ? »

Je suis à un mètre de lui, je voudrais serrer ma

main autour de son cou, faire sortir ses yeux de leurs orbites. J'avance encore de quelques pas en pointant le doigt contre lui, comme une arme.

« Pourquoi tu l'as tuée, hein ? Pourquoi ? lui crié-je en pleine figure. Pourquoi ? »

Rien ne bouge dans la maison.

Maintenant éclairée par la lumière du soleil, la pièce apparaît sous un jour nouveau. La poussière recouvre tout. Les meubles entassés semblent plus vieux et abîmés que ce que j'imaginais. Et Pascal aussi paraît plus cabossé et fatigué. Il a des cernes violets sous ses yeux clairs en amande. Sa bouche est close comme un cercueil. Il déglutit, puis pose le pied sur une marche derrière lui, sans me quitter des yeux. Il ne supporte pas que je sois si près de lui. Son corps est secoué d'imperceptibles sursauts chaque fois que je hausse le ton.

Mon visage est maintenant à quelques centimètres du sien. Ses pupilles sont fixes.

« Tu dois me dire la vérité, espèce de fou, tu dois me dire si tu as tué ma grand-mère ! » J'attrape la rampe et pose le pied sur la première marche. « Tu dois me dire pourquoi je suis ici et ce que tu veux de moi ! »

Soudain, quelque chose déraille. Je la reconnais. La colère. Je lève une main qui atterrit sur son visage, le laissant éberlué. Hors de contrôle, je voudrais que mes coups de poing et mes gifles soient les plus violents possible, mais ils me paraissent vidés de toute énergie, ralentis par une force contraire. Pascal protège son visage avec ses mains, sans dire un mot.

Soudain, un élancement aigu remonte de mon pied vers ma jambe, me faisant hurler. Pascal a écrasé de tout son poids mon pied qu'il a lui-même bandé. La douleur, aveuglante, est comme une aiguille enfoncée dans ma tête.

Il profite de ce moment de faiblesse, et tandis que je me plie en deux, brisée de douleur, il me frappe en plein estomac. Je perds l'équilibre et tombe. Heureusement, je n'avais monté qu'une marche.

Son coup de poing m'a bloqué la respiration. J'enlace mon ventre de mes mains, essayant de remplir mes poumons d'air. Je ne vois qu'une tache de vernis rouge sur le sol en brique. Elle seule semble avoir une réalité, le reste n'est que douleur. Ma tête tourne. Je me concentre sur la tache de couleur pour ne pas disparaître dans cet univers irrespirable.

Mais Pascal n'en a pas terminé. Je vois s'approcher son ombre du coin de l'œil. Je comprends qu'il va me décocher un coup de pied, alors je protège mon ventre. Il ne faut pas qu'il le frappe. Pas le ventre. Le ventre est sacré. J'entends sa respiration haletante, et j'ai juste le temps de lui adresser un coup d'œil suppliant, puis de voir son visage contracté, écarlate. Un coup de pied m'atteint juste là où il ne faudrait pas, et alors la tache au sol disparaît elle aussi.

Quand j'ouvre les yeux quelques secondes plus tard, je suis à terre. La douleur que je ressens au ventre m'épouvante et me fait vomir. Comme un écho au loin, j'entends la voix de Pascal hurler contre moi : « Ta grand-mère méritait de mourir, ta famille et toi, vous êtes pareils ! » J'essaie de me relever, mais la tête me tourne toujours. Pascal est debout devant moi. Je ne vois que ses pieds. Je n'arrive à me concentrer sur rien. Un nouveau haut-le-cœur me remplit la bouche. Je vomis encore. À présent, Pascal est accroupi devant moi. Impossible de discerner son visage. Il prononce quelques mots, que je ne comprends pas. Il s'approche, passe son bras autour de mon cou. Je n'oppose aucune résistance.

De nouveau, je vois une tache rouge sur le sol. Cette fois, ce n'est pas du vernis, mais du sang.

Je m'évanouis.

*

On me touche, on me déshabille, puis on m'injecte quelque chose dans les veines. Par moments, ma conscience m'abandonne puis revient. Odeur de moisissure, de désinfectant. On me dispense des soins. Ils sont deux dans la chambre. Je me sens plus calme à présent. La douleur a diminué. Je me laisse bercer par des pensées qui m'emportent ailleurs.

Je sens une présence à mes côtés. C'est Pascal, qui me fixe, tout pâle. Dehors, la nuit est tombée. Sur son visage une ombre étrange passe. Ses yeux tentent de me dire quelque chose que je ne saisis pas. Seule la mélodie continue, inexorablement, unique constante dans ce chaos.

« Pardon », murmure-t-il.

Je n'ai pas la force de répondre. Je respire doucement.

Chaque fois que mes poumons se gonflent, la douleur irradie sous ma peau.

« Maman m'a dit que j'ai eu tort. »

Il déglutit, regardant tantôt le mur, et tantôt moi. Son regard ne fait que m'effleurer.

« Je ne voulais pas te faire de mal. Je ne savais pas, pour l'enfant. Tu m'as agressé. Tu m'as frappé au visage. J'avais peur que tu t'enfuies. »

Je voudrais lui répondre, mais la fatigue me terrasse.

« Elle comprend tout facilement. Tu n'aurais pas dû m'agresser.

— L'enfant, dis-je dans un murmure. Où est mon enfant ?

— Il est toujours là. Mais tu ne dois pas bouger. Tu dois faire attention. Tu as perdu un peu de sang. »

Ces mots sont comme de la morphine dans mon corps. Je m'endors avec le visage de Pascal dans les yeux.

*

L'enfant est toujours là. Je voudrais l'embrasser, le prendre dans mes bras, lui dire que je suis heureuse qu'il soit en vie, que j'ai hâte de le connaître. Je me demande ce que tu ferais, toi. Si tu aurais peur pour moi et pour lui en ce moment. Mais tu n'as pas assisté à tout cela, et c'est mieux ainsi.

Je tourne la tête et regarde Pascal, assis sur une chaise à côté de mon lit, en train de peindre sur une feuille. Ses mouvements ne sont que le reflet de ses pensées.

Il s'aperçoit que je suis réveillée quelques minutes après. Il a les traits tirés de quelqu'un qui n'a pas dormi. Et dans le regard, une espèce de patine. Il doit avoir sommeil, ses yeux sont rouges. Il me regarde d'un air effrayé en se mordant la lèvre inférieure. Nous nous observons quelques secondes en silence.

« J'ai très mal au ventre, Pascal. »

Ma voix, très faible, peine à sortir.

Il bouge de quelques millimètres sur sa chaise et serre son pinceau entre ses doigts. « Je ne savais pas, pour l'enfant.

— Tu as été très cruel. »

Ses yeux reprennent leur mouvement hystérique. Il se mord la lèvre encore plus fort. « Je suis désolé. Tu m'as agressé. »

J'acquiesce sans répondre. Puis je l'étudie quelques secondes. Ce garçon me fait de la peine, il est terriblement pathétique. Renfermé dans sa folie, avec ce talent qui déborde et inonde tout, il est ici devant moi, mais voudrait être ailleurs. Lui-même ne sait pas où. « Qu'est-ce que tu dessines ? »

Pascal presse les feuilles contre lui.

« Allez, fais-moi voir. Ça fait du bien à l'enfant de voir les tableaux, il aime ça. »

Il ne répond pas, mais désigne mon ventre de la pointe de son pinceau. Il réfléchit quelques instants, puis se réinstalle sur sa chaise.

« Fais-moi voir le tableau. »

Pascal pose le pinceau à terre sans se soucier de l'essuyer. Il attrape le tas de feuilles et les tourne lentement vers moi.

C'est une ébauche, qui montre déjà clairement une femme allongée, aux lignes encore imprécises. On ne distingue vraiment que les épaules, nues. Sur l'une d'elles, on remarque une petite tache de vin. Je la reconnais immédiatement : c'est moi. Au centre de ce qui pourrait être mon ventre, un éclat de lumière. Mon enfant.

« Qu'est-ce que c'est ? »

Pascal ne répond pas. Il secoue la tête. Je vois les muscles de son visage se contracter.

« Tu ne veux pas me le dire ?

— Non, répond-il sèchement, les tableaux ne s'expliquent pas.

— Je voudrais te connaître un peu mieux. Un jour, lui aussi, il voudra », dis-je en effleurant mon ventre par-dessus le drap. Je ne sais où je trouve la force de mentir ainsi.

Pascal entrouvre la bouche, il retient son souffle. Puis il se remet à se mordre la lèvre. Il bouge en permanence, incapable de rester tranquille. Plus j'évoque l'enfant, plus il s'agite.

Il y a autre chose, sur ce dessin. À côté de la femme, c'est-à-dire de moi, je découvre une autre personne, pour l'instant à l'état de tache sombre. Aux premiers coups de pinceau que Pascal donne nerveusement commence à se dégager une figure penchée, tordue.

« Qui est-ce ? »

C'est un monstre, une ombre isolée dans un coin de la feuille. Pascal a un instant d'hésitation. Je l'encourage du regard. « C'est toi ? »

Il scrute le sol. Il a honte.

« Les tableaux que j'ai vus là-haut, ceux de la maison sur la falaise… comment connais-tu ma famille ? »

Pascal s'agite sur sa chaise.

« Je t'en prie, pour moi c'est important de savoir ce qui s'est passé dans cette maison… » Je pivote sur le matelas en m'aidant de mes mains et me relève sur l'oreiller, de manière à le regarder bien en face. Je ne détache plus mes yeux de lui. Il doit céder. C'est lui, l'ombre qui m'observait, le regard que je sentais sur moi. Il a tout vu.

« Ce n'est pas moi qui l'ai tuée. »

Je le savais déjà, d'une certaine façon, mais ça ne me suffit pas.

« Pascal, qu'est-ce qui s'est passé dans la maison sur la falaise ? »

À présent, ses yeux sont des billes de verre affolées.

« Il y va aussi de ma vie et de celle de l'enfant. »

Il serre le pinceau de toutes ses forces, l'agrippe comme un poignard. Son visage est lie-de-vin, il pousse de gros soupirs, le cou tendu. Je suis à deux pas de la vérité, je le sens. Mais je me souviens de l'enfant recroquevillé en moi, et je frissonne en pensant à la douleur et aux coups reçus. J'imagine le pinceau planté dans mon ventre après un accès de rage.

« D'accord, Pascal. Ça ne fait rien. Si tu n'as pas envie, on en parlera à un autre moment, d'accord ? Calme-toi, maintenant. »

Je n'ose pas l'effleurer de la main. Il semble sur le point d'exploser. Je cherche les mots qui pourraient le rassurer, tout en surveillant le pinceau.

« Comment aimerais-tu l'appeler ? »

Il me regarde, stupéfait.

« Tu ne voudrais pas m'aider à lui donner un prénom ? Je n'ai pas encore décidé. »

La tension se relâche, le libérant lentement, comme un poison qui se résorbe. Il réfléchit, heureux de cette proposition. Il continue de remuer la bouche, se mord l'intérieur des joues.

« Comment s'appelle son papa ?

— Il n'a pas de papa, pour le moment.

— Le mien est mort. »

Sa colère récente semble s'être évanouie. Ne restent que deux yeux qui ne savent pas où regarder.

« Vous avez quelque chose en commun. » J'esquisse un sourire.

« Le sien aussi est mort ?

— Non, il est vivant, mais il ne sait pas qu'il existe. »

Voilà qui semble le faire réfléchir. Il est attendri par ma proposition de trouver un prénom à l'enfant, même s'il se protège derrière un regard dur. Je devine qu'il passe en revue tous les prénoms qu'il connaît. Il sourit presque.

« Écoute, Pascal, je suis très fatiguée, pourquoi ne me laisserais-tu pas me reposer un peu ? On n'a qu'à réfléchir chacun à des prénoms, puis on se les dira. D'accord ? Ça te paraît une bonne idée ? »

Il acquiesce, puis se lève et pose le tas de feuilles sur sa chaise. Enfin, il sort de la chambre, sans m'adresser un seul regard. Le pinceau qu'il serre dans sa main droite tache son pantalon de peinture sombre.

À mon grand soulagement, me voilà seule. La

présence de Pascal à côté de moi me perturbe. Il peut perdre la tête, devenir dangereux. Malgré tout, je n'ai plus peur de lui. Ni de la mort non plus, je m'en rends compte maintenant, dans ces limbes entre réel et songe.

Sous mon nombril, je sens un point douloureux. Je caresse mon ventre doucement, je ne veux pas qu'il souffre.

Par moments, Pascal ressemble à un enfant, d'autres fois il redevient un adulte instable et dangereux. Il connaît la vérité. Il sait qui a tué ma grand-mère.

Par la fenêtre du salon, on voit la villa. Des explications à n'en plus finir bouillonnent dans ma tête. Pascal m'a enlevée parce qu'il veut me tuer. Il a des comptes à régler avec ma famille et veut se venger. Ou alors, il m'a sauvé la vie, et maintenant il me séquestre parce qu'il est seul et fou, et veut une amie. Mais il manque des pièces au puzzle pour que toute cette histoire tienne debout. Tout à coup, je me souviens de ses dessins abandonnés sur la chaise.

Je m'adosse un peu plus confortablement à l'oreiller et tends le bras pour les attraper. Chaque mouvement est éprouvant. Pascal m'a dit que je ne dois pas bouger, au risque de perdre l'enfant. C'est possible, et je n'ai pas d'autre choix que de le croire.

Après avoir posé les feuilles sur mon ventre, j'observe de plus près la première esquisse pour mieux en apprécier la valeur. La main de Pascal ne se trahit jamais, elle garde une précision impressionnante même dans la spontanéité. Je me concentre sur la finesse des rares détails que j'avais commencé à discerner, comme la petite tache de vin sur mon épaule, ou bien mes yeux terrifiés, mais brillants, qui regardent hors de la toile, comme pour chercher un point de fuite.

La tache noire avec laquelle il a commencé à me représenter dégage un sentiment de désolation. Une seule chose contraste dans ces couleurs sombres, l'étincelle sur mon ventre. Je suis longue et délicate, et ma silhouette prend forme sur un fond rouge. Peut-être à cause du sang que j'ai perdu. Si l'artiste n'était pas mon ravisseur, mais un ami, j'éprouverais une profonde tristesse pour lui. Il ne trouve pas la lumière en lui, et ne s'accorde pas même un espoir. Méchant, hostile et seul. Qu'a-t-il subi pour en arriver là ?

*

Cette maison est une île sur l'île, et le cap Corse est une autre île sur l'île. Je suis entourée par la mer et l'oubli. Personne ne sait où je me trouve, je ne peux pas communiquer avec l'extérieur. La bâtisse, délimitée par le jardin d'un côté et la mer de l'autre, m'a engloutie et faite prisonnière. Ma prison a des barreaux de couleur, elle est l'esprit d'un fou. La seule attache qui me reste avec la réalité se trouve dans mon ventre.

Hier, Pascal a continué de dessiner à côté de mon lit. Une répétition spasmodique des mêmes sujets : ombres, taches de sang, scintillements sur du noir. De temps en temps, il ajoutait un détail, difficilement saisissable. Il me tenait à distance. Cependant, la maison n'est pas réapparue.

Par instants, je suis prise par l'irrépressible élan de lui enfoncer le pinceau dans l'œil. À d'autres moments, il me fascine. Quand il peint, par exemple, je sens qu'il touche au plus près de mon être, de ce qui palpite encore sous ma chair à vif.

Ce matin, ma porte était ouverte et je me suis glissée dans le salon. À présent, je regarde par la petite fenêtre qui donne sur la cour, où naît une aube terrible. On dirait qu'une éternité est passée depuis que je suis arrivée en Corse. Mes sentiments d'alors semblent si lointains. C'est comme si tous mes problèmes s'étaient dissous et noyés dans ce lever du jour violacé qui se rue violemment sur le maquis et la mer, déformant leurs contours et leurs couleurs. Mon regard est un pastel qui capture le paysage et voudrait le restituer avec plus d'intensité encore. Je reste là, à observer la villa de ma grand-mère. Le linge blanc est encore coincé dans les rochers, mais il ne voltige plus, il est retombé sur la roche. Tout semble contraint dans une immobilité anormale, sous l'emprise hypnotique du ciel. J'ai l'impression de sentir les odeurs de l'extérieur, la résine, la terre, la mer. Et si je sortais ? En sursautant, je me vois en train de fuir, marchant le long de la route… mais je me contente de scruter la villa de ma grand-mère depuis le rideau entrebâillé.

Mon corps est tout endolori. Je ne suis pas prête. Il mourrait, je le tuerais. Je ne supporterais pas de porter en moi son petit cadavre.

Soudain, un détail dans la maison de l'autre côté du golfe attire mon attention : l'une des portes-fenêtres qui donnent sur la petite terrasse surplombant la mer est ouverte, juste assez pour laisser passer quelqu'un. La police devrait l'avoir fermée… est-il possible qu'ils aient oublié ? Et si au contraire personne n'était encore au courant de rien ? Si le cadavre avait été emporté par la mer ? Il pourrait être resté une journée entière à raidir sur les rochers. L'odeur humide de la mer. Le sel qui commence à assécher la peau morte. Puis la marée qui s'approche prudemment, caresse d'abord le corps, et un instant après s'enhardit et attrape jambes et bras, entraînant le cadavre dans les profondeurs marines, royaume de l'obscurité, des algues et des sirènes. Bizarre que je n'aie pas étudié cette hypothèse plus tôt. Quelle idiote, je prenais pour acquis que la police ait déjà été informée.

Tout à coup, la fragile immobilité du monde derrière la fenêtre est brisée en mille éclats par un mouvement inopiné.

Il y a une personne dans la maison de ma grand-mère. A-t-elle traversé la cuisine ? Peut-être. À moins que je ne me fasse des idées. Pourtant, j'ai bien vu une ombre. Je retiens mon souffle. La police, peut-être ? Je reste concentrée, les yeux rivés sur la villa.

Quelqu'un repasse devant la fenêtre. Cette fois, j'en suis sûre. C'est un homme.

Je brûle intérieurement. Il se déplace nerveusement d'une pièce à l'autre, comme s'il cherchait quelque chose. Je ne comprends pas bien ce qu'il fabrique. C'est peut-être juste un voleur. Mais je me souviens de ce que disait mon père : « Au cap Corse, personne ne serait assez fou pour aller cambrioler une maison. Tout le monde se connaît, et ils sont presque tous armés. Le voleur serait immédiatement découvert et puni. Le cap Corse est un endroit sûr, de ce point de vue-là. »

Le revoici. C'est encore lui. Tout cela est bien réel, je ne rêve pas. Je le vois passer par la cuisine, disparaître, puis réapparaître dans le salon. Même si je le perds du regard par instants, j'ai toujours l'impression de savoir où il se trouve. Peut-être dans ma chambre, en train de fouiller dans mes affaires, dans la valise abandonnée à côté du lit.

Il revient dans la cuisine. S'approche de la fenêtre. À présent, ses mouvements sont plus lents. Il se glisse par l'entrebâillement entre les deux vitres et sort sur la terrasse.

Une mouette plane à quelques mètres de l'homme qui, debout, scrute l'horizon. Bizarrement immobile, il est immergé dans la lumière féroce du ciel, qu'il semble défier. Il regarde vers la mer, le soleil levant inonde sa silhouette.

Il sort un objet de sa poche. C'est une cigarette qu'il allume tout en protégeant la flamme du vent avec sa main. La première bouffée est épaisse comme de la crème fouettée qui se mêle à la brume du matin.

Alors je comprends. Mon cœur se précipite dans la mer.

Je reconnaîtrais ces gestes à n'importe quelle distance.

Je ne bouge pas d'un millimètre et cesse presque de respirer, les yeux fixés sur mon père.

Que fait-il ici ? Pourquoi est-il revenu ?

Il ne reste sur la terrasse que quelques instants, le temps de se pencher et de regarder vers les rochers. Puis, alors qu'il est sur le point de revenir se cacher dans la maison, il tourne la tête brusquement, un mouvement sec et soudain, comme celui d'un hibou. Je n'en suis pas sûre, je ne suis plus sûre de rien, pourtant je pourrais jurer qu'il me fixe, une fraction de seconde, un millième de seconde, mais assez longtemps pour qu'un frisson glacé me paralyse la colonne vertébrale. Instinctivement, je lâche le rideau et bascule en arrière.

Je perds l'équilibre et tombe au sol en suffoquant. Je ne suis pas sûre que ce que je viens de voir soit réel. J'essaie de reprendre mes esprits, et mon souffle, plusieurs fois, jusqu'à ce que la tête me tourne.

Je me rapproche de la fenêtre. Avec deux doigts, j'attrape un pan du rideau. Le velours abîmé me picote l'intérieur des doigts. Je glisse lentement mon regard par une minuscule meurtrière qui s'ouvre entre les rideaux, essayant de les remuer le moins possible pour ne pas attirer l'attention.

Comme tout à l'heure le ciel m'agresse, mais plus aucune trace de mon père. Seule la mouette est restée, avec ses plumes teintées du violet qui coule du soleil. Il me semble apercevoir le reflet du ciel dans ses yeux sans vie.

Mais mon père a disparu.

« Qu'est-ce que tu as vu ? »

Derrière moi, une voix me fait bondir de peur.

Je me retourne brusquement. C'est Pascal.

Je n'ai pas entendu ses pas, comme s'il avait surgi de nulle part. Il porte de vieilles chaussures de randonnée et une veste imperméable. Les parfums de l'extérieur sont restés dans son sillage et lui collent à la peau.

Une rafale d'air frais durcit mes mamelons. Derrière lui, la porte d'entrée est ouverte. L'atmosphère semble imprégnée d'un givre scintillant, vestige de la nuit.

Pascal note immédiatement mon malaise. Il me regarde avec soupçon, la tête légèrement penchée. Je remarque ses mains rougies par le froid. Puis, tout à coup, c'est comme s'il avait compris. Il s'approche aussitôt de moi, alors je recule d'instinct, fermant les yeux comme s'il allait me frapper. La lourdeur de ses pas et la détermination avec laquelle il s'approche me terrifient. Alors que je m'attends déjà à sentir le goût métallique de la douleur dans ma bouche, Pascal me dépasse et continue son chemin. Il me frôle, et je perçois une odeur d'air humide et de bois brûlé. D'une main, il attrape le rideau et l'entrouvre.

« Qui as-tu vu ? » demande-t-il en scrutant la terre et la mer en quête d'une réponse.

Dois-je lui dire la vérité ?

Un bruit au loin détourne notre attention. Ténu, il résonne pourtant dans le silence de l'île. C'est le vrombissement d'une moto. Pascal se tourne vers moi, avec une expression de colère.

« Je le savais, c'était lui, il est revenu pour toi. »

Je ne bouge pas.

« C'est un salaud. Il te cherche, tu sais ? Tu dois cacher l'enfant. Il te fera du mal à toi aussi, il te détruira.

— Mais qu'est-ce que tu dis, Pascal ? *Qui* me fera du mal ?

— Lui. Ne fais pas semblant de ne pas le savoir. »

Il referme le rideau, évinçant ainsi la lumière du soleil. Nous replongeons dans une obscurité hors du temps. Pascal fait les cent pas dans le salon poussiéreux. Soudain, il s'approche de la porte d'entrée et la ferme à double tour.

Il soupire, se touche les cheveux, se mord les mains.

« Il t'a vue ? Hein ? Il t'a vue ? Il sait que tu es là ?

— Non, je ne pense pas. »

Je lui mens, enfin, je crois. Dans tous les cas, je ne veux pas que Pascal s'agite trop et perde tout contrôle.

« Pascal, calme-toi. Asseyons-nous un moment, buvons un verre d'eau.

— Tu as attiré son attention, hein ? Il a dû revenir pour chercher quelque chose, une preuve, peut-être… Mais tu es folle… il ne faut pas lui faire confiance… Maintenant, s'il veut venir te chercher, tu seras finie, ta dernière prière… »

Il fait des allées et venues à grandes enjambées. Interrompre cette marche incontrôlée serait trop dangereux. Il ne m'écoute plus.

« Pascal, je t'en prie, lui dis-je sur le ton le plus doux et conciliant possible, essaie de me raconter ce qui se passe. Quel est ton lien avec ma famille ? Qu'est-ce qu'elle t'a fait ? »

On dirait une toupie affolée. Il dessine des ovales dans la pièce, creusant des sillons imaginaires de ses pas frénétiques.

« Si tu ne me racontes pas, je ne pourrai pas t'aider.

— Je n'ai pas besoin de ton aide, tu as compris ? Je n'en ai pas besoin ! » Il crie, sa voix est devenue rauque, il a dû prendre froid, là où il est allé cette nuit. « Si tu veux partir, alors fais-le, d'accord ? Je m'en fiche. Va-t'en ! » Il indique la porte de son bras tendu. Il a les mâchoires contractées, les yeux rouges, sa poitrine se soulève en rythme.

Je voudrais avoir la force de m'échapper, mais mon enfant est suspendu à un fil et mon corps n'est pas un véhicule sûr. Dans mon esprit d'autres doutes ont pris place : si mon père m'a vue, que va-t-il m'arriver ?

Malgré mon immobilité, Pascal comprend que je suis tentée. « Tu veux t'en aller ? » Ses yeux sont rivés aux miens. « Tu le ferais vraiment ? Tu me laisserais ici ? »

Il est cramoisi. Bien qu'il articule distinctement, sans crier, je vois la raison quitter son esprit.

« Non, Pascal, je veux rester ici avec toi… Nous sommes amis, je veux que tu m'aides à peindre, je ne veux pas m'en aller… »

Il grince des dents et me regarde : j'ai quelques secondes devant moi.

« Apprends-moi à peindre, s'il te plaît… »

Pascal baisse les yeux à terre, où ses pupilles reprennent leur course folle. Il se calme, mais son corps tremble encore. Ses doigts remuent comme s'il jouait sur un piano invisible. Il est en état d'alerte, quelque chose brûle en lui. Mais il n'a pas l'air en colère contre moi.

Cette fois encore, je suis sauvée.

*

La commissaire de police m'écoute attentivement. Durant mon monologue, pas un de ses muscles ne frémit.

Elle m'a fait entrer dans la pièce principale du

commissariat de ce minuscule village du cap Corse. Les murs sont nus, le téléphone ne fonctionne pas. Sauvage, désolé, sinistre, voilà les trois adjectifs qui pourraient qualifier ce lieu.

Quand je suis arrivé à bord de ma ridicule voiture couleur cuivre, louée à Bastia, quelques vieux assis sur des bancs devant chez eux m'ont toisé et suivi des yeux tout au long du trajet. J'ai demandé des indications à un homme au visage sillonné de rides profondes et à la peau tannée. Ses yeux, voilés d'une épaisse membrane claire, étaient blancs. Je ne m'en suis aperçu qu'après lui avoir parlé. Je n'ai pas reçu de réponse.

La commissaire, Louise Casalta, m'explique qu'un meurtre a été commis et que le village est sens dessus dessous : le principal suspect est en fuite et il pourrait se cacher dans les parages. La fille du suspect a disparu, elle aussi est recherchée. Louise me montre ensuite une photo du fugitif. C'est un homme d'une quarantaine d'années, très avenant – la photo est ancienne, m'explique-t-elle. Au cas où je le croiserais, je dois absolument donner l'alerte.

« Il s'appelle Timéo Casalta.

— Casalta ? » Incroyable. Ils portent donc tous le même nom, ici ? C'est normal dans les zones très rurales, me dis-je, et je m'attends à ce qu'elle me donne la même justification. Mais…

« C'est mon frère. »

Je sursaute.

Un frère assassin… L'alliance des contraires, le bien et le mal, la commissaire et le meurtrier caché dans le maquis.

« Et la victime est ma mère. » Louise Casalta s'effleure les cils du revers d'un doigt, mais ne s'attarde pas sur le sujet.

Je lui ai déjà expliqué les raisons de ma présence ici : je suis un chercheur spécialisé en art, mes projets pourraient grandement intéresser leur village. Je lui raconte que je suis à la recherche de Pascal Chadel. « On m'a dit qu'il habite par ici.

— Pascal Chadel est un criminel. Il débloque. Il est fou. »

On me l'a déjà expliqué, voudrais-je lui dire, mais je me tais.

Louise s'allume une cigarette. L'odeur de la fumée se répand dans la pièce. Elle fume avec le même charme que les acteurs des vieux thrillers. J'ai soudain l'étrange envie d'en faire autant.

Elle caresse ses cheveux coupés court, libère son front d'une mèche qui lui retombait sur les yeux, puis me parle sans hâte.

Pascal Chadel est inapprochable, elle n'est même plus certaine qu'il peigne encore. Il pourrait par ailleurs être un témoin du meurtre.

« Vous nous avez surpris dans un moment assez particulier, monsieur William », explique Louise Casalta avec une intonation plaintive en hochant la tête.

Je me racle la gorge. La chaise me semble de plus en plus inconfortable.

Louise est très claire : il vaut mieux que j'abandonne. « Vous ne voudriez pas entraver l'enquête, monsieur William ?

— Bien sûr que non », dis-je comme une excuse. Je lui baise la main, Louise esquisse un sourire rapide. Son air épuisé traduit son implication dans cette affaire. Je veux bien la croire. Avec tout ce qui s'est passé, j'imagine qu'elle se protège derrière une cuirasse, pour endiguer le choc.

« Je vous assure que je vous tiendrai au courant en cas d'évolution concernant Chadel.

— De mon côté, je ne peux pas vous promettre que je vais partir. »

En effet, un peu plus tard, je loue une chambre dans un petit bed and breakfast, tenu par une femme nommée Ilia Klein.

C'est un joli coin, Sofia, et l'odeur des fleurs ne parvient pas jusqu'ici.

*

Une nouvelle nuit vient d'échapper au temps. Les heures s'accumulent, tombent dans le vide, venant s'ajouter à mon existence sur l'île.

Pour rejoindre la plage, nous avons parcouru un étroit sentier qui se fraie un passage entre des buissons secs et trapus. Mon pied ne me fait plus mal, mais je ressens par moments un élancement dans le ventre. Je récupère. Mon corps est presque prêt, et mon esprit travaille pour trouver un plan de fuite.

Pascal m'a demandé de le suivre, sans me dire où. Il veut me montrer un secret. Il avait l'air ému et calme. Alors je l'ai suivi, avec confiance. De toute façon, je n'avais pas d'autre choix. Pascal pense que je resterai à jamais avec lui. Pauvre homme. Cette histoire au sujet de l'enfant l'a touché au plus profond de son cœur et l'a envoûté. Quelque chose se métamorphose en moi aussi. Rien n'est plus comme avant. Mes priorités ont changé. Ce bébé détruit et recompose les situations à sa guise, avant même de naître. Il m'incite à devenir plus forte, à soutenir de mes bras tendus le poids de notre univers.

« On va avancer doucement, pour que tu ne te fatigues pas », m'explique Pascal sans se retourner.

Il marche à mes côtés, sans oser me toucher. Lorsque le sentier devient trop étroit, il reste un pas devant moi. Il porte un gros sac à dos, dont le contenu m'intrigue. Le soleil brûlant réchauffe l'air frais du matin. Je porte un pantalon qu'il m'a donné et mon sweat-shirt. Ça me fait du bien d'être dehors, même si j'espère que cette promenade sera courte. Pascal ne semble plus se tenir de joie. J'ai appris à reconnaître les ombres d'émotions qui passent sur son visage, même si le noyau profond reste un écheveau emmêlé.

Le ciel est pur, liquide, mercuriel. Une seule masse uniforme, légère, mais pleine et gonflée de couleur. J'ai l'impression que de grosses gouttes bleues pourraient me couler dessus.

De temps en temps, un vertige me saisit.

Au loin j'entraperçois la mer, déserte, entre les buissons. Ce n'est pas celle que j'ai imaginée ravir le cadavre de Grand-mère, celle qui encercle les rochers pour se hisser jusqu'à la rive. Celle-ci est calme et presque étale, comme un plateau de verre. J'ai envie d'y entrer doucement, de sentir sur ma peau sa surface de cristal, puis de nager et de dissoudre ce qu'il me reste d'énergie dans l'espoir de toucher l'horizon. Mais je continue de marcher derrière Pascal, tout en me demandant avec inquiétude ce qu'il me réserve.

Pourtant, le paysage est merveilleux, et nous arrivons enfin devant la mer. Nous sommes entourés de deux collines qui finissent où commence le sentier, comme si nous marchions entre les seins d'une femme. Tout est couvert de buissons drus et uniformes. De petits points violets et jaunes créent tout alentour un firmament de fleurs irrégulier et lumineux.

« *Carpobrotus, Ferula communis…* »

Pascal bafouille quelques mots entre ses dents, comme une formule magique.

« *Carpobrotus acinaciformis*, *Centaurea sphaerocephala*… Tu la vois ? On dirait un oursin, elle est petite et violette, délicate, mais entourée d'épines. Elle se protège.

— Pascal, je ne comprends pas. Qui se protège ?

— La *Centaurea sphaerocephala*, tu la vois ? »

Il s'arrête et se penche, ramasse une fleur, puis me la tend sans me regarder dans les yeux. Elle est violette et ronde, ressemble à une étoile ou à un poisson-globe avec des épines.

« Elle a des feuilles poilues, ajoute-t-il en esquissant un sourire.

— Tu connais les noms de toutes les fleurs ? »

Il hoche à peine la tête. Puis il se tourne vers la mer et poursuit son chemin. De temps à autre, il tend un bras vers le sol et murmure un nom : « *Brimeura fastigiata*, *Allium triquetrum.* » Il s'arrête, détache avec deux doigts une fleur jaune sur une petite plante qui en a engendré plusieurs.

« *Ferula*. Goûte. »

Je la pose sur mes lèvres et presse la tige entre mes incisives. Une saveur intense, que je connais et que j'adore, se répand dans ma bouche. Après les repas insipides des derniers jours, hormis le goût du sang, la *Ferula* réveille mes papilles.

« On dirait du fenouil !

— Parce que c'est de la férule, du fenouil sauvage », confirme-t-il, et il repose délicatement la tige de la fleur sur le sol.

Nous arrivons sur une plage minuscule. Nous dépassons les touffes d'aloès qui poussent spontanément, créant une barrière intermittente, verte et grasse. La plage sableuse est piquetée de buissons, au bord d'une eau transparente. La nature omniprésente est si odorante que la tête m'en tourne presque. On n'entend que le bruit des minuscules vagues ensommeillées, entrecoupé parfois par le vrombissement d'un insecte qui fuse à côté de mon oreille. En arrière-fond, les grillons chantent en toute quiétude tandis que le vent agite les hautes tiges légères, qui bruissent. Voilà la paix, cette galaxie que j'ai tant cherchée. Immergée dans une dimension irréelle, je me sens résignée et paisible, comme si j'étais sur le point de m'en aller pour toujours. Et pourtant, je reste déterminée à m'enfuir, certaine de n'avoir qu'une seule chance d'y parvenir.

Une fois sur la plage, nous laissons la mer sur

notre gauche. Quelques minutes plus tard, nous atteignons de hautes roches qui nous font obstacle. Pascal semble avoir atteint son but. Il monte sur un rocher et disparaît avec souplesse derrière le récif. J'hésite à le suivre, de peur que mes forces ne m'abandonnent, de tomber et me blesser.

Pascal réapparaît derrière la roche en fronçant les sourcils.

« Tu n'y arrives pas ?

— J'ai peur.

— Je vais t'aider. »

Il me tend sa main, que j'attrape. Grande et rugueuse, elle enveloppe la mienne. Cette main qui m'aide à présent est aussi celle qui m'a serré le cou.

Je place mes pieds dans les trous que le vent et la mer ont creusés dans la roche. Après une brève montée, Pascal disparaît de nouveau. Il semble être entré dans la pierre, mais j'entends sa voix toute proche.

« C'est mon endroit préféré. Il va te plaire. »

Quand je me retourne pour le chercher, je comprends qu'il est entré dans une grotte. Le fond est sombre pour mes yeux emplis de lumière, mais dès que je regarde la mer, un spectacle superbe apparaît.

La grotte fait environ trois mètres de haut. Les rochers ont été lissés par les vagues et le fond est sableux. Pascal grimpe, tandis que je m'accroupis pour m'y glisser doucement. Les parois rocheuses forment autour du paysage marin un cadre naturel si beau que le meilleur artisan d'Italie ne pourrait imaginer un travail aussi parfait. Le sable est chaud, surtout à l'entrée de la grotte, car le soleil y cogne encore. Le reste baigne dans l'ombre. Je m'assieds à quelques centimètres de la grève pour récupérer des forces. La chaleur me revigore. Derrière moi, Pascal a enlevé son sac à dos et farfouille à l'intérieur. Perdue dans la beauté de la nature, j'oublie la peur et les doutes. Mes pensées les plus sombres se noient pour un instant dans le bleu de la mer. Même celle de la mort, récurrente ces derniers temps, ne semble plus pouvoir m'atteindre.

Pascal sort un bâton de bois clair de son sac. Je sursaute. Il est concentré et ne remarque pas que je l'observe.

« Que fais-tu ? »

Ma voix semble lui parvenir d'une dimension lointaine. Il me regarde d'un air interrogateur.

« Hein, que fais-tu ? À quoi sert ce bâton ?

— Tu vas voir. »

Je me tourne de nouveau vers l'horizon. Il me faut absolument un plan de fuite, à mettre en œuvre dès que je serai de nouveau vaillante. Je devrai attendre que Pascal parte en expédition nocturne. Je l'ai espionné dernièrement, attentive à ses moindres mouvements. Il sort en pleine nuit, vers trois heures, et revient à l'aube. J'ai tout le temps pour m'enfuir. Désormais, la porte de ma chambre reste toujours ouverte. Il me suffira d'ouvrir une fenêtre pour me retrouver dehors. Je dois être à dix kilomètres environ du village. Si je sors à quatre heures, je pourrai arriver à Luri à six heures. Là, ma tante m'aidera à rentrer en Italie le plus vite possible.

Par moments, je repense à ton dernier message. Il me semble si lointain que je doute qu'il soit arrivé.

Parfois, j'ai peur d'avoir oublié le son de ta voix. Une sorte de black-out est tombé sur la période de ma vie précédant ce voyage. Tout ce qui a existé avant semble se dissoudre un peu plus avec chaque nouvelle journée passée sur cette île.

Un chevalet. Voilà ce que cachait Pascal dans son sac. Pas un couteau pour me dépecer, ni un fusil ou un marteau. Des toiles, un chevalet, des couleurs et des pinceaux. À présent, il monte une toile sur le chevalet au milieu de la grotte. La lumière du soleil coupe le paysage marin en deux, une ligne précise partage la réalité entre zone d'ombre et zone de lumière. Pascal s'est placé à l'abri du soleil et je me demande à quoi ressemble le monde à travers ses yeux. Il sort le pinceau et se met à danser. Je l'observe depuis la bande ensoleillée en enlaçant mes genoux. La chaleur du sable remonte dans mon bassin et la torpeur me gagne.

Peu après, la curiosité prend le dessus. Le voir à l'œuvre est un privilège, même dans cette situation absurde et inquiétante, et je dois en profiter. Surtout si je vis là mes derniers jours. Dans cette grotte perdue au milieu de nulle part, Pascal et moi sommes deux naufragés à la merci des vagues. Mais nous sommes ensemble, que je le veuille ou non.

En quelques minutes, le tableau a déjà pris une signification précise et une intensité tranchante. Fait troublant, Pascal ne paraît pas voir le même paysage jaune et bleu que moi. Il est ailleurs, bien loin d'ici. L'arrière-plan est sombre, flou, avec un seul détail humain. Au premier plan, deux mains prennent forme au centre de la toile. Pascal dessine un torse sans tête, qui sort du cadre et tient ses mains croisées à hauteur de nombril, comme assis en prière. Elles sont fuselées, mais marquées par les ans. Il parvient à rendre avec précision les veines, les rides profondes, les os qui saillent par endroits sous la peau. Ce sont les mains à la fois nobles et éprouvées par le temps d'un paysan, d'un travailleur de la terre à la vie de labeur. Pascal peint la peau de l'homme avec soin et dévotion. Je suis stupéfaite qu'il invente des détails si réalistes en s'en remettant à sa seule imagination. Il ne s'arrête jamais. Je pourrais m'en aller, rebrousser chemin, me cacher dans les buissons, il ne s'en apercevrait pas. Patience, le moment viendra.

Tout à coup, il émerge de son monde et revient sur la plage avec moi.

« À ton tour, maintenant. » Pascal me regarde. « Je vais t'apprendre. »

Sa proposition me laisse sans voix.

Il démonte le tableau du chevalet et pose la toile contre un rocher à quelques pas de nous, sans se soucier de l'humidité. Il en sort une neuve de son sac et la positionne là où se trouvait la sienne.

Ce vide blanc, familier et déroutant à la fois, absorbe toute la lumière alentour, annihilant mes pensées. Une toile intacte et inutile.

« Que veux-tu que je peigne ?

— Ce n'est pas à moi de te le dire », répond Pascal. Puis, le regard toujours fixé devant lui, il me tend le pinceau. « Peins ce que tu veux.

— Mais je n'en ai pas la moindre idée, moi ! » Voilà des mois que tout le monde me répète la même phrase, peins ce que tu as en toi, ce que tu ressens : et si je ne savais pas ce que je ressens ? Si je ne parvenais pas à voir en moi ?

« J'ai dit : peins. Ce n'est pas toi qui voulais que je t'apprenne ? Je te préviens, c'est ta seule chance, je ne te donnerai pas d'autres *cours*. »

M'armant de courage, je m'approche de la toile. Puis je prends le pinceau de la main de Pascal et me concentre sur le bleu du ciel et de la mer qui s'affrontent sans se mêler, en un point incertain, que je pourrais effleurer rien qu'en tendant la main.

« Tu as bien quelque chose à l'intérieur, non ? Alors, essaie de chercher. »

Mer et ciel s'évanouissent. Ne reste que le blanc de la toile et une telle conscience d'exister que tout autre sujet perd son sens. Peur, incertitude et confusion se brouillent face au danger que j'affronte.

« Je n'arrive à rien imaginer d'autre que moi-même.

— Très bien, alors peins-toi. »

Je commence à esquisser une figure. Pascal est derrière moi, je sens sa respiration et m'imagine ses yeux véloces parcourir les lignes que je trace. De temps à autre, il soulève mon coude, redresse ma main : « Tiens ton bras comme ça, ce sera moins difficile et tes lignes seront plus précises. » Ou bien il se concentre sur les couleurs : « Tu es sûre de vouloir utiliser celle-ci ? Tu ne te facilites pas un peu la vie ? »

Je continue sans m'accorder de répit, laissant couler le flux d'énergie qui transforme les pensées en couleurs. Les minutes passent, une heure peut-être.

« Très bien. C'est fini, tu vois ? Regarde-le attentivement. »

Pascal pose sa main sur mon épaule et m'éloigne de quelques centimètres de la toile.

C'est moi, sans doute possible, c'est mon portrait. J'ai utilisé des couleurs chaudes, le rouge, l'orange, mais aussi le noir et le vert. Le fond est bleu foncé. Dans ce tableau, j'ai mis mon être entier, ses contradictions et ses nuances. J'ai peint une expression qui en contient beaucoup d'autres, celles de divers moments de ma vie, et d'instants qui n'ont jamais eu lieu. C'est une adulte que j'ai représentée, déjà mère, dont le regard raconte son histoire.

Nous restons quelques secondes à contempler mon tableau.

« Merci, Pascal. »

Il hoche la tête.

« Voilà des mois que je n'arrivais plus à peindre, et je viens de réaliser le meilleur travail que j'aie jamais fait…

— Dans les prochains jours, tu l'affineras, tu soigneras les détails. Pour le moment, n'y touche plus. L'art s'est épuisé, il faut arrêter. »

Ma « Grande Occasion » est devant moi, j'en suis sûre, et pourtant cette pensée me fait souffrir. Je suis prisonnière. J'ai eu beau me distraire un moment, ma condition n'a pas changé. Oui, c'est ma « Grande Occasion », mais je n'arriverai sûrement jamais à livrer mon tableau à mon agente. L'exposition qui devrait me lancer comme artiste émergente pourrait être inaugurée sans moi. Je pourrais mourir sur l'île sans que personne sache où je me trouve…

Un détail me détourne de ces idées noires. Un je-ne-sais-quoi d'anormal se dégage du tableau, comme si je l'avais déjà vu.

« Tu ne vois pas quelque chose de bizarre ?

— Non », répond-il.

Je regarde dans les yeux cette moi-même qui me rend mon regard avec dureté et tente de me transmettre un message. Pourrais-je l'avoir copiée sans le vouloir ?

« Il me semble que je l'ai déjà vue quelque part.

— C'est toi.

— Oui, c'est vrai, c'est moi, je me suis vue tant de fois, pourtant… c'est comme s'il y avait aussi quelqu'un d'autre.

— À cause de l'enfant ? »

Mais le tableau ne représente que mon visage, mon ventre est hors champ.

« Non, comme s'il ressemblait à une autre personne. »

Le soleil a tourné, laissant la grotte dans l'ombre.

« Pascal, s'il te plaît, aide-moi à comprendre ce qui se passe… »

Il a l'air sérieux et distant, comme distrait par un nuage qui passe à l'horizon.

Soudain, l'air me manque. Pour ne pas m'affoler, je dois me concentrer sur ma fuite. Je dois me répéter que je m'en irai d'ici, que tout reprendra sa place, que le tableau sera exposé, que l'enfant naîtra et deviendra une personne heureuse, que je te reverrai bientôt et que nous arriverons à nous regarder en face et à nous reconnaître.

« J'essaie seulement de comprendre, Pascal, je veux reconstituer le puzzle. J'ai peur qu'il m'arrive quelque chose. Vraiment. »

Mais il ne répond pas, toujours distant. Me rassurer est le dernier de ses soucis. Son fonctionnement mental est altéré, enrayé. Il est incapable d'empathie, ce n'est qu'un maudit fou.

« Pourquoi ne veux-tu pas m'aider, hein ? Pourquoi ne me dis-tu pas ce que je fais ici ? Pourquoi me retiens-tu prisonnière ? »

Il se retourne brusquement. Son visage a changé d'expression. Il hurle, à quelques centimètres de moi : « Je ne te retiens pas prisonnière ! Tu appartiens à cet endroit, tu dois rester ici, c'est chez toi, tu as compris ? J'ai décidé de te sauver. Ils pensent que je ne sais rien, que je suis juste fou, mais moi j'ai tout compris, Thérèse ! »

Je suis paralysée.

« D'accord, ne te fâche pas, je ne poserai plus de questions idiotes, j'ai eu tort. »

Il ne répond pas, comme s'il se retenait avant d'exploser.

Quand il se met à respirer bruyamment, je recule de quelques pas. « Pascal. Viens, allons voir la mer, tu veux bien ? On pourrait enlever nos chaussures et tremper nos pieds dans l'eau. Tu aimerais bien ? »

Un cahot nerveux le fait sursauter. Il semble émerger brutalement du sommeil.

« Oui, j'aimerais bien.

— Viens avec moi, alors, on va s'approcher de l'eau. »

J'effleure sa main, observant sa réaction. Il la repousse un peu, puis la remet dans la même position, alors je l'attrape et la tire légèrement vers moi. Je ne perds pas ses yeux de vue pour capter son attention. Il doit se fier à moi. Si je veux savoir la vérité, il doit se persuader que je suis la seule personne au monde à être proche de lui.

Nous retirons nos chaussures, les vaguelettes nous mouillent les pieds. L'eau froide nous réveille. Le reste du monde est calme. Pascal observe ses pieds disparaître par intermittence dans les vagues. Il se mord la joue, visiblement torturé.

« Je ne voulais pas crier. »

Il tourne la tête vers moi, une fraction de seconde.

« Ne t'inquiète pas… »

Je continue à remuer l'eau et le sable avec mes pieds. Je ne connaîtrai pas la vérité ce soir, c'est certain.

Tandis que Pascal, soulagé, se penche pour toucher l'eau, trempant alors une manche de sa veste, une vague plus haute que les précédentes vient mouiller ma jambe. Un frisson remonte jusqu'à mes tempes, me confirmant que ce que je vis est bien réel.

*

Mon plan est très simple, et les possibilités d'échouer réduites, mais pas nulles. Surtout, le risque n'est pas des moindres : je risque ma vie. *Deux* vies, en vérité.

Il existe trois manières dont je pourrais probablement nous perdre : Pascal m'attrape pendant que je m'enfuis et me frappe à mort ; je fais une fausse couche mortelle la nuit sur le chemin de Luri ; mon père est posté à l'extérieur de cette prison et me tire dans la tête avec son fusil.

Une fois, quand j'étais petite, il m'avait raconté qu'une de ses connaissances, un homme respecté, mais criblé de dettes, s'était enfoncé dans le maquis la nuit, avec son fusil. Nous étions seuls tous les deux dans sa maison isolée pendant qu'il me racontait cette histoire en ménageant bien ses effets : « Tout à coup, Patrick s'est mis le fusil dans la bouche et *pam !* » Il avait presque hurlé *pam !* « Et tu sais, Thérèse, ce qui reste d'un homme quand il se tire dans la bouche avec un fusil ? » Après un long silence, il avait ajouté : « Rien. »

Cette nuit, Pascal sortira vers trois heures. Je n'ai aucune idée de là où il se rend ni pourquoi, et peu m'importe. Mais à trois heures, il quittera la maison et se perdra dans l'obscurité, m'offrant ainsi la seule et unique possibilité de m'échapper et de me sauver.

Par superstition, dès qu'un tournant crucial se présente dans ma vie, j'évite de me projeter, me concentrant seulement sur le présent pour éviter d'être déçue. Cette fois encore, je m'efforce d'éloigner le souvenir de ma famille, de ma mère, de tes bras lourds quand nous nous endormons ensemble.

Car tout cela, je ne le revivrai peut-être jamais plus, et cet enfant, je ne le connaîtrai peut-être jamais.

Le présent seul existe.

J'ai mangé plus que d'habitude ce matin, et j'ai même caché quelques morceaux de pain derrière le lit. J'en aurai besoin au cas où mon évasion devrait durer plus longtemps que prévu. Je me suis aussi procuré un couteau, volé dans la cuisine. Il n'est pas spécialement aiguisé, mais il peut toujours se révéler utile. J'ai retiré le bandeau à mon pied : la blessure cicatrise, un hématome noir et jaune est apparu sur le pourtour. Cette tache est le produit de la folie de Pascal. Mon ventre ne me fait plus mal, les pertes de sang ont cessé. L'enfant est sauf, du moins pour le moment. Hors de question que quelqu'un y touche à nouveau. Je me suis souvent demandé s'il était mort à l'intérieur de moi sans que je m'en rende compte. D'ordinaire, je ne dis rien dont je ne sois sûre, mais *je sais* qu'il est vivant. Je le sens grandir. Pascal a cessé de chercher un nom, il a dû oublier. Je me sens à présent physiquement capable d'affronter la fuite vers le village.

Ce soir, je n'aurai pas le droit d'échouer.

Pascal a l'air plus détendu, mais son calme m'inquiète. Il est serein parce qu'il a désormais la certitude que je vivrai pour toujours avec lui.

Assise jambes croisées sur le sol crasseux, je l'observe en train de peindre. Je jette de temps à autre un coup d'œil à la fenêtre, vers le jardin sauvage où le chat apparaît puis disparaît. Le soleil, implacable, se lève chaque jour avec une intensité croissante, prêt pour l'été.

Autrefois, la seule présence de la lumière me rassérénait. Mais c'était une autre époque. Le soleil remplissait alors ma vie, mon cœur, et la plage de Barcelone.

Le bruit du pinceau et l'odeur de la peinture m'enveloppent tandis que je profite de ces derniers moments de quiétude avant de devoir agir. Pascal est bien loin d'ici, perdu dans un univers de formes où il erre, seul, s'efforçant avec peine de m'y introduire. Moi aussi je cherche refuge dans des souvenirs qui me réchauffent le cœur. Comme ton sourire.

Sais-tu que je suis prisonnière ? Penses-tu à moi parfois, t'inquiètes-tu ?

Ou me crois-tu déjà morte et as-tu cessé de me chercher ?

Voilà des jours que je porte les mêmes vêtements sales. Je voudrais me changer, prendre une douche avant de partir, mais la maison de Pascal ne dispose pas de l'eau courante. Pour cuisiner et boire, il utilise un robinet dans le jardin. Pour se laver aussi, je crois. Il ne craint pas le froid et la chaleur ; il ne vit pas dans la réalité des autres êtres humains. La sienne, si particulière, est la seule où il peut gérer ses sentiments et les aléas de l'existence. Je me demande si, différemment du reste du monde, il ressent le froid en trempant son pinceau dans la peinture bleue, se brûle lorsqu'il trace des lignes rouge feu, pleure lorsqu'il représente la mort et s'émeut en dessinant l'amour.

Pascal peint un demi-buste qui ressemble à ses autres autoportraits, mais avec une variante presque imperceptible. Cette fois il est torse nu, les épaules légèrement courbées, comme si une douleur invisible s'était emparée de lui. Pourtant, on ne lit pas de souffrance dans ses yeux, mais une lueur ténue de félicité.

Après quelques coups de pinceau, un autre détail me stupéfie : il a dessiné sur la peau de son épaule une tache de vin semblable à la mienne.

« Pourquoi t'es-tu dessiné une tache de vin ? »

Il continue de peindre, imperturbable. Plus il ajoute de détails, et plus ma perplexité augmente.

Ce n'est pas seulement la tache de vin, mais aussi l'ovale du visage, la couleur des yeux, leur forme… son autoportrait est mon portrait tout craché.

« Pascal ? » Mais c'est comme s'il ne m'entendait pas. « Pascal ? Pourquoi me ressembles-tu autant sur ce portrait ? »

Il ne me répondra pas. Le tableau m'inquiète et m'attendrit à la fois. Il ressemble beaucoup au portrait que j'ai peint sur la plage grâce à son aide.

Pascal était seul, et maintenant il a quelqu'un à ses côtés, proche de son art, l'unique moyen dont il dispose pour communiquer son bonheur que je sois avec lui.

Tandis qu'il continue de s'acharner sur le tableau, je me lève pour me dégourdir les jambes.

Je traverse la pièce jusqu'au couloir, où les toiles représentant la villa sont encore telles que je les ai laissées la dernière fois, tournées vers le mur. Au fond, près de la dernière porte fermée de la maison, il en reste d'autres, que je ne connais pas. Je m'approche prudemment, Pascal travaille encore et ne prête pas attention à moi.

Je découvre des toiles où le décor change, et où figure la silhouette sans visage que j'ai déjà vue. Derrière la porte fermée se trouve une pièce où je n'ai jamais pénétré. Il vaudrait mieux que j'évite d'entrer et me concentre sur ma fugue nocturne. Pourtant, je suis convaincue qu'un secret qui me concerne y est dissimulé.

La poignée n'oppose pas de résistance. La vieille porte de bois s'ouvre en grinçant, tandis qu'un nuage de poussière se dissipe autour de moi. La pièce est semblable à l'autre, où j'entends Pascal jeter du vernis sur la toile et le répandre à grands coups de pinceau et de doigts. L'unique fenêtre est occultée par un vieux rideau pourrissant. Odeur de renfermé, de saleté et de peinture. Dans la pénombre, je m'aperçois que la pièce est remplie de toiles entassées les unes sur les autres. Prenant bien garde à ne pas les bousculer, je me dirige vers le rideau. Je l'entrouvre à peine, juste assez pour faire entrer la lumière et révéler les tableaux.

Ceux qui sont à côté de moi sont encore de Pascal. Je reconnais aussitôt son trait. Ils révèlent moins de maturité, mais sont plus spontanés. Bientôt le fond de la pièce attire mon attention. Posées contre le mur et cachées par des dizaines d'autres tableaux, je remarque une série de toiles plus grandes. Je me fraie un chemin entre les œuvres pour les atteindre.

À mes pieds se trouve un immense portrait, dont

l'auteur n'est pas Pascal. J'en suis certaine, car je connais cet artiste, j'ai déjà vu son travail quelque part… mais impossible de me souvenir de son nom. Je tourne la toile, en quête d'un indice. Au dos, sur le contre-plaqué, une inscription délavée recouverte de poussière.

À ma chère Alda,
gardienne de notre secret
transformée pour toujours par notre amour.
Le vent de l'île a voulu que nous soyons si proches
et à la fois si immensément éloignés.
De l'autre côté du golfe,
quelqu'un t'observe
et te verra toujours ainsi.

Ton Dominique

Ma grand-mère représentée enceinte. Mais qui est Dominique ? Et surtout : pourquoi ces tableaux se trouvent-ils ici ? Un fil invisible relie cette maison à celle de ma grand-mère. Et donc à moi aussi.

Je dois sortir d'ici. Je repose le tableau puis remets tout en ordre, comme si je n'avais jamais mis les pieds dans cet endroit. La fuite. Il faut que je pense à ma fuite. Rien d'autre ne doit compter. Je comprendrai peut-être plus tard, quand je serai saine et sauve. Il ne faut pas que Pascal se mette en colère. Je tends l'oreille : dessine-t-il encore ?

Je m'éloigne de la toile et me rappelle trop tard que je n'ai pas remis le rideau en place.

Peu importe. Un pas après l'autre, sans faire de bruit, sans tomber. Le silence est un manteau qui me rend invisible. En tendant le bras, je peux toucher la porte. Il faut que je sorte d'ici. Je me concentre, priant que Pascal ne se matérialise pas devant moi. Je pousse la porte et sors.

Je n'entends plus le bruissement de son pinceau. Sur la pointe des pieds, je traverse le couloir, puis arrive sur le seuil de la pièce où il peignait. Elle est vide. Son travail a été laissé en plan. La palette de couleurs goutte encore. Il vient tout juste de partir. Comment ai-je pu ne pas l'entendre ? Je n'aurais pas dû m'éloigner. J'aurais dû rester jambes croisées, attendre qu'il ait fini. J'aurais dû privilégier mon plan au lieu de me laisser distraire par ma curiosité.

Je descends l'escalier lentement, effrayée par mes propres mouvements. Je crains de le voir surgir à l'improviste, le regard fou, empreint de colère et de violence. J'ai peur pour l'enfant. Il ne faut plus qu'il le touche.

J'ai ramassé un pinceau encore imbibé de peinture, que je serre dans mon poing, en guise d'arme. Je me sens ridicule, impuissante et vulnérable.

Un silence lourd et visqueux enveloppe la maison, colle à mes semelles et entrave mes pas.

J'avance, une main sur le ventre, l'autre brandissant mon désespoir.

J'arrive dans le salon baigné d'une faible lumière qui filtre de l'extérieur.

Aucune trace de Pascal. Il semble s'être dissous comme la poussière scintillante qui règne ici.

Seul le fracas des vagues scande les minutes.

Il ne me reste qu'à attendre. Je m'assieds sur une chaise branlante et pose le pinceau sur la table, puis fixe un point flou devant moi. Mieux vaut ne pas risquer de fuir maintenant, Pascal pourrait être sorti dans le jardin pour me chercher et se trouver encore dans les environs.

Et s'il décidait, à son retour, de m'enfermer à clé dans la chambre ? Prise la main dans le sac. Il me faudrait patienter des jours pour reconquérir sa confiance. Non, je ne peux pas envisager cette hypothèse.

Et si, au contraire, c'était le moment idéal pour m'enfuir ?

Dehors il fait encore jour, je pourrais en profiter…

Non, non. Il ne faut pas que j'oublie que je n'ai droit qu'à une seule tentative.

Ma respiration devient saccadée. Je plonge dans de longues apnées sans m'en apercevoir. Les minutes s'écoulent, glissent sur moi. Je suis figée dans l'expectative. Soudain, le bruit de la poignée de la porte d'entrée me soustrait enfin à cet état d'immobilité. C'est lui. Je reconnais sa silhouette à contre-jour.

« Pascal.

— Où étais-tu ?

— J'étais ici, je t'attendais. »

Il me regarde avec méfiance. Le trépied de son chevalet est hissé sur son épaule.

« Tu étais à la grotte ?

— Non. »

Il n'a pas l'air furieux, juste agacé. Il s'approche

de la table où je suis assise, après avoir refermé la porte derrière lui. Quand il n'est plus qu'à quelques centimètres de moi, je m'aperçois que ce que j'avais pris pour un trépied est l'étui d'un fusil.

Il le fait glisser de son bras et le dépose sur la table. De son autre main, il tient un sac en plastique d'où s'échappent des gouttes. Je regarde vers la porte, et découvre à terre de petites taches de sang qui tracent un chemin de l'entrée à mes pieds. Il y a un cadavre dans ce sac.

« Qu'y a-t-il là-dedans, Pascal ?

— Un lapin. »

Je pâlis. J'espère qu'il ne va pas le sortir du sac qu'il a soulevé et posé sur la table, juste sous mon nez.

« Vide-le, on le mangera ce soir », dit-il.

Le sac en plastique dégage une odeur écœurante. Le sang continue de couler, créant une petite flaque sur la table. Je réprime à grand-peine un haut-le-cœur.

« Pascal. Les enfants ne… »

Mais une pensée fulgurante m'arrête. C'est donc cela que fait Pascal la nuit : il chasse. Et s'il a capturé quelque chose, cela veut dire qu'il pourrait ne pas ressortir cette nuit. Et que mon plan risque de s'en aller à vau-l'eau.

« Tu n'en as pris qu'un seul ? »

Pascal se tourne aussitôt vers moi : « Oui, pourquoi ?

— Nous sommes trois, quatre avec lui, un seul lapin, ce n'est pas assez…

— Si, ça l'est. »

Sa réponse est sans appel.

Je ne peux attendre encore. Je veux m'en aller cette nuit, c'est ce que j'avais planifié. La perspective de rester ici vingt-quatre heures de plus m'oppresse.

Pendant ce temps, Pascal s'est installé de l'autre côté de la table et a sorti le fusil de son étui. Il le démonte pièce par pièce et commence à le nettoyer.

Je me concentre pour ignorer la carcasse du lapin si proche de moi. Cette charogne me rend nerveuse, mais je ne veux pas détacher mon regard de Pascal qui, après avoir nettoyé le canon, glisse deux balles dans le chargeur de son fusil et le referme brusquement. J'entends un déclic. L'arme est prête à tirer.

« Je n'aime pas le lapin, je préférerais une autre viande. »

Il penche légèrement la tête d'un côté, l'air sûr de lui.

« Tu as dit que tu voulais plus de lapins. Tu as changé d'avis ? »

Nos regards s'affrontent à présent. Ses pupilles, si fuyantes d'ordinaire, m'observent.

« Qu'est-ce que tu cherchais dans la pièce de l'étage ? Maman m'a dit qu'elle a entendu tes pas. »

Il le sait. C'est un piège.

« Je voulais juste voir tes tableaux… je les étudie pour améliorer les miens. »

Pascal se lève d'un coup, comme une fusée qui explose, et frappe la table de ses mains.

Le fusil tressaute, se déplaçant de quelques centimètres. Il suffirait que je m'allonge un peu pour l'attraper.

« N'essaie pas de m'avoir, Thérèse. Qu'est-ce que tu cherchais ? Maman dit que si tu veux savoir quelque chose, il vaudrait mieux demander. Maman dit que tu veux savoir.

— Oui, Pascal, je voudrais savoir. Et je t'ai déjà demandé plusieurs fois…

— Quoi ? Qui je suis ? Ou qui tu es ?

— Je veux savoir qui est Dominique.

— Mon grand-père. Il est mort maintenant. Contente ?

— Comment sais-tu qui je suis ?

— Je le sais depuis toujours, qui tu es. »

Ses yeux s'emplissent de colère, il est secoué de tremblements. Je ne peux pas prendre de risques. Pas ce soir.

« D'accord, Pascal. L'enfant s'agite. Assieds-toi, essayons de nous détendre. »

Ses mains attrapent automatiquement le fusil et l'attirent vers lui. Il ne semble pas conscient de ce geste.

Mon corps est traversé de frissons. Je me concentre sur ma respiration pour garder le contrôle.

« Pascal, repose le fusil, s'il te plaît. Tu vas faire peur à l'enfant… » Je me raccroche à ses yeux.

« Je savais qui tu étais déjà avant ta naissance. » Il fixe l'arme dans ses mains, la colère le consume. « Ce serait amusant de te tuer. La jeune Thérèse Casalta, l'héritière.

— Qu'est-ce que tu dis ? »

Il baisse la voix et continue de murmurer des mots incompréhensibles. Je ne peux plus entrer dans son esprit, devenu impénétrable. Je veux juste qu'il pose ce fusil, je ne supporte pas la vue du canon noir, de la bouche capable de tuer. Je me souviens des mots de mon père. Que resterait-il de moi si cette balle me touchait en pleine tête ? *Rien*.

Mais un bruit inattendu vient rompre le silence, en provenance de l'arrière de la maison. Quelqu'un est là. Un homme. J'entends la voix d'un homme. Pascal et moi sommes foudroyés sur place. Il existe donc encore quelque chose hors de cette maison ?

« Pascal Chadel ? »

Je n'en crois pas mes oreilles. C'est impossible et absurde.

Cette voix est celle de William.

Avant que je ne puisse faire un geste, Pascal attrape le fusil et bondit dehors. La voix a cessé de l'appeler. Je dois le trouver avant lui.

En un éclair, je me précipite vers la fenêtre du salon et écarte brusquement le rideau. Puis j'ouvre en grand les deux vantaux. Le vent frais du crépuscule me frappe de plein fouet, comme la lumière. Me voilà dehors, au bord du précipice. J'entends des pas tout près de moi, juste au coin de la maison : est-ce William, ou Pascal ? Je dois risquer le tout pour le tout, arrêter de penser et agir vite.

Je le reconnais de dos.

« William ! »

Il se retourne. Me voit. Me reconnaît et se fige sur place. Il ouvre les mains comme pour me prendre dans ses bras, sur le point de crier mon nom. Ses yeux sourient tant il est heureux et surpris.

Un doigt devant ma bouche, je lui intime de se taire. Il fronce les sourcils, hausse les épaules. Je m'approche de lui rapidement, l'attrape par le bras de toute la force qu'il me reste et le plaque contre le mur de la maison. Je lui répète de ma bouche muette qu'il ne doit pas faire de bruit. Nous restons aux aguets.

Des bruissements à quelques pas de nous, Pascal doit être à l'arrière de la maison, dont il fait le tour. C'est le moment. Je fixe William dans les yeux, tandis qu'il me scrute, en quête de réponses.

« Tu as une voiture ?

— Oui.

— Où ça ?

— Juste là, dehors.

— À trois, cours le plus vite possible. »

Il n'a pas le temps de répondre.

« Trois ! »

*

Casalta, mais bien sûr ! Je viens de réaliser... c'est aussi le nom de famille de Teresa !

« Alors comme ça, vous vous connaissez tous les deux ? »

Louise pose encore les yeux sur moi, puis sur sa nièce, cherchant à comprendre ce qui peut bien nous unir.

La commissaire fume en expirant derrière elle, vers la fenêtre entrebâillée, pour ne pas gêner Teresa. Elle aussi est au courant de l'existence de l'enfant, maintenant.

« Mais vous vous êtes croisés par hasard...

— Exactement, répond Thérèse avant moi.

— Monsieur William, vous êtes ici pour le travail, dirons-nous. Et toi, Thérèse, tu as été sauvée par Pascal Chadel.

— Oui, j'ai dû m'évanouir sur la route, et quand je me suis réveillée j'étais chez Pascal.

— Et comment se fait-il que tu n'aies pas essayé de rejoindre le premier village ?

— J'étais blessée au pied, et Pascal n'avait pas de téléphone. »

Louise l'observe en silence, sans cesser de fumer. Nous restons tous les trois silencieux durant quelques minutes.

Je me demande évidemment pourquoi Teresa a menti. Elle ne doit pas vouloir créer d'ennuis à Pascal. Elle m'a expliqué qu'il est fou, mais que ce n'est pas un monstre. Il semblerait qu'il ait un don, et le pouvoir de le métamorphoser en art.

« D'accord, Thérèse, maintenant, raconte-moi encore une fois la nuit durant laquelle Grand-mère a été tuée. » Louise est parcourue d'un léger tremblement, un vertige de quelques secondes. Je crains qu'elle n'éclate en sanglots. Après un moment d'absence, elle revient à elle et poursuit : « C'est la moto de ton père, que tu as entendue ?

— Oui », répond Teresa en regardant ses pieds.

C'est alors qu'elle me raconte toute l'histoire depuis le début.

Chapitre 4

Je serre la tasse bouillante entre mes mains. Elle est brûlante, mais qu'importe. Le thé a un goût inconnu, réconfortant et salutaire.

J'ai pris une douche, qui a réveillé des sensations oubliées. L'eau et la vapeur ont détendu mes muscles, caressé chaque partie de mon corps.

Je me suis enfin regardée dans le miroir, après une éternité. Je porte encore les marques de mon passage en enfer. Un bleu sur le ventre. Et mon pied toujours gonflé. Mais ces traces disparaissent peu à peu, et aujourd'hui je sais que je guérirai.

Il est avec moi. Même s'il n'est qu'une protubérance presque imperceptible, il a déjà une grande place dans ma vie, où il remet de l'ordre.

Le retour à la réalité est difficile. Je pensais rester à jamais dans ces limbes entre ciel et mer. Et l'absence de Pascal crée en moi un léger sentiment de vide, qui rebondit sur les murs, avant de revenir vers moi comme l'écho d'un son lointain.

William, lui, est bel et bien présent. Il a assisté à mon entretien avec Louise, attentif et rassurant. Nous avons confiance l'un en l'autre. La colère de l'île ne l'a pas infecté. Il n'appartient pas à ce lieu, il vient de la lumière de Lisbonne, de sa maison remplie de livres.

Le regard fixé sur sa tasse de thé, il remue la cuillère sans effleurer les bords. Des cercles calmes, hypnotiques.

Je lui avoue enfin : « J'ai vu quelque chose d'extraordinaire, là-bas. »

William lève les yeux.

« Et de terrible en même temps, dis-je.

— C'est si incroyable que tu aies disparu exactement là où je me rendais. » Nous échangeons toujours à voix basse. « Parle-moi de lui.

— Il a un talent immense. Une force expressive inouïe. C'est comme s'il hurlait. William, je suis encore sous le choc…

— Ta tante dit que Pascal est un monstre. Il a été accusé du meurtre de Chloé Cipriani, une galeriste qui avait essayé de l'aider à se faire connaître. Pourquoi n'as-tu pas dit à Louise qu'il t'a séquestrée ? »

Je reste silencieuse et soupire. Pascal est malade, oui, je ne peux pas le nier. « C'est un pauvre fou, mais aussi un homme solitaire avec un talent formidable dont il n'a même pas conscience… je ne pouvais pas nourrir de rage contre lui, il voulait juste quelqu'un à ses côtés. » Puis je me tais, ne sachant plus moi-même où je veux en venir.

« Il voulait me dire quelque chose, que je n'ai pas réussi à comprendre entièrement… Il sait qui je suis, et le sait même mieux que moi. »

Je pourrais deviner les rouages du cerveau de William tourner, affolés.

« Décris-moi ce que tu as vu.

— Pascal connaît ma famille.

— Je crois que c'est normal, non, Teresa ? C'est une île, et il voit la villa de ta grand-mère de chez lui… »

Mes mains sont moites. Exprimer mes doutes les rend plus concrets.

« Non, il a dû se passer des événements terribles. Il *nous* déteste, il *les* déteste. Il peint beaucoup de bizarreries, à vrai dire : la villa de ma grand-mère, de manière obsessionnelle, une silhouette sombre récurrente dans de nombreux tableaux… »

Je saisis l'expression ombrageuse de William. « Ce ne pourrait pas être lié au meurtre de ta grand-mère ? Et si c'était lui, l'assassin ? »

Je secoue la tête. « Pascal sort rarement de chez lui, et seulement pour aller à la chasse. Je ne pense pas qu'il serait capable de tuer une femme, d'ailleurs je l'ai vu…

— Qui ? demande William.

— Mon père, il est revenu à la villa chercher des affaires, il a dû trouver ma valise. Il a maintenant la confirmation que je suis ici, et doit savoir aussi que j'étais présente la nuit du meurtre, que je suis le seul témoin… »

Je pousse un profond soupir.

« Et Chloé, la galeriste ? Il t'en a parlé ? Elle est tombée d'une falaise. On pense que c'est Pascal qui l'a poussée.

— Exactement comme ma grand-mère… »

Un bruit étouffé interrompt notre conversation. Ma main tressaute, faisant déborder ma tasse de thé. Une goutte tombe sur ma cuisse.

Louise ouvre la porte en silence. Elle a le teint grisâtre, les yeux rougis et cernés. Il doit lui être inacceptable d'avoir perdu sa mère, surtout de cette façon-là. Elle porte un plateau avec deux assiettes fumantes. Une délicieuse odeur se répand.

« Pardon de vous déranger, je vous ai apporté le dîner. J'imagine que vous avez faim. Thérèse, tu es tellement mal en point, il faut que tu récupères… Tu ne voudrais pas que ta mère s'inquiète quand elle te reverra, non ? » Elle s'efforce de paraître joyeuse, elle le fait pour moi.

Cette pensée m'émeut. J'ai les nerfs à fleur de peau, des émotions puissantes et incontrôlables m'envahissent.

Louise pose le plateau sur la table, entre William et moi. Il murmure un « merci », tandis que je lui adresse un regard reconnaissant. On dirait une autre femme que celle qui m'a accueillie le premier soir, chez Grand-mère. Elle essaie d'être gentille, de nous mettre à l'aise. Elle nous a servi une soupe de légumes bien chaude, et se met à parler, tout en restant concentrée sur ses gestes.

« Excusez-moi, j'ai entendu ce que vous disiez par inadvertance, avant d'entrer. Je ne voulais pas vous espionner, je suis désolée.

— Oh, ce n'est pas un problème, lui répond William en souriant, après avoir cherché mon approbation du regard.

— Thérèse, permets-moi de t'expliquer où en sont les choses, même si la vérité peut se révéler beaucoup plus difficile à accepter.

— Je peux tout entendre.

— Ton père a tué ta grand-mère. Je savais que cela arriverait. Voilà pourquoi, le premier soir, quand tu es arrivée, j'ai cherché à te mettre en garde. Il ne me reste à présent qu'à vivre avec cette immense culpabilité… Je sentais que le pire pouvait se produire, j'aurais dû t'emmener, j'aurais pu sauver ma mère… » Elle respire profondément et fixe un point dans le vide, comme pour réfréner ses larmes. « Il a appris pour l'héritage, il a su que tu étais là, il a voulu se venger. Entre ton père et ta grand-mère, tout a toujours été si compliqué… »

Ma curiosité est irrépressible, je n'ai pas envie d'entendre cette histoire une fois de plus sans en connaître les tenants et les aboutissants.

« Qui est Dominique Chadel ? »

Louise fronce les sourcils, les traits de son visage se durcissent.

« Pourquoi veux-tu le savoir ?

— J'ai vu un tableau, chez Pascal, qui ressemble à celui de chez Grand-mère. Il doit être du même peintre que le portrait où elle porte une robe rouge. Comment se fait-il que ce tableau se trouve chez Pascal ? »

Louise soupire et s'approche de la fenêtre. De l'extérieur entre une bouffée d'air frais. La nuit va bientôt tomber. Ici, à quelques kilomètres de la côte, on n'entend pas le bruit de la mer. C'est étrange, sa litanie m'avait accompagnée durant toutes ces nuits. À présent, le monde est enveloppé dans un silence irréel.

« Dominique Chadel travaillait pour ta grand-mère. C'était l'homme à tout faire de la famille, il s'occupait un peu du camping et d'autres tâches diverses. Et il peignait. Il avait un très grand talent. Il a fait des portraits de toutes les familles importantes de l'île. Mais son sujet préféré, pour lequel il exprimait le meilleur de lui-même…

— … c'était grand-mère Alda.

— Exactement. »

Le regard de William s'attarde tantôt sur moi, tantôt sur Louise. Il est trop poli pour intervenir, même si je suis sûre qu'il aurait de nombreuses questions à poser. Louise poursuit son récit : « Bref, une histoire banale. Il était amoureux d'elle, mais elle l'a éconduit parce qu'elle aimait son mari, mon père. »

Elle expédie la conclusion, tout en continuant de mettre le couvert. William se penche légèrement en avant pour l'aider, mais elle le repousse d'un geste sec.

« Et Grand-mère était amoureuse de lui ?

— Non. » Louise lève les yeux de l'assiette qu'elle est en train de poser sur la table pour les planter dans les miens. « Non, Thérèse, comme je te l'ai dit, Grand-mère était amoureuse de ton grand-père. »

La sécheresse de sa réponse me met mal à l'aise. Louise a dû s'en apercevoir car elle se met à rire nerveusement.

« Tu sais comment ça se passe, au village, les gens sont désœuvrés, ils passent leurs journées à épier leurs voisins, et inventent des histoires lorsqu'ils ne trouvent rien d'autre pour alimenter les ragots. »

Elle s'est approchée de la fenêtre pour s'allumer une cigarette. Elle trempe ses yeux tristes dans l'encre noire de la nuit corse.

« Tu sais, Thérèse, ton grand-père et ta grand-mère s'aimaient beaucoup. Ils ont eu de la chance. »

Elle regarde au loin avec mélancolie. Je ne peux pas voir son visage, mais j'imagine son expression. Celle d'une femme brisée par la solitude.

Ça me revient. D'un seul coup. La petite ampoule se rallume dans mon cerveau. À présent, je pourrais demander à Louise un téléphone pour t'appeler. Je pourrais entendre ta voix. Juste un instant… mais le moment n'est pas encore venu.

« Et alors, qu'a fait Grand-mère à la fin ? »

Louise ne se retourne pas. Elle jette la moitié de sa cigarette par la fenêtre.

« Rien, Thérèse, elle n'a rien fait. Dominique a déménagé avec sa famille dans une autre maison, plus éloignée de la nôtre, et l'histoire s'est terminée comme ça.

— Il a quand même continué de faire des portraits d'elle après ?

— Que veux-tu dire ?

— Dans le tableau que j'ai vu, Grand-mère était enceinte. »

William m'observe. Une rafale s'engouffre dans la pièce, quelques secondes avant que Louise ne referme la fenêtre en soupirant, agacée.

« Tu es curieuse, Thérèse, et surtout très têtue. En

cela, on se ressemble. Tu ne devrais pas savoir ces choses. Le linge sale se lave en famille, pas vrai, William ? »

Il acquiesce sans conviction.

« Je suis désolée que tu te sois retrouvée dans ce nid de guêpes. Tu as dû avoir une de ces peurs… C'est normal que tu aies envie de savoir, même si ce sont juste des ragots de village… »

Ma tante s'approche et s'assied sur la seule chaise restée libre.

« Ta grand-mère était une toute jeune fille, c'est vrai, et elle était très attirante. De plus, elle avait épousé un homme plus vieux qu'elle, et riche. Tu crois que cela devrait prouver qu'elle ne l'aimait pas ? »

Je l'observe, confuse. Je ne comprends pas sa question.

« Réponds-moi, Thérèse : est-ce que cela suffit à accuser une jeune fille d'avoir trompé son mari et d'être tombée enceinte d'un autre ?

— Non, dis-je en bredouillant, tandis que William observe la scène d'un air soucieux, cela ne suffit pas. »

Sur le visage de Louise se dessine un sourire amer. « Exact, dit-elle, mais les gens sont cruels, ils parlent et s'influencent. Sais-tu combien de personnes disparaissent d'un jour à l'autre dans le maquis pour se tirer une balle dans la tête ? Sais-tu combien s'endettent jusqu'au cou pour ne pas que les autres soient au courant ? C'est ça, la Corse, ma chérie, le maquis est rempli de cadavres et de leurs secrets.

— C'est terrible ! » s'exclame William, et nous nous tournons brusquement vers lui.

Alors, Louise rit de bon cœur et ajoute : « Je ne voulais pas vous effrayer, mais cette histoire a été douloureuse. Être accusé de trahison ici, juste parce qu'on est une femme, est presque pire qu'avoir vraiment trahi.

— Je comprends, dis-je pour confirmer ses propos en baissant les yeux.

— En ce qui concerne le tableau que tu as vu, comme tu as déjà pu le constater toute seule, ils sont tous plus ou moins fous dans cette famille, voire même dangereux… Seul l'argent les intéresse, ne te fais pas enjôler par des histoires romantiques. Ici, les gens sont tout à fait capables de s'entre-tuer pour une maison et un compte en banque. »

Je fixe mon assiette des yeux. L'épilogue est décevant.

William profite de ce moment de franchise pour demander : « Quelqu'un, hormis Chloé Cipriani, a-t-il déjà fait évaluer les tableaux de Pascal ? »

Louise fouille un moment dans sa poche.

« Oui, je crois…, répond-elle, puis elle s'interrompt. Mais où ai-je mis mon briquet ? Ah, le voilà, continue-t-elle en s'approchant de nouveau de la fenêtre. Oui, William, bien que Pascal ait été l'unique suspect d'un meurtre, un autre spécialiste était intéressé par ses tableaux et s'était renseigné à leur sujet.

— Et ?

— Il a finalement conclu qu'ils ne valaient pas grand-chose. »

Louise a remis son briquet dans sa poche, après s'être allumé une autre cigarette. « Mangez, maintenant, sinon ça va refroidir. »

Je suis sur le point de poser une question, mais Louise me devance : « Demain, tu pourras prévenir ta mère que tu vas bien, elle doit beaucoup s'inquiéter.

— Merci. »

Louise sort de la pièce, et William et moi nous mettons à manger, sans mot dire. Il m'adresse un coup d'œil en haussant les sourcils, et je lui souris. Une pensée me réconforte : demain, je pourrai préparer mon retour. Je m'éloignerai de ce maquis et de ses morts, et retrouverai ma vie. Mais un doute tenace s'est glissé dans mon esprit.

Je lève les yeux de mon assiette et demande : « Où est-ce qu'il peut bien se cacher ? »

William semble surpris. « De qui parles-tu ?

— De mon père. Où est-il, à présent ? »

*

Les murs blancs du commissariat m'oppressent. Je me sens isolée du reste du monde. Louise a disparu après la nuit et la matinée que j'ai passées ici. Pour une mission importante, paraît-il. Je demande si je peux utiliser le téléphone. Le policier de garde me répond qu'il vaut mieux que j'attende le retour de la chef. Je suis témoin d'un meurtre, souligne-t-il. Il ne faut pas que je m'éloigne trop. J'en prends acte et sors quand même de cet endroit sinistre.

Je descends jusqu'à la limite de la petite place qui

donne sur le port. Des vieux jouent aux boules dans la poussière, sous le soleil pâle. À mon arrivée, certains s'arrêtent pour m'observer. La place de Luri, quasi déserte, se dissout dans la lumière reposante du début d'après-midi. Je m'assieds à une table en terrasse. Je rêverais d'une cigarette, pour contempler la mer derrière les volutes de fumée. On n'entend rien d'autre que le tintement des mâts des barques et le bruit étouffé des boules de pétanque.

Je voudrais que l'île se détache du fond marin et aille s'échouer bien loin d'ici, où personne ne pourrait jamais la retrouver.

Je sens derrière moi l'aiguillon du soupçon, et la peur d'être suivie, voire assassinée. Comme si Pascal, ou mon père, pouvaient surgir d'un moment à l'autre. Mais c'est improbable : Pascal ne se hasarderait jamais jusqu'ici, et mon père ne veut pas qu'on le trouve. Dans tous les cas, la police et les habitants sont une garantie. Aucune personne indésirée n'oserait faire son entrée dans le village.

Le propriétaire du bar, un homme courtaud et chauve, sort sur la place et s'approche prudemment de moi. Il reste debout à me regarder, et j'en déduis que c'est sa manière de prendre ma commande.

« Un café. »

Il ne bouge pas d'un millimètre.

« Quel est le problème ? dis-je.

— Ton père. »

Ce n'est pas une nouveauté dans ma vie, mais cela, le barman l'ignore.

« D'accord », dis-je en me levant pour m'en aller.

Je n'ai pas envie de discuter. Si je ne suis pas la bienvenue ici, je prendrai un café ailleurs.

Je presse mes bras contre mon ventre, l'air est encore frais malgré le soleil. Je fais quelques pas en longeant la jetée, jusqu'à un muret vétuste sur lequel je m'assieds. Je peux sentir dans mon dos les regards insistants des joueurs de pétanque. Je ferme les yeux pour écouter la mer et absorber la chaleur comme un lézard.

Soudain, une main touche mon épaule. Je sursaute légèrement. Puis je la reconnais.

« Je t'ai apporté un café. J'ai vu la scène de loin. Je suis désolé. Quelle impolitesse !

— Ce sont les règles, ici. Il leur a suffi d'un coup d'œil pour me reconnaître. Je suis la fille de Timéo, assassin en cavale. C'est normal qu'ils ne veuillent pas de moi dans leur bar.

— Ton père est un assassin, mais pas toi. Et on ne refuse pas un café aux gens. »

L'accent londonien de William détonne avec le paysage ensoleillé et sauvage. Il me ramène à une vie lointaine, à l'époque où j'errais entre les murs de la ville enchantée. Comment deux lieux peuvent-ils être aussi différents ? Je sirote le café en silence, sans quitter la mer des yeux.

« On m'a demandé de rester dans les parages. Au retour de Louise, je devrai témoigner de ce que j'ai vu la nuit du meurtre. C'est-à-dire accuser mon père. »

Nous nous taisons pendant quelques minutes. William voudrait commenter, mais il semble chercher les mots justes.

« Tu vas rentrer à Lisbonne ? » me demande-t-il.

Je ne connais pas la réponse. Lisbonne était une fuite. À présent, j'aurais mille bonnes raisons de changer de destination. Barcelone, par exemple ? Son âme bruyante et radieuse me manque. Mais toi, voudras-tu de moi, de notre histoire ? Pourrai-je recommencer à t'aimer, sans peur de la trahison ?

« Tu sais quoi, Teresa ? J'ai bien fait de t'écouter et de venir ici. »

Sous le baiser du soleil, William m'apparaît sous un nouveau jour. Il a l'air plus jeune, mais aussi plus négligé. Il a dû reprendre quelques kilos. Il a les cheveux blancs, ébouriffés, et ses yeux bleus ressortent sur sa peau hâlée.

« Tu m'as sauvée, William.

— Si on peut dire…, sourit-il, puis il soupire profondément et ajoute : Je me sens presque en faute. Je n'étais plus habitué à me sentir bien. J'ai peur de ne pas le mériter. »

Il regarde la mer. Une larme, ou un reflet du soleil, brille dans ses yeux.

« Et si elle était partie parce que j'ai purgé ma peine, parce qu'elle m'a pardonné ?

— Qui est partie ?

— Sofia. »

Je ne comprends pas bien à quoi il fait allusion, mais je vois qu'il tremble. Alors, je pose la main dans son dos, exerçant une pression presque imperceptible, et nous restons ainsi en silence durant de longues minutes.

« Et ta recherche, William ? Vas-tu l'abandonner ou rentrer chez toi ?

— Non, répond-il d'un ton assuré, je n'abandonne rien, surtout pas maintenant que tu m'as dit que les tableaux de Pascal Chadel ne sont pas une chimère, comme je l'imaginais. J'ai une raison de plus pour m'accrocher.

— Je peux t'emmener chez lui. »

William se retourne vers moi : « Comment ? Non, je ne te permettrai pas de revenir chez lui. Tu dois partir, puisque tu attends...

— Non. » Je suis sûre de moi, je ne suis pas folle. « Pascal sait qui je suis. Il le savait déjà, et c'est là le mystère. D'après ce que nous a raconté Louise, Pascal n'aurait aucune raison de détester ma famille au point de... Je veux revenir dans cette maison, je veux connaître la vérité. Sans compter que, si tu te présentes tout seul, il pourrait... », mais il ne me laisse pas terminer ma phrase.

« Teresa, essaie de te raisonner, tu as besoin de tranquillité et de soins, tu ne peux pas te permettre de revivre sous l'emprise de la peur... »

Soudain, une silhouette féminine apparaît à contre-jour, interrompant notre conversation. À quelques mètres de nous, elle se promène sur la jetée et semble nous observer du coin de l'œil. Elle porte des lunettes de soleil qui masquent en partie son visage, où se distinguent de grandes lèvres pulpeuses. Elle semble juste là pour flâner et observer la mer. C'est peut-être une touriste. Ses manières contrastent avec la nature du lieu, sauvage et réservé. Bien qu'elle ne porte rien de particulièrement voyant, elle attire l'attention.

Je regarde William. Lui aussi a aperçu la femme.

Elle touche en permanence le lobe de son oreille gauche, ôte et remet compulsivement ses lunettes et jette sans arrêt derrière elle de brusques coups d'œil.

Les vieux qui jouaient aux boules se sont arrêtés pour l'observer et discutent entre eux. De là où nous sommes, leurs propos m'échappent.

Soudain, le propriétaire sort de son bar. La place se tait. L'homme courtaud se tourne vers cette silhouette extravagante. On dirait vraiment une apparition.

Les mains sur les hanches, l'homme la dévisage en retroussant un peu sa lèvre supérieure. Puis il crache par terre. La femme se fait toute petite. Elle pourrait disparaître entre les fentes des poutres de la jetée et couler comme de l'eau douce dans la mer.

« Hé, toi, Marilou. »

Elle ne bouge pas, comme pétrifiée de peur.

« Va-t'en ! » hurle-t-il en corse.

Ce n'est pas une exhortation, mais une menace.

Marilou reste immobile encore quelques secondes. Puis elle s'enfuit à petits pas rapides. Un instant avant, elle retire ses lunettes, et, j'en suis certaine, me regarde fixement. Je parviens à voir ses yeux, grands et verts, emplis de larmes. Elle semble savoir qui je suis et vouloir me demander quelque chose.

Une fois de plus, je ne pourrais expliquer pourquoi.

Instinctivement, je me lève et la suis. Le propriétaire du bar observe la scène en secouant la tête. William essaie de m'arrêter, mais je suis trop rapide, alors il capitule et me suit. La femme s'échappe rapidement et se glisse dans une camionnette, mais au moment où elle va refermer la portière, je lui crie :

« Attendez ! »

Marilou regarde autour d'elle avec défiance.

« Pas maintenant, pas maintenant, je viendrai vous chercher. Il y a trop de gens, ici. »

Puis elle s'enferme dans le véhicule, allume le moteur et emprunte la seule route qui sort du village.

Je la suis des yeux jusqu'à ce qu'elle ait disparu derrière un tournant.

*

« Teresa, calme-toi. » William fait un pas dans ma direction, mais je m'éloigne.

Il regarde autour de lui, inquiet qu'on puisse nous entendre. Nous sommes en train d'attirer l'attention, car nous sommes proches du terrain de pétanque.

« Non, William, ces événements me concernent, et je suis la seule à ne rien y comprendre !

— Te souviens-tu de ce qu'a dit Louise ? Les gens parlent trop, ici, Teresa, et surtout, ils inventent des histoires.

— Qui était cette femme, alors ? Que me voulait-elle ? Comment se fait-il qu'elle me connaisse ?

— Je ne sais pas, mais calme-toi maintenant.

— Je suis sûre que Pascal en sait plus qu'on l'imagine, et qu'il n'est pas si fou que ça. Pourquoi ne me crois-tu pas ? » Je bous de colère.

William agite les mains nerveusement, exaspéré par mes questions.

« Pascal pourrait peindre n'importe quoi, Teresa : en quoi devrais-tu être concernée ? »

Je hoche la tête avec un sourire amer. « Non, William, Pascal m'a épiée dès que je suis arrivée sur l'île. Il m'attendait. Il sait qui je suis, Marilou sait qui je suis, ma grand-mère a essayé de me dire quelque chose avant de mourir, comme si elle avait prévu ce qui est arrivé ensuite… les tableaux… si ma grand-mère avait éconduit Dominique, pourquoi gardait-elle un de ses portraits accroché dans le salon ? Pourquoi, William ? Que se passe-t-il ici ? » Je suis sur le point d'éclater en sanglots. La frustration de ne rien comprendre à la situation me donne le sentiment d'être impuissante et vulnérable. Je voudrais crier, donner des coups de pied. Je sens que je vais exploser, mais William s'approche et pose sa main sur mon épaule.

« Calme-toi, Teresa, calme-toi. » Il me regarde dans les yeux. « Si tout cela a un sens, nous le trouverons. »

Sa détermination parvient à m'apaiser. Je finis par reprendre le contrôle de ma respiration.

Nous nous mettons à marcher dans le village. Le vent souffle et le soleil resplendit. La partie basse de Luri donne sur la mer, avec la petite place du port et quelques maisons inhabitées durant l'hiver. Une rangée d'habitations carrées est érigée plus haut, à flanc de montagne. Elles observent la mer dans un silence religieux, alignées comme des pierres tombales, formant une muraille hostile aux étrangers. Dans la partie haute du village, sur la place principale, se trouve le commissariat et, au centre, un mince obélisque. Seule une poignée de maisons compose cette partie de Luri. Murs ocre, toits plats, fenêtres étroites, quelques grosses briques surgissant sous le plâtre fissuré, çà et là un muret de pierres improvisé délimitant une propriété. Même si ici, personne ne semble rien posséder.

Le village est traversé par deux rues perpendiculaires, et ce sont bien les seules qui méritent ce nom. Au total, Luri doit compter une quarantaine de maisons, dont la moitié ont des barreaux aux fenêtres ou des volets grillagés. La vie semble avoir déserté les lieux depuis des années.

William et moi avançons lentement, afin de ne pas nous retrouver trop vite face au maquis infranchissable. Nous marchons en silence, l'un près de l'autre. Je peux presque sentir son épaule contre la mienne. Nous regardons autour de nous avec circonspection, percevant tous deux, j'en suis sûre, que ce calme est étrange.

« Il n'y a personne. »

William acquiesce en émettant un « humm » soucieux.

« Nous n'avons croisé qu'une personne depuis tout à l'heure. »

Je continue de scruter les maisons et les recoins, la couleur des murs, un banc rouillé. Où ai-je déjà vu tout cela ? Je ne parviens pas à me souvenir, c'est comme si j'entrevoyais une flamme tremblotante, mais sans parvenir à l'atteindre.

Enfin, nous nous retrouvons devant un bar. Nous le reconnaissons grâce à une plaque en fer-blanc décolorée qui vante les mérites d'une marque de glaces, accrochée à un mur extérieur veiné de profondes fissures. La porte est ouverte, malgré le vent et l'air glacé tiédi par le soleil.

À notre entrée, une odeur de fumée me pique le nez. Le bar, dans la pénombre, n'est éclairé que par la lumière provenant de la porte principale. Le contraste avec le soleil de l'extérieur m'éblouit.

L'intérieur est à moitié vide. On aperçoit quelques bouteilles de liqueur, des bibelots poussiéreux datant de plusieurs décennies, un chat en porcelaine colorée et une vieille pendule avec une publicité pour Fanta. C'est sinistre au point que je me demande comment les habitants du lieu peuvent supporter un endroit pareil.

Celle qui doit être la propriétaire, une vieille femme avec un cardigan par-dessus un tablier délavé, trône derrière le comptoir. Elle sursaute en me voyant, puis me regarde comme si je tenais un fusil à la main.

Je suis certaine que d'un moment à l'autre, elle va me demander de sortir en me répétant ce que je sais déjà : je ne suis pas la bienvenue ici.

Hormis cette femme, il n'y a dans le bar qu'un vieux assis à une table. Il fume et boit de la liqueur dans un petit verre bombé posé à côté d'un cendrier débordant de mégots. Il tient devant lui un journal plié en deux.

La propriétaire du bar continue de me dévisager d'un air inquisiteur.

Alors c'est William qui parle dans un français couinant, avec son plus beau sourire : « Deux cafés, s'il vous plaît. »

D'un pas traînant, la femme disparaît derrière un rideau de perles sans dire un mot. Et nous nous installons à une table.

Assis l'un en face de l'autre, William et moi nous regardons d'un air perdu, sans avoir le courage de parler, comme si une énorme fatigue s'était subitement abattue sur nous. Nous ne savons guère comment interpréter l'attitude de la propriétaire, mais nous avons besoin de quelques minutes de tranquillité.

Derrière William, je suis intriguée par une photographie dans le journal que le vieux a reposé. Je croise son regard, deux petits yeux noirs et étroits comme les trous d'un projectile dans un visage rugueux. Sur sa tête, un bonnet de laine feutré. Il me regarde, je ne pourrais pas le jurer, mais il a presque l'air amusé.

« Je peux ? » dis-je en indiquant le journal. Il ne bouge pas, sans me quitter des yeux. Puis, d'une voix rauque éraillée par la fumée, il parle en corse : « Teresa Casalta, n'est-ce pas ?

— Euh, oui. »

William s'adosse au mur pour ne pas tourner le dos au vieil homme.

« On dirait que tout le monde me connaît, ici…

— C'est normal », me rassure-t-il. Il tousse sans se couvrir la bouche. Je peux voir à contre-jour quelques postillons atterrir sur la table. « Tout le monde connaît tout le monde, ici. »

J'attrape le journal et au moment où je vais l'ouvrir sur la table, le vieux ajoute : « Mais ta famille… c'est impossible de ne pas la connaître.

— Et pourquoi ça ?

— Parce qu'elle a beaucoup fait parler d'elle, au

village, même autrefois… Disons, avant les derniers événements… »

Je défie son effronterie en plantant mes yeux dans les siens. « Et qu'est-ce qu'on raconte, au village, sur ma famille ? » Je deviens agressive, alors William m'effleure le bras. J'avale ma salive et m'efforce de garder mon calme.

Le vieux continue de tousser. « Pauvre Lisandru, paix à son âme, il ne méritait pas une famille pareille…

— Quel est le rapport avec mon grand-père ?

— C'était un brave homme, riche, mais se marier avec une femme si jeune… ça ne se fait pas. Une de la ville, en plus, qui faisait la Parisienne ! » Il rit, mais son rire est brisé par une autre quinte de toux. « Nous sommes de pauvres gens, tu vois ? » Il soulève à peine la main, comme pour me révéler la misère du bar où nous nous trouvons. « Tu ne peux pas débarquer ici et te mettre à faire la Française. L'île finit tôt ou tard par te punir. Et elle l'a punie, mais pas aujourd'hui, il y a des années de ça…

— De quelle façon ? » Je m'efforce de cacher ma curiosité et mon angoisse, mais je crois que c'est en vain.

« La malédiction a frappé son fils. »

Ses petits yeux brillants me rappellent ceux de la mouette qui démembrait l'oiseau sur mon balcon à Lisbonne. Je sursaute et recule contre le dossier de ma chaise.

Pendant ce temps, la propriétaire s'est approchée et a posé les tasses de café sur notre table.

« N'écoutez pas ce vieux crétin, dit-elle en français,

avec un air compatissant. Timéo ne savait pas ce qu'il faisait…

— De quoi parlez-vous ? » dis-je en éclatant d'impatience. Confuse, j'observe William en quête de réponses, mais il semble n'avoir rien compris des propos du vieux.

« Ta grand-mère était une gamine à l'époque. Après avoir été miséreuse, elle était devenue l'une des femmes les plus riches du cap Corse, c'est normal qu'elle se soit monté la tête, dit-il en haussant les épaules, mais elle a aimé son fils, elle l'a protégé comme elle a pu. »

Je suis sur le point de demander d'autres explications, lorsqu'une jeune fille, qui doit avoir moins de vingt ans, entre dans le bar. Elle a les cheveux longs, attachés sur la nuque avec une pince en plastique. Elle porte un jogging rose et une doudoune ouverte. Elle tient dans un bras une petite fille d'un an ou deux, et une autre par la main, qui marche à peine.

En me voyant, elle me foudroie du regard. « Papi, arrête de boire ! crie-t-elle au vieux en français. Et arrête de parler avec ces *pinzuti* ! Tu ne sais pas que ce sont des amis de Marilou ? Cette pute… » Et elle s'en va avec ses filles dans la lumière du soleil dont l'intensité va décroissant.

Sans dire un mot ni nous adresser le moindre signe, l'homme se lève et sort du bar en boitant.

« Il vaut mieux que vous partiez. Sinon vous allez me faire perdre les rares clients qui me restent, ordonne la propriétaire en débarrassant nos tasses restées vides devant nous sur la table.

— Attendez ! Qui est donc cette Marilou ?

— Mademoiselle, je vous ai demandé de partir, s'il vous plaît. Je vous offre le café. »

Pendant ce temps, William s'est levé et se mord la lèvre avec impatience.

« Dites-moi au moins qui c'est ! » dis-je, insistante.

La dame soupire et secoue la tête. « Vous voulez ma perte… », murmure-t-elle. Puis elle fait quelques pas dans ma direction et murmure entre ses dents serrées : « Eh bien, elle a passé sa vie à se faire taper par son mari, comme toutes les femmes ici, mais maintenant elle risque sa peau parce qu'elle rêve de s'enfuir avec un autre… » Et elle claque la langue, en signe d'aveu d'impuissance. « Alors son mari est allé dire à tout le monde que c'est une traînée. Ici, ça n'a rien d'étonnant.

— Mais qu'est-ce qu'elle pourrait bien me vouloir ?

— Ça, il faudrait le demander à ton père… » Elle regarde autour d'elle, vérifie qu'il n'y a personne dans les parages. « Allez, ouste, maintenant, ou je vais chercher mon fusil ! » Et sur ces mots, elle écarte d'un geste brusque le rideau de perles et disparaît, nous laissant William et moi dans le bar désert, où la nuit est tombée, à écouter le cliquetis du plastique.

« Allons-nous-en », m'exhorte William, mais avant de sortir j'attrape le journal et l'ouvre sur la table sale.

C'est un quotidien local, en langue française. En première page, le gros titre annonce : « L'assassin du cap Corse toujours recherché », avec une photo-portrait de mon père, dont le regard sérieux fixe un point lointain : elle remonte à au moins une dizaine d'années.

Voir son visage me cause un choc. Une morsure qui m'étreint le cœur.

Je ne l'aurais jamais cru capable d'en arriver là.

Nous nous éloignons du bar, en direction de la place principale de Luri et du commissariat.

La nuit est presque tombée, les couleurs du couchant surgissent de la mer. Un manteau de nuages prêt à fuser s'entrevoit à droite, menaçant le calme de la soirée.

William scrute le ciel, le nez en l'air. Je reste muette, ne sachant vraiment plus quoi penser.

« Il y a un bel orage qui se prépare, tout là-bas », dit-il pour rompre le silence.

Une goulée de vent glacé nous fait frissonner.

« William…

— Qu'y a-t-il ? Tu ne te sens pas bien ? »

Je me suis arrêtée au milieu de la route.

« William, il faut que tu m'aides… » Je le regarde de mon air le plus convaincant possible et suppliant à la fois. « Il faut que tu m'accompagnes chez ma grand-mère.

— Mais… Teresa, qu'est-ce que tu dis ? Ta tante a dit qu'elle ne veut pas que tu t'éloignes du commissariat ! En plus, c'est la scène du crime…

— Si tu ne m'accompagnes pas en voiture, j'irai toute seule, à pied. Tu sais que je le ferai. »

William gémit et lève les yeux au ciel en se touchant les tempes.

« Je dois connaître la vérité, je ne peux plus attendre. C'est ma vie, tu comprends ? Mes origines. Je ne peux plus continuer à les éviter, elles m'appellent. S'il y a quelque chose que je dois savoir, je suis sûre que c'est caché dans cette maison. » Je reprends mon souffle, comme après une apnée. « Je *dois* savoir pourquoi je suis ici. »

Quelques minutes après, nous sommes à bord de la petite voiture couleur cuivre que William a louée à Bastia. Nous avons quitté le village en espérant que personne ne nous ait remarqués, et nous avons pris la route littorale du cap Corse.

L'orage est encore loin, pourtant la mer et le maquis sont agités, comme s'ils percevaient le danger. Tout frémit et s'agite autour de nous, les arbres secoués par le vent, les vagues contre les rochers. Une inquiétude, une frénésie traversent la nature. Impossible d'y échapper.

William conduit, concentré, tandis que je scrute la route, pelotonnée sur le siège passager. De temps en temps, je caresse mon ventre pour apaiser mon enfant. Je lui murmure que tout ira bien, que rien ne lui fera de mal et que dans quelques mois, il naîtra dans des draps propres et sera un enfant chéri et heureux, quoi qu'il arrive.

Ces pensées se confondent avec les questions soulevées par les rumeurs étranges qui circulent dans l'île et les tableaux chez Pascal. Je suis effrayée par ma faculté à rationaliser mon expérience là-bas, à ne pas l'avoir intériorisée comme un traumatisme.

« Aujourd'hui, en regardant autour de moi, j'ai compris que Pascal reproduit seulement des détails qu'il a déjà observés. Mais je ne sais pas pourquoi il est obsédé par ma famille.

— C'est bizarre, en effet. Mais ne t'inquiète pas, parfois les artistes sont obsédés par certains détails qui représentent tout autre chose en réalité.

— Humm », dis-je, avant de me tourner vers la vitre.

William sait que sa réponse ne m'a pas convaincue, alors il essaie de nouveau.

« Ta tante nous a expliqué que le grand-père de Pascal était amoureux de ta grand-mère. Peut-être Dominique nourrissait-il de la haine envers elle après avoir été éconduit, et il aurait influencé son petit-fils. Plausible, non ?

— Une fois, Pascal m'a dit qu'il connaissait la vérité, même si on le pensait fou. Je n'y comprends plus rien, William, mais je suis sûre qu'on trouvera une réponse dans cette villa… »

Nous dépassons la maison de Pascal dans un silence total, en frissonnant. Peu après, nous voilà arrivés à destination. Un ruban de plastique de la police barre l'entrée du chemin qui mène à la villa, alors nous laissons la voiture et continuons à pied.

Revenir ici est étrangement inquiétant. J'ai l'impression de me revoir de l'extérieur, comme si je me dédoublais : dans l'aube, sale, terrorisée, les jambes griffées, faible, prête au pire. Je peux presque entendre le vrombissement de la moto derrière moi, le bruit du verre de la porte qui se brise, mon cœur qui bat à tout rompre.

William tend le bras et me serre la main, me ramenant à la réalité et au moment présent.

Tout est resté comme ce matin-là, mis à part les rubans de la police qui indiquent qu'un crime a été commis dans cette maison.

Quand nous arrivons devant la porte d'entrée, je glisse ma main dans le trou béant formé dans la vitre et tourne la poignée de l'intérieur. La porte s'ouvre et nous entrons en essayant de faire le moins de bruit possible, de ne déplacer aucun objet, pas même les bris de verre.

Après un rapide coup d'œil, nous décidons d'avancer, conscients d'être désormais en train d'enfreindre la loi.

La maison est enveloppée dans le silence, la pénombre va bientôt absorber les dernières lueurs du jour. Il nous reste peu de temps. À ma gauche, le couloir sombre qui conduit aux chambres à coucher, devant moi la porte qui donne sur la cuisine, et à ma droite deux marches qui mènent au grand salon ouvrant sur la mer.

« Que cherchons-nous exactement ? »

Je ne le sais pas moi-même, alors William se dirige vers le salon, après m'avoir adressé un signe. Je traverse une fois encore le couloir sombre en retenant mon souffle, puis j'entre dans la chambre de ma grand-mère.

Odeur de camphre, de vieux meubles. Le lit est parfaitement refait. Bizarre, me dis-je, ma grand-mère ne dormait donc pas la nuit où elle a été tuée ?

Je me mets à chercher des indices un peu partout,

sous le lit, dans les tiroirs, derrière les tableaux, mais sans rien trouver. Enfin, d'un recoin de l'armoire, derrière une pile de pull-overs pliés, je sors une boîte en bois ouvragée.

À l'intérieur se trouvent divers papiers et articles de journaux découpés. Je les feuillette rapidement et il me suffit de lire le titre du premier pour comprendre : « Lisandru Casalta retrouvé pendu à un arbre de son jardin. » Ils remontent à quelques années, à la mort de mon grand-père. Aucun doute, il s'agit bien de lui.

Incroyable, me dis-je, il s'est suicidé et personne ne m'a jamais rien dit, pas même mon père.

Mes mains deviennent moites. Je repose en hâte les articles dans la boîte en bois et la replace sous les pulls. Puis je sors de la pièce, la gorge soudain sèche.

En traversant le couloir à vive allure, je remarque que la maison est presque entièrement plongée dans le noir. J'appelle William d'un filet de voix, mais ne reçois aucune réponse. Enfin, je le vois, immobile au milieu du salon, en train de fixer quelque chose devant lui. L'espace d'un instant, la peur m'étreint le cœur. On dirait un fantôme, une ombre qui hante la maison. Que peut-il bien regarder ainsi ?

« William… » Je m'approche prudemment et lui touche le bras.

Il sursaute et se tourne brusquement vers moi, les yeux écarquillés.

« William ?

— Excuse-moi, Teresa, c'est que… » Le souffle court, il indique d'une main le portrait de ma grand-mère devant lui. « C'est tout simplement grandiose… Je suis sans voix, ça m'arrive si rarement… C'est de l'art, Teresa, de la chimie, de l'amour, c'est inexplicable… Regarde… »

Il me parle sans quitter des yeux un instant le portrait de ma grand-mère. J'ai discuté plusieurs fois d'art avec William, et je connais sa passion, mais le voir aussi bouleversé m'émeut moi aussi.

« William, as-tu trouvé quelque chose ? »

Enfin, il détache son regard du tableau. « Oui, tu m'avais dit que la prise du téléphone avait été arrachée, mais le fil est seulement débranché.

— Ah, d'accord. J'étais sous le choc, j'ai sûrement mal vu. Essayons de le remettre, alors. »

Nous nous approchons du meuble où est posé un téléphone blanc. William adresse un dernier coup d'œil au tableau puis s'accroupit pour rebrancher l'appareil.

Le répondeur démarre automatiquement.

La voix mécanique résonne dans la pièce, on dirait que le son pourrait se propager jusqu'à Luri. Il y a un message : la date correspond à celle du meurtre, l'heure indiquée est deux heures du matin.

Ce que j'entends me paralyse. La voix de mon père se diffuse avec netteté dans le silence de la villa.

« J'arrive, ne bouge pas. »

Il parle en français, tout essoufflé, comme s'il marchait en enregistrant le message. Il semble agité.

William et moi nous regardons, bouche bée.

Que signifie tout cela ?

Nous n'avons plus de temps à perdre, il faut agir.

« Tu as trouvé autre chose ?

— Non, juste quelques vieilles photos de famille dans un tiroir… elles nous seront peut-être utiles. »

William a déposé un mince tas de photographies sur la table en verre ronde au centre du salon. Je les attrape et m'approche de la baie vitrée pour les regarder à la dernière lumière du jour.

Les photos montrent mes grands-parents jeunes, avec d'autres adultes que je ne connais pas. Ma grand-mère est rayonnante, et mon grand-père a l'air fier. Sur quelques clichés, je vois aussi mon père et ma tante Louise, petits, en train de jouer ou posant. Ils sourient. Un autre montre mon père à vingt ans torse nu, en train de travailler dans le camping. Il a une expression sereine, les traits détendus. Derrière lui, une fille est assise sur un muret. Son visage est flou, mais elle aussi semble sourire à l'appareil photo. Il me semble connaître vaguement ses traits.

Un autre détail attire mon attention : mon père a une tache de vin sur l'épaule, la même que moi, *exactement* la même que moi. Comment ai-je pu oublier cela ?

En une fraction de seconde, tout se met en place dans ma tête : la tache de vin sur l'épaule, Pascal, ses tableaux, nos autoportraits identiques.

Incapable de bouger, je ne peux détacher mes yeux de la photographie.

« Teresa, que t'arrive-t-il ? Qu'as-tu vu ? »

Je me tourne vers lui pour lui parler, mais je reste sans voix. William avance prudemment vers moi dans la pénombre qui a maintenant enveloppé l'île et la maison.

« Teresa, qu'y a-t-il ? Je t'en prie, parle !

— William, la tache de vin ! Je n'y avais pas pensé… c'est tellement absurde…

— Mais quelle tache de vin ? Quel est le rapport ? »

En voulant la lui montrer, la photo glisse de mes mains qui se sont mises à trembler et plane jusqu'à terre. William la ramasse et la regarde, mais sans comprendre. Je me prends la tête dans les mains, puis inspire profondément. Enfin, je lui avoue la vérité.

« L'homme que Pascal peignait dans ses tableaux est son père. »

William me laisse en voiture à quelques mètres du commissariat. Il vaut mieux qu'on ne me voie pas avec lui, je ne veux pas qu'il ait d'ennuis.

Avant de descendre, il me regarde d'un air affolé, sans un mot. Nous sommes sortis de la villa sans parler et sommes restés silencieux depuis.

Au moment où je referme la portière, il se penche vers moi : « Teresa, essaie de ne pas trop t'agiter. Je comprends à quel point tout cela est bouleversant, mais tu dois rester calme. Rappelle-toi qu'il y a un meurtre dans tout ça, ne complique pas les choses. Et surtout, il y a l'enfant. »

Je hoche la tête, mais mon esprit est en effervescence.

Pascal est mon frère, tout est clair maintenant. Voilà pourquoi il peint de manière obsessionnelle un homme dans le lointain, voilà pourquoi il m'a dit qu'il connaît la vérité, il sait que son père n'est pas mort ! Voilà pourquoi nos autoportraits se ressemblent :

parce que nous nous ressemblons réellement. La connexion qui s'était établie entre nous n'était pas imaginaire. Nous sommes liés par le sang. Et nous avons tous deux la même passion, le même talent, sans nous être jamais connus.

Mais pourquoi Pascal est-il donc resté un fils *secret* ? Comment se fait-il que mon père et la fille de Dominique ne soient pas restés ensemble ? Et surtout : pourquoi mon père n'a-t-il pas reconnu mon frère, comme il l'a fait pour moi ? Pascal pourrait avoir une dizaine d'années de plus que moi, mon père l'aurait donc eu très jeune. La femme assise derrière lui sur la photo pourrait-elle être celle qui est cachée chez Pascal ?

La lucidité m'abandonne. Mes muscles lâchent, mes jambes ne répondent plus aux commandes.

Je parcours avec une lenteur inexorable les quelques mètres qui me séparent de la petite place de Luri, sur une route cabossée. Une intense odeur de pluie s'est répandue dans l'air, le ciel est prêt à exploser.

La place déserte sera bientôt plongée dans le noir, à l'exception du seul lampadaire que la foudre a épargné par le passé, et qui émet une lueur orange. L'obélisque n'est qu'une silhouette sombre. Les maisons qui l'entourent sont sans vie elles aussi, pas une lumière, pas un mouvement, tout se tait sous le vent.

De temps à autre les parfums de la pluie, de l'eucalyptus et de la mer se mêlent, transportés par le courant.

*

« Louise ? »

Le commissariat a l'air vide. On n'entrevoit qu'une lumière au fond du couloir, qui filtre de sous une porte. Ce couloir sombre me rappelle celui de la maison de Grand-mère. La seule différence, c'est que d'ici on ne voit pas la mer et que le bâtiment semble flotter dans la nuit.

Quand je rejoins enfin la pièce éclairée, je frappe doucement, espérant y trouver ma tante. Sa voix m'invite à entrer.

« Salut, Louise », lui dis-je, les bras croisés contre la poitrine. La température est descendue de quelques degrés, ou alors c'est l'énergie qui commence à m'abandonner.

« Assieds-toi. » Elle ne sourit pas et paraît courroucée. La pièce sent la cigarette. Le seul éclairage provient d'une lampe de bureau à hauteur de son visage.

Je m'installe sur la chaise en métal de l'autre côté. Elle est gelée, et je ne trouve pas de position confortable.

Louise m'observe en silence, de ses yeux inexpressifs.

Au centre du bureau, un mégot fume encore dans un cendrier. Une fine volute de fumée monte vers le plafond.

Je m'aperçois que Louise porte sa veste, comme si elle venait de l'extérieur.

« Tu viens de rentrer ?

— Oui, j'étais dehors en train de te chercher. »

Je comprends qu'elle est en colère contre moi.

« Je suis désolée… je… en fait, j'étais avec

William, et… » Ma voix tremble légèrement. J'espère qu'elle ne le remarque pas.

Un bruit sourd m'interrompt.

Louise a tapé du poing sur la table. Son visage est contracté en une grimace qui semble un ricanement. « Je crois que tu ne te rends pas compte de la gravité de la situation. » Elle se force à garder son calme, mais elle est furieuse. « Tu es l'unique témoin d'un meurtre. L'unique, Thérèse : tu sais ce que ça veut dire ? »

Je la regarde, et mon cœur accélère dans ma poitrine. Je l'écoute les yeux écarquillés, appréhendant la réponse.

« Tu ne réponds pas, hein ? Alors tu as compris. Tant que la culpabilité de ton père ne sera pas prouvée, tant qu'on n'aura pas trouvé de preuves certaines que c'est lui l'assassin, tu ne partiras pas d'ici. Tu peux bien appeler qui tu veux, ta mère, ton copain, l'ambassade ou même ton papa, tu vas rester bien sagement sur l'île et dormir dans ce commissariat. »

Ma gorge se serre.

« Et je vais même te dire mieux, Thérèse : si tu continues de te comporter comme ça, tu vas aggraver ta situation toute seule, et je ne pourrai bientôt plus être en mesure de te protéger. J'ai tout fait pour convaincre mes supérieurs qu'ils me laissent mener l'enquête, bien que tu fasses partie de ma famille. Mais si je perds ma crédibilité, tu perdras la tienne aussi, ce qui veut dire que d'unique témoin d'un meurtre, tu passeras à unique suspecte ! Et alors, plus personne ne pourra t'aider ! C'est bien clair, maintenant ? »

Je suis pétrifiée à l'idée d'un tel cauchemar.

J'ai envie de pleurer. Je déglutis, puis baisse la tête.

Louise tire sur sa cigarette et reprend sur un ton plus mesuré :

« Thérèse, dit-elle en se raclant la gorge, il faut que tu m'écoutes et que tu cesses de n'en faire qu'à ta tête. La situation est délicate : si tu veux que je t'aide, tu dois m'aider aussi, abstraction faite de ce que je traverse personnellement… Je ferai tout pour que tu puisses rentrer chez toi le plus vite possible, car je suis sûre que tu n'es pas coupable. Mais il faut que tu m'écoutes. Tu verras que tu comprendras tout le moment voulu, je m'y engage. »

Je me tais.

Pourquoi ne peut-elle me l'expliquer maintenant ? Pourquoi dois-je rester dans l'ignorance ?

Ici, le temps n'est qu'un mirage, il devient relatif. Depuis que je suis arrivée, les aiguilles suivent un rythme absurde et imprévisible. L'île menace mon avenir et m'éloigne de mon passé. Je ne peux permettre que cela se produise. Il faut que je trouve mon père, que je démêle les fils de cette histoire pour me libérer de cet envoûtement.

« Je voudrais aller dans ma chambre.

— Bien sûr, sans aucun problème. »

Je me lève de la chaise et me dirige vers la porte en traînant les pieds. Cette conversation a épuisé les dernières forces qui coulaient dans mon corps.

Pendant ce temps, quelque chose s'est rompu dans le ciel. L'orage se déchaîne violemment sur l'île, comme s'il voulait la détruire.

Juste avant que je ne referme la porte, Louise me lance : « Je t'appellerai plus tard, comme ça, tu pourras téléphoner chez toi. »

Je hoche la tête, sans trouver la force de la remercier, et je sors du bureau pour me retrouver dans un couloir obscur, assailli par le fracas de la pluie.

*

Ilia Klein et moi avons sympathisé. Les deux seuls étrangers dans ce lambeau de terre oublié de tous.

Ilia ne parle pas beaucoup, j'ai donc recueilli peu d'informations personnelles à son sujet. Elle est arrivée d'Allemagne, où elle a été élevée, il y a plus de vingt ans. Elle est venue par amour pour un Corse, avec lequel elle s'est installée à Luri. Un jour elle s'est réveillée, il était parti. Elle ne sait où : à Marseille, peut-être en Algérie. La mer n'a jamais cessé de la fasciner. Elle a comblé avec les vagues l'absence qu'il a laissée.

Elle est donc restée, s'est intégrée tout doucement, et aujourd'hui, c'est cet endroit qu'elle appelle « chez elle ».

Elle me dit qu'elle ne s'est jamais sentie seule.

Âgée d'une petite cinquantaine d'années, elle traverse son bed and breakfast comme une reine. Grande, plantureuse, avec la gentillesse et la franchise de son peuple. Ce doit être pour cela qu'elle s'entend bien avec les Corses.

Le soir, nous bavardons dans son salon commun.

En cette saison, m'explique-t-elle, je suis le seul hôte. Je lui tiens compagnie.

Même si elle ne s'y connaît pas en art, elle l'apprécie. En revanche, elle adore la musique et possède une vieille radio. Elle aimerait bien faire réparer son tourne-disque, mais elle n'a encore trouvé personne pour l'y aider. Pour l'instant, elle se contente de cassettes. Le son des haut-parleurs de la chaîne hi-fi est encore bon, ce serait dommage de la jeter.

De temps à autre, elle joue à la pétanque avec les hommes du village. Elle est la seule femme à le faire, ils s'y sont habitués. Les gens s'habituent à tout, il suffit de savoir comment pénétrer leur routine et créer de nouvelles habitudes.

Ilia Klein prépare un thé délicieux. Elle est fascinée par mes origines londoniennes, alors je lui parle de ma ville dès que j'en ai l'occasion, sans qu'elle me le demande.

Une chose que j'adore chez elle, c'est la façon dont elle attrape la poignée de la théière en fonte et verse le thé dans ma tasse, avec un mouvement du poignet fluide et hypnotisant.

Nous discutons et apprenons à nous connaître.

Ce soir, elle a dû remarquer mon trouble. « C'est encore à cause de la jeune fille ? » me demande-t-elle.

J'opine du chef. D'ordinaire, elle n'ose pas me poser de questions si personnelles, mais elle semble s'inquiéter pour moi. Une sensation que je n'avais pas éprouvée depuis longtemps.

« Vous savez, William, ici sur l'île, et surtout au cap Corse, les secrets sont rares. Les habitants ont un sens particulier de la pudeur. On ne parle jamais des sales histoires. Et ce d'autant plus que tout le monde

en a une, vous savez. D'ailleurs, tout le monde sait tout sur tout le monde. Dans un endroit comme le cap, on est prêt à n'importe quoi pour une parcelle de terrain. Mais ne croyez pas que les Corses soient mauvais, au contraire. C'est qu'ici la vie est dure. C'est un lieu sauvage et préservé, où la loi, quand elle arrive, complique souvent les choses. Quand elle n'arrive pas, ce sont les habitants qui la font, et les choses se compliquent encore plus. Lorsque les secrets concernent des familles importantes, les gens ont tendance à ne pas s'en mêler. Mon conseil, cher William, serait le suivant : dites à votre amie de rentrer en Italie le plus vite possible, et faites de même. Les Casalta sont ce genre de famille dont il vaut mieux se tenir éloigné.

— Je vous remercie. Ce n'est pas la première fois que j'entends cette histoire. Moi aussi j'espère que Teresa pourra s'en aller au plus vite. Avec son père dans les parages, ce lieu n'est pas le plus sûr pour elle. Mais je dois rester. Il faut que je voie les tableaux de Pascal Chadel.

— Pascal Chadel, Pascal Chadel..., répète Ilia Klein. Une belle énigme...

— Sans vouloir être indiscret, puis-je vous demander si vous connaissez l'histoire de la relation entre Dominique Chadel et Alda Casalta ? »

Ilia émet un gémissement ténu, puis un petit rire étouffé. « Eh bien, disons que quand il s'agit de ragots, les nouvelles m'arrivent à moi aussi... Dominique était tombé amoureux d'Alda.

— Mais ce n'était pas réciproque.

— Ah, non, là je dois vous contredire. C'était réciproque, et pas qu'un peu, du moins c'est ce qu'on raconte. Des deux, c'est même Alda qui était folle d'amour et de rancœur.

— De rancœur ?

— Oui, de rancœur. Dominique, quoique amoureux, n'aurait jamais quitté sa famille pour elle. C'était un homme de principes. Il avait un vrai béguin, oh oui, un vrai béguin, mais ça s'arrêtait là, il lui suffisait de voir Alda de l'autre côté du golfe de temps en temps, et rien de plus. C'est elle qui l'avait obligé à déménager. C'était une femme très inconstante et capricieuse, mais au fond, elle n'était pas méchante. Paix à son âme, la pauvre, quelle mort atroce elle a eue... »

Chacun de nous reste plongé dans ses pensées.

Je me mets à chuchoter : « Ce Pascal semble avoir un grand talent.

— Pourtant, il a l'air destiné à ne jamais émerger. »

Le bruit inattendu de la pluie interrompt notre conversation. Ilia me sourit en baissant les yeux. C'est une belle femme, tu sais, Sofia, elle me rappelle la lune, avec ses rondeurs sacrées.

Camouflés ici à l'intérieur, avec le déluge derrière les vitres, on finit par se croire chez soi.

« J'aimerais le connaître, ce Pascal Chadel », dis-je encore à Ilia Klein en me levant pour m'approcher de la fenêtre et mieux observer l'effet de la pluie sur l'île.

Je ne reçois pas de réponse, elle ne doit pas être du

genre à juger les choix d'autrui. Je l'imagine approuver de la tête, d'un mouvement oblique, comme pour dire : si c'est ce que vous avez décidé, William...

Mais derrière la vitre, et derrière le mur d'eau, je remarque soudain comme une ombre, bien que j'y voie mal. On dirait une silhouette sombre, immobile. Quelqu'un avec une capuche sur la tête, à moitié caché derrière un arbre.

L'espace d'un instant, j'ai peur que tu ne sois revenue me rendre visite, mais je me persuade que non, tu ne peux pas être arrivée jusqu'ici.

*

Dans le paysage désert que je découvre depuis la fenêtre, martyrisé par la pluie, une étrange lumière, d'un gris brillant, se reflète sur les flaques disséminées un peu partout.

Je m'assieds sur le petit lit blanc de la chambre du commissariat, entre les murs nus. Je me concentre sur ma respiration en me caressant le ventre. J'ai peur que mon agitation nuise à l'enfant. Alors je me mets à compter, un, deux, trois, quatre, cent... espérant que lui aussi, là-dedans, puisse compter avec moi et finisse par s'endormir. Trop de pensées désordonnées viennent m'encombrer la tête, se heurtant les unes aux autres.

Je me demande si Louise est au courant pour Pascal, mais la réponse est évidente. Elle sait certainement. Alors, pourquoi ne m'a-t-elle rien dit ?

Elle m'a assuré qu'avec le temps je comprendrai. Veut-elle attendre que l'affaire soit résolue avant de se confronter à des questions personnelles, ou est-ce simplement un secret que je n'aurais jamais dû découvrir ?

Je ne peux plus me permettre de coups de tête. Si Louise s'apercevait que je suis retournée dans la maison de Grand-mère, elle s'emporterait, avec raison : j'aurais pu y rencontrer mon père…

Je me lève du lit et parcours le couloir vierge, prête à y trouver l'habituel policier de garde. Si mon père voulait me tuer, il ne serait pas arrêté par un gars qui tient son fusil comme un jouet. Peut-être n'en voulait-il qu'à ma grand-mère. Ou alors il m'attend, je ne sais où ni quand.

Mais c'est Louise que je trouve. Elle est dans son bureau, penchée avec concentration sur des documents. Lorsque je franchis le seuil, elle ne s'aperçoit pas immédiatement de ma présence.

« Thérèse ! Tu ne devrais pas entrer ici, dit-elle soudain en refermant le dossier devant elle.

— Bien sûr, dis-je, étant donné que je pourrais avoir tué ma grand-mère… »

Louise soupire sans cesser de manipuler les feuilles posées sur le bureau.

« Excuse-moi, j'ai exagéré tout à l'heure, je ne voulais pas te faire peur. Enfin… Si, je voulais te faire peur, mais pour te protéger. Enquête à part, c'est dangereux pour toi de te promener dans le village, tu comprends ? »

Je hoche la tête en signe d'approbation.

« Allons dans la cuisine, on sera plus confortables », me propose-t-elle.

Je la devance pour me rendre dans la pièce attenante à son bureau.

« Écoute, les lignes de téléphone n'ont pas encore été rétablies. »

Je fixe mon pied qui tambourine sur le sol froid. « C'est bien ce que je pensais.

— Même si c'est absolument interdit, j'ai décidé que tu pourras utiliser mon téléphone de service. Mais tu dois me promettre que tu n'en diras pas un mot à qui que ce soit. Ça pourrait me coûter mon poste. »

Je relève les yeux vers ma tante, qui esquisse un sourire.

« Merci.

— Qui veux-tu appeler ? »

Toi. Je voudrais t'appeler toi, mais je dis : « Ma mère. »

Le temps que met Louise à composer le numéro me paraît interminable. Ses doigts bougent au ralenti, et je suis presque tentée de lui arracher le téléphone des mains.

La ligne est occupée. J'ai l'impression d'entrer en communication avec une autre planète. Je commencerais presque à douter qu'il existe une autre réalité que celle-ci. Enfin, une voix répond.

« Oui, allô ? »

Elle arrive de très loin.

« Maman, c'est moi !

— Thérèse ? »

On dirait qu'elle pleure. Des interférences nous empêchent de bien nous comprendre.

« Maman, je suis à Luri. Tout va bien, je rentre bientôt à la maison.

— Chérie ? Je t'entends mal. »

Louise ne me quitte pas des yeux, pour m'inciter à clore la conversation. Ma mère m'inonde d'informations et de questions, me dit qu'elle a essayé d'appeler mon père, mais qu'il ne répond pas au téléphone, qu'elle n'arrivait pas à savoir où j'étais, qu'elle s'inquiétait, que je dois vite rentrer à la maison. Je réponds seulement : « oui, oui ». Il me suffit d'entendre sa voix. Je retiens une larme. Elle ajoute que tu l'as contactée parce que tu me cherchais, que tu te faisais du souci. Avant de raccrocher et de me retrouver seule de ce côté-ci de la mer, je décide de faire une tentative.

« Maman, donne-moi vite le numéro de Nico. »

Elle hésite un instant, mais peu après, je note ton numéro sur une feuille trouvée sur la table de la cuisine.

Je lui dis au revoir et lui promets de donner vite de mes nouvelles et de prendre soin de moi.

L'appel n'a duré que quelques minutes, et pourtant c'est comme si j'avais fait un voyage spatio-temporel.

Lorsque je repose le portable sur la table, envahie par un sentiment d'oppression, le silence de la pièce n'est brisé que par le bruit de la pluie. Ma solitude me semble immense. Je regarde fixement ton numéro sur le bout de papier jaunâtre, sans oser lever les yeux vers Louise, qui est restée debout pendant tout ce temps.

« C'est le père ? »

Je hoche la tête en signe d'assentiment, sans quitter le numéro du regard. Entendre la voix de ma mère m'a vidée des rares forces que j'avais réussi à accumuler.

« Appelle-le. Mais vite. »

Incapable d'articuler un mot, j'attrape le téléphone et compose le numéro en silence en retenant ma respiration.

Tu réponds après trois sonneries perdues dans le vide.

« Teresa ? »

C'est au-delà de mes forces.

« Nico.

— Mais où es-tu passée ? J'ai même appelé ta mère, impossible de te trouver nulle part !

— Je suis en Corse, c'est une longue histoire.

— Quand rentres-tu ? »

Ta voix est si lointaine, c'est tellement étrange de t'entendre d'ici.

« Bientôt. »

Les interférences continuent de perturber la ligne, nous déconnectant l'un de l'autre durant quelques fractions de seconde.

« Reviens, s'il te plaît », me dis-tu, et ma gorge se serre en un nœud inextricable.

Je me tourne vers le mur, parce que je ne veux pas que ma tante me voie dans cet état.

« Oui, dis-je seulement, Nico, il faut que j'y aille.

— Teresa, dis-moi où tu es, je vais venir te cher... »

Mais la ligne coupe au même moment, laissant ta dernière phrase flotter dans l'espace entre nos deux dimensions.

Je sèche mes larmes avec la manche de mon sweat-shirt et inspire profondément pour reprendre mes esprits.

« Merci, Louise.

— De rien. N'oublie pas, personne ne doit être au courant.

— Entendu. »

Alors que je suis sur le point de partir, Louise m'arrête sur le seuil.

« Thérèse, pour aujourd'hui il vaudrait mieux que tu ne t'éloignes plus du commissariat. »

Je déglutis et encaisse le coup. « OK », dis-je sans me tourner, puis je disparais dans le couloir.

Une fois seule dans ma chambre, je m'approche de la fenêtre et me mets à écouter la pluie qui tombe inexorablement, s'acharnant sur l'île. Je m'imagine le port de Luri, la mer agitée qui secoue les bateaux et les fait tinter les uns contre les autres, le petit terrain de boules réduit à une mare de boue.

Cette femme qui est apparue quelques instants, cette hallucination, que voulait-elle de moi ?

Pas un bruit humain, pas une voix, pas même le moteur d'une voiture ou l'aboiement d'un chien. Seuls le déluge, le vent, les feuilles et la boue, et de temps en temps un coup de tonnerre dans le lointain, suivi par un éclair.

Soudain, on frappe à la porte du commissariat.

J'écoute. Une femme parle en français avec un étrange accent du Nord, elle semble agitée. Louise a l'air de la connaître, elle la fait entrer, l'invite à s'asseoir. Le bruit de leurs pas diminue au fur et à mesure qu'elles s'approchent du bureau de ma tante. Lorsque je les entends nommer William, je ne peux me retenir et me précipite dans la pièce.

La dame qui vient d'arriver est une belle femme, grande et plantureuse. Elle porte un imperméable trempé par la pluie, dont elle a baissé la capuche.

À mon entrée, elle se retourne vers moi et me dévisage comme si je la connaissais.

« J'ai entendu parler de vous, Thérèse. »

Cela ne me surprend plus.

Ma tante me foudroie du regard. « Thérèse, s'il te plaît, dit-elle, retourne dans ta chambre, la dame a quelque chose d'important à me dire. »

*

Je serre le volant de ma voiture de location.

Depuis que je suis sur l'île, mes actions semblent commandées par quelqu'un d'autre que moi.

Pourtant, je n'ai jamais été aussi lucide ni si vivant.

Je me sens euphorique, léger, téméraire. Je souris, j'ai envie de parler, la faim est même revenue.

Minuscule point sur cette route déserte et glissante, ma voiture fend le déluge. D'un côté les rochers, de l'autre le précipice. Il n'existe aucune barrière entre la mer et moi. Je pourrais tomber à pic. Cette impression de danger est en accord avec mes sentiments, Sofia. Je suis ému.

Rien ne peut plus me tuer. Je suis déjà passé par le monde des morts, comme Orphée.

Un doute m'assaille, même s'il ne m'a pas semblé prudent de l'évoquer avec Teresa. Je dois voir Olivier, quelque chose nous échappe à tous dans toute cette histoire.

Par moments, des rafales font vaciller la voiture. Je suis alors obligé de ralentir, presque de m'arrêter. La route est totalement détrempée. Des branches et de la terre répandues partout sur le bitume traversent la voie, entraînées par le vent. Même la mer semble devenue folle, de grandes vagues se fracassent sur les rochers, se brisant en mille éclats d'écume. La route est complètement noire. Je ne parviens à voir que la portion éclairée par les phares. Un éclair illumine parfois la scène, m'extirpant un instant de l'obscurité.

Il me faut presque deux heures pour arriver à Bastia. Je devrais me sentir fatigué, mais un fourmillement me parcourt le corps.

À mon arrivée, je crains qu'il ne soit trop tard, et de ne plus trouver Olivier dans sa boutique.

Je frappe énergiquement à sa porte, sans me décourager face à la pancarte qui affiche l'inscription « FERMÉ ».

Trempé jusqu'aux os, je dois avoir l'air ahuri, car lorsque Olivier ouvre quelques minutes plus tard, les cheveux dépeignés, il écarquille les yeux de surprise en me reconnaissant.

« Olivier, je suis désolé de vous déranger. »

Il me fait signe d'entrer, mais je ne veux pas mouiller sa boutique. Alors je m'arrête à un pas de l'entrée, gouttant sur le paillasson. Puis je vais droit au but. « Votre fille vous a-t-elle dit quelque chose avant de mourir ? Je veux dire, quelque chose de bizarre ? »

Olivier n'a pas l'air très enthousiaste à l'idée d'aborder ce sujet.

« Monsieur Cole, comment se fait-il que vous arriviez ici dans cet état pour me poser une telle question ?

— S'il vous plaît, cela va vous paraître étrange, mais j'ai promis d'aider quelqu'un, et j'ai peur pour elle. Si vous pouviez m'aider... D'une certaine façon, vos histoires sont liées. »

Olivier m'observe encore quelques secondes, avant de m'obliger à entrer dans la boutique, à enlever ma veste mouillée et à le suivre dans son bureau.

« Attendez ici un instant, s'il vous plaît. »

Lorsqu'il réapparaît, il tient à la main un objet encombrant, recouvert d'un tissu blanc.

« C'est une toile de Pascal Chadel. Ma fille me l'a remise avant de fermer l'exposition, en me demandant de ne dire à personne qu'elle était en ma possession, et de la conserver en lieu sûr... »

Au même moment, il découvre la toile d'un geste assuré, me laissant stupéfait et sans voix.

Je voudrais la prendre dans mes mains et avoir tout mon temps pour l'admirer.

« C'est magnifique, vraiment extraordinaire... Étrange, non ? Pourquoi vous aurait-elle fait cette demande ?

— Oui, cela m'a surpris aussi, sur le moment. Après, quand elle est morte, tout est passé au second plan...

— Bien entendu, je comprends. Avez-vous d'autres informations qui pourraient m'être utiles, à votre avis ?

— Je ne sais pas ce qui lui est passé par la tête... mais après ce que vous m'avez raconté de votre fille,

je veux vous aider du mieux possible. J'espère que, le moment venu, vous voudrez bien m'expliquer calmement ce que vous fabriquez...

— Je vous le promets, Olivier. »

Olivier abandonne le tableau sur un divan et se dirige vers son bureau. Je le suis et nous nous installons face à face, comme la première fois où nous nous sommes parlé.

« En rangeant les papiers de Chloé, j'ai trouvé un document assez intéressant. Un acte, signé par un notaire, qui atteste la valeur de certains tableaux de Pascal.

— Et à combien se monte la somme ? »

Olivier émet un petit rire nerveux.

« Eh bien, c'est une somme très élevée, monsieur Cole. Je pense que vous aviez identifié le bon sujet pour votre nouvelle biographie. Je suis encore en train d'évaluer si je dois vendre le tableau ou non. Je suis partagé. »

J'attends qu'Olivier continue.

« Ce sont des chiffres qui donnent le tournis, à plusieurs zéros, je ne sais pas si je m'explique bien... Chloé était en contact avec une grande galerie de Londres : ils les auraient exposés outre-Manche, la valeur avait atteint des sommes astronomiques. »

Je comprends qu'il ne me reste qu'une seule chose à faire, de très grande importance, avant que tout n'empire.

C'est comme si plusieurs ampoules s'allumaient dans ma tête, pour éclairer des détails auparavant insignifiants.

Je dois rentrer à Luri et prévenir Teresa.

Je remercie Olivier et prends congé en me précipitant vers la porte. J'attrape ma veste trempée au vol et monte en voiture.

Je conduis comme un fou, le temps m'est compté.

Je suis presque arrivé à Luri lorsqu'une lumière m'arrête. Elle s'est allumée brusquement et m'éblouit, comme si elle m'attendait derrière le tournant.

Je comprends alors que je suis tombé dans un piège.

*

« Qui a disparu ? »

Non, ce n'est pas possible. Pas lui.

« William ? » dis-je à voix haute.

La dame blonde baisse les yeux en hochant lentement la tête. Elle a les joues rougies et la peau claire.

« Il est sorti hier soir, il faisait déjà nuit, et il n'est pas revenu. Il était en voiture, j'ai peur qu'il lui soit arrivé quelque chose.

— Thérèse, intervient Louise, je vais m'en occuper. » Son ton déterminé et sévère est sans réplique. « S'il te plaît, dans ton état, ce n'est pas le moment de t'exposer à d'autres problèmes. Retourne dans ta chambre, maintenant, et laisse-moi parler avec Mme Klein. »

J'adresse un dernier regard alarmé à la dame qui soupire, les yeux toujours rivés à terre.

« S'il te plaît, Thérèse », insiste Louise.

Alors je me décide à sortir.

Je fais seulement mine de traverser le couloir, mais je reviens derrière la porte du bureau de Louise et tends l'oreille.

Mme Klein parle, s'efforçant de maîtriser son agitation manifeste. De temps en temps elle s'arrête, et cherche les mots justes : « William avait l'air fébrile et très anxieux à l'idée de rencontrer Pascal. » Elle fait une pause. « Il était également inquiet pour la jeune fille, il aurait voulu la savoir chez elle, en lieu sûr. » Une autre pause. « Nous avons discuté jusque vers dix-neuf heures, en buvant un thé. Je me suis absentée quelques instants pour rapporter les tasses dans la cuisine. Je l'ai laissé absorbé dans la contemplation de la pluie derrière la fenêtre. » Encore une pause. « Quand je suis revenue dans le salon, il avait disparu. Il pleuvait beaucoup, j'ai entendu le moteur de sa voiture. Bref, commissaire, je m'inquiète peut-être sans raison, rien ne l'obligeait à m'informer de son intention de s'absenter pour la nuit, mais vu les derniers événements, je crains qu'il ne lui soit arrivé quelque chose… »

Enfin, la voix de la femme se brise : « Excusez-moi… je suis vraiment terriblement inquiète. »

Louise a écouté tout ce temps sans dire un mot.

« Vous permettez que je fume ? »

Aucune réponse, mais j'entends le déclic rapide du briquet.

Je m'imagine Louise aspirer une longue bouffée, et son expression sérieuse et triste disparaître un instant derrière un rideau de fumée évanescent.

« Ne vous inquiétez pas, madame Klein, je vais

envoyer tout de suite mes agents à sa recherche. Rentrez chez vous et soyez sans crainte. Vous verrez que nous le retrouverons. Il pourrait avoir crevé et s'être arrêté quelque part. »

À ce moment-là, je comprends que leur échange est terminé. Je n'attends pas une seconde de plus et me glisse dans la chambre le plus discrètement possible.

Une fois Mme Klein dehors, un silence irréel retombe sur le commissariat. Louise s'enferme dans son bureau. De ma chambre, je ne parviens pas à entendre ce qu'elle fait. Elle prévient ses équipes, probablement.

Cette attente est frustrante. Je voudrais m'élancer par la fenêtre et partir à la recherche de William, mais quel sens cela aurait-il ? Les hommes de Louise arriveraient avant moi de toute façon, car je suis à pied et enceinte de surcroît. En plus, il pleut à verse. Il ne me reste donc qu'à espérer qu'ils le trouvent et le ramènent.

Que lui est-il passé par la tête ? Pascal est imprévisible. Lorsque la colère l'aveugle, il peut devenir violent.

Une heure plus tard, j'entends les pas de Louise s'approcher. Elle frappe à la porte, et je lui réponds qu'elle peut entrer. Elle s'assied sur le lit et m'observe quelques instants.

Puis elle se met à me parler d'une voix plaintive et monotone.

« Thérèse, je sais que la nouvelle va peut-être te perturber, mais reste calme… »

Serrant les draps de toutes mes forces, je me mets à transpirer.

« Nous n'avons pas trouvé William. Il n'était pas chez Pascal. Nous allons continuer à le chercher. Il n'est pas dit qu'il lui soit arrivé quelque chose, il pourrait simplement être allé à Bastia pour quelques jours. »

Je suis sur le point de lui dire que c'est impossible, que William ne serait jamais parti sans moi, mais Louise m'arrête.

« Non, écoute-moi. Je ne suis pas tenue de te raconter tout ça, je ne devrais d'ailleurs même pas t'impliquer. Mais tu restes ma nièce… Demain, un de mes collègues va venir pour t'interroger. Tu devras lui répéter ce que tu m'as dit à moi. Tout ce dont tu te souviens peut être utile pour retrouver ton père et l'arrêter. Pour le moment, s'il te plaît, essaie de ne pas te faire de souci pour William. Reste concentrée, fais-le pour Grand-mère. »

Je la regarde, stupéfaite, sans rien dire.

Louise soupire, visiblement préoccupée, et se retire en refermant la porte derrière elle. Il me faut un plan, un plan efficace, et pas trop risqué. Avant tout, j'ai besoin d'une voiture. Il est impensable que je marche jusque chez Pascal. Je ne peux pas courir le risque que ma tante me trouve, elle me ramènerait au point de départ. Une fuite pourrait juste aggraver ma situation. En plus, la pluie a rendu les routes impraticables. Et l'enfant, je ne dois pas oublier l'enfant.

Si William est allé chez Pascal, ce dernier l'a peut-être caché dans la grotte, ou emmené dans le maquis.

Pascal a un fusil, et l'inconscience des fous. Il ne parlera avec personne d'autre que moi. J'en suis certaine. Il pourrait déjà être trop tard.

La seule voiture garée devant le commissariat, hormis celle de service, est le 4 × 4 de ma tante. Lorsque j'étais dans son bureau tout à l'heure, j'ai vu où elle range les clés, ce ne serait pas un problème de les lui voler. Le vrai problème serait d'avoir un laps de temps suffisant pour parler avec Pascal, avant que quelqu'un de la police ne me trouve. Je devrais attendre le soir, quand ma tante ira se coucher, pour filer.

Je ramasse un jean sur la chaise à côté du lit et prépare mon sac à dos avec ce qui pourrait me servir. Pour que ça marche, patience et concentration sont de mise. Tout arrive à son heure. Ma tante n'a pas pu me rendre ma valise, puisqu'elle se trouvait sur la scène du crime. Je me demande si mon père l'a vue, le matin où il errait dans la villa. Tout bien réfléchi, cette image a des contours si flous que je doute de sa réalité.

J'ai du mal à enfiler le pantalon. Il doit être à Louise, qui est plus petite et plus mince que moi. Je m'aperçois malgré tout, avec une légère satisfaction, que j'ai maigri. Mes jambes sont fines et délicates, et mon ventre plat, hormis la petite protubérance sous le nombril, qui me rappelle de ne pas m'exposer au danger. À présent, c'est lui qui tient les rênes de mon nouvel équilibre.

*

L'avertissement de l'île ne tarde pas à arriver.

Je suis dans la cuisine, en train de manger un morceau. Louise est avec moi dans la pièce depuis quelques minutes. Elle fume et observe le monde depuis l'unique fenêtre. La fumée grimpe et glisse sur la vitre, comme un reptile nerveux. Ma tante ne parle pas beaucoup. On dirait qu'elle aussi attend quelque chose. La pluie a diminué d'intensité, mais chaque goutte rebondit sur mes nerfs.

Une île déserte et inhabitée, où il ne se passe rien, voilà l'impression du touriste qui débarquerait ce soir. Peu à peu, pourtant, j'apprends à reconnaître son langage, sa voix. Je découvre que les gestes en apparence lents et vains des habitants se révèlent nécessaires et secrets. Un sens mystérieux se dégage des choses. Chaque gradation de couleur sur les feuilles de l'île a sa place dans ce monde entouré par la mer et les algues. La vie des métropoles disparaît petit à petit, comme d'un tableau dont une main effacerait chaque jour un détail.

Je me souviens d'une rumeur sourde. Les cris des gens qui vous soufflent dans les oreilles à chaque seconde. La frénésie des rayons du soleil et le déplacement des vélos. Le fracas du tramway, le bruit des portes du métro qui s'ouvrent et se ferment, coupant en deux la chaleur condensée sous terre. Une partie vous rejoint dans le wagon, l'autre reste attendre le prochain voyageur. Et l'odeur des gens. L'exhalaison humide de la sueur et des haleines, le parfum qui se niche dans les plis de la peau, la substance collée entre la cuisse et l'aine, l'évaporation de milliards de petites cellules qui se détachent du corps de centaines de personnes et vous atteignent comme de petits projectiles de chaleur.

Tout cela n'existe pas sur l'île, où règne seulement un puissant effluve marin.

Louise semble l'ignorer. Elle est née ici, et je ne crois pas qu'elle en soit jamais partie. Je voudrais l'interroger, mais il ne vaut mieux pas. Je dois garder ma concentration intacte, rester à l'affût du moment propice pour m'enfuir. Retrouver William, m'accrocher désespérément à tout ce qui vient de l'extérieur de l'île, transporté par un courant capricieux et aléatoire.

La dernière phrase que tu as dite, avant que la mer ne nous sépare de nouveau, résonne encore dans ma tête. Tu m'as proposé de venir me chercher. Ce sont des mots merveilleux, le sais-tu ? D'autant plus que tu ignores que je ne suis plus seule, que nous ne sommes plus seuls, qu'entre nous la vie a ouvert une brèche, par laquelle nous pouvons entrapercevoir notre avenir. Mais, le *libeccio*, ce vent si violent, s'est interposé lui aussi. Sans compter cette pluie incessante. Ma grand-mère morte aux yeux révulsés, et mon père armé d'un fusil.

Aucune de nous ne parle. Je m'habitue aux rumeurs qui constellent l'apparent silence de l'île. Louise, à des années-lumière de moi et de la cuisine du commissariat, tire voluptueusement sur sa cigarette dont j'imagine qu'elle la voudrait infinie. Elle exhale la fumée par la bouche, et deux petites volutes grises par les narines, comme s'il lui déplaisait de s'en séparer.

Soudain, l'avertissement arrive, emportant les sons que je recueillais autour de moi, la blancheur des murs, et tout ce qui se trouve sur son passage : le téléphone sonne avec arrogance.

Louise, délaissant la lenteur avec laquelle elle se délectait dans la fumée, se précipite dans son bureau pour répondre, après une fraction de seconde d'immobilité.

Je regarde la porte de la cuisine se refermer derrière elle. Désormais, j'entends tout, comme un renard.

C'est au sujet de mon père. Il a laissé des traces, il n'a pas été assez rusé. Quelqu'un a dû le découvrir et a donné l'alerte.

Tandis que Louise est toujours au téléphone, j'aperçois par la fenêtre de la cuisine une voiture se garer devant le commissariat. Des pas rapides et lourds s'approchent de la porte d'entrée. Quelques minutes plus tard, deux policiers entrent. Ils sont trempés jusqu'aux os, maculés de boue. L'air ébahi, les lèvres tremblantes, choqués.

Je reste immobile sur ma chaise glacée. Après m'être chaussée, j'ai enfilé mon sweat-shirt et une veste m'attend sur le lit dans ma chambre. Je dois être prête.

Je vois passer les deux policiers par l'entrebâillement de la porte, et rejoindre ma tante dans son bureau. Ils se mettent à discuter entre eux. Ma tante ne leur répond pas, elle fait les cent pas.

Vont-ils repartir le chercher ? L'ont-ils déjà trouvé ?

Personne ne semble faire attention à moi. Je me confonds avec le mur. Je me suis faite toute petite, et le monde n'est plus qu'attente, air et murmures de la nature.

Ils sortent l'un derrière l'autre. Après avoir échangé quelques mots, ils respectent un silence presque religieux. La tension est palpable, car ils espèrent avoir réussi.

Quelques secondes plus tard, la voiture de police démarre, avec à son bord les deux policiers et ma tante.

Le silence se referme comme un rideau après leur sortie.

J'entre dans le bureau, dont ma tante n'a pas fermé la porte. J'ouvre le premier tiroir sous le secrétaire en bois et attrape les clés d'un mouvement décidé.

Et là, je *le* vois.

Abandonné dans le tiroir, sous les clés de la voiture de ma tante, il y a un téléphone. *Mon* téléphone. Je le reconnais à une petite éraflure dans un coin de l'écran. Je tente de l'allumer, rien, la batterie est vide.

Pourquoi se trouve-t-il ici ?

À moins que ce ne soit un téléphone qui ressemble au mien, avec le même défaut.

Mais un autre détail balaie mes doutes. Je regarde à nouveau au fond du tiroir et y découvre mon passeport.

C'est comme si quelqu'un me serrait le cou et exerçait une légère pression avec le doigt sur ma jugulaire, pour m'empêcher de respirer librement.

Je glisse soudain portable et passeport dans les poches de mon sweat-shirt, puis referme brutalement le tiroir. Je n'ai plus de temps à perdre.

Je cours vers la voiture. Dehors, l'air est alourdi par l'humidité. La pluie semble se retirer lentement. Je grimpe dans le 4 × 4 de ma tante et referme la portière derrière moi. Dans l'habitacle, l'odeur de fumée est écœurante. Je tourne la clé, le moteur démarre, je lâche l'embrayage et passe la première.

La route du cap Corse a été transformée par la tempête de ces deux derniers jours. La montagne a cédé à plusieurs endroits, déversant pierres et terre sur la route. Je roule doucement, prudemment. À chaque tournant, qui semble disparaître dans le ciel, je retiens mon souffle, par crainte de croiser la patrouille de police. Je m'imagine croiser le regard de mon père, assis à l'arrière, menotté. Et s'ils ne l'avaient pas capturé ? S'il était parvenu à s'enfuir une fois de plus ? Si je restais la seule suspecte du meurtre et qu'on m'arrêtât ?

Soudain, une idée me traverse l'esprit. J'ai la voiture, mon passeport, et même un portable déchargé dans ma poche. Je pourrais rouler jusqu'à Bastia, ignorer la maison de Pascal. Une fois en ville, il me suffirait de chercher le consulat italien et de demander l'asile. Je serais peut-être condamnée, mais au moins je serais en Italie, loin de cette mer hypnotique qui brouille mes pensées. À la seule perspective de cette possibilité, mon cœur bondit. Il suffirait de si peu. Ma tante ne me trouverait jamais à temps, je pourrais rejoindre l'ambassade. Combien de temps cela prendrait-il ? Une heure et demie ? Là, je pourrais appeler ma mère, organiser mon rapatriement. Te rappeler, te dire que je veux que tu viennes ici pour m'aider, que tu sois à mes côtés. J'attends un enfant, je veux que lui aussi soit mis en sûreté, dans un endroit où il pourra naître en toute quiétude, sans jamais découvrir ce qu'il a vécu quand il était encore un être minuscule pelotonné dans mon ventre. Je me sens soudain faible. Ce scénario me remplit d'une chaude torpeur. Alors, je serre le volant de toutes mes forces. Puis je me mets à crier, le plus fort possible. La vitre s'embue près de ma bouche. Je crie parce que, je voudrais être moins têtue. Je crie parce que, au lieu de foncer vers mon salut, je freine dès que j'aperçois le toit de la maison sur le golfe.

*

Cette fois, personne ne m'y a amenée. La maison, détrempée et vue de face, m'apparaît sous un nouveau jour. J'avais refoulé certains détails : le lierre, par exemple, je ne l'avais remarqué qu'en passant, alors qu'il recouvre presque toute la façade. Le jardin autour est aussi touffu que je l'imaginais. La construction semble posée en équilibre sur la falaise. C'est un lieu superbe, même sous la pluie. Contre toute attente, il me paraît incroyablement familier.

Je gare le 4 × 4 devant la porte d'entrée. Je dois tirer parti le plus vite possible du temps que j'ai à disposition.

En descendant de la voiture, je me demande une dernière fois si cet acte désespéré pourra avoir une issue heureuse, ou s'il est uniquement dicté par une curiosité morbide que je ne me connaissais pas. C'est bien cette maison qui m'a attirée sur l'île, et le désir de découvrir comment ma vie changerait en devenant propriétaire.

Quelques pas, et me voilà en train de frapper à la porte. Trois coups secs. Je ne sais ce qui me donne cette assurance, mais je suis certaine que Pascal comprendra immédiatement que je suis revenue.

Après avoir toqué, je reste le bras suspendu en l'air quelques instants. Pas un bruit. Je relâche alors mon bras et fixe la porte du regard, priant pour qu'elle s'ouvre.

N'y a-t-il donc personne ? Et s'il était arrivé une chose terrible à William ? Et si Pascal me faisait de nouveau du mal ?

Cette pensée s'insinue dans mon ventre comme une aiguille.

Je me souviens du coup de pied que Pascal m'a donné quand j'étais séquestrée chez lui. À ce moment-là, ses yeux étaient dénués d'humanité. Il agissait d'instinct, en proie à sa colère. Une bouffée de chaleur rouge sang, épaisse, qui remonte de l'œsophage, force le corps entier pour ne pas rester emprisonnée.

Voilà peut-être pourquoi ce lieu, tout comme Pascal, m'est familier. Je me reconnais dans sa violence. C'est la colère de l'île.

Soudain, j'entends le déclic de la serrure. Celle ou celui qui l'ouvre n'est pas pressé, ou n'a pas assez de force.

Quand la porte s'ouvre, une odeur reconnaissable entre toutes m'assaille. C'est un relent de moisissure et de poussière, mais aussi de vernis, avec un arrière-goût de riz trop cuit, et de condensation de bouillon qui embue les vitres. Quant à la musique, on ne l'entend plus.

Je m'apprête à lancer : « Dis-moi où tu as caché mon ami », lorsque je m'aperçois que la personne devant moi n'est pas Pascal.

Une femme petite et fluette, qui sent le moisi et le fauve, se tient sur le seuil. Ses cheveux gras sont collés à son cuir chevelu, ses yeux cernés de violet et gonflés, et sa peau décrépite et grise. Ses doigts ressemblent à des branches sèches et noueuses.

C'est la femme que j'ai vue, souriante et floue, sur la photo chez Grand-mère.

Elle garde à l'aide d'un bâton son équilibre précaire.

Son odeur est ce qui m'indispose le plus. La déchéance d'un corps qui n'a plus de raison d'exister. Comment un être humain peut-il se retrouver dans cet état ?

Je ne sais quoi lui dire. Son apparition m'a prise au dépourvu.

« Je savais que tu reviendrais. Je suis Marie, on se rencontre enfin en bonne et due forme », dit-elle.

On dirait que sa voix est celle d'une autre. Elle est sûre et claire, à la différence de son corps abandonné à lui-même. Son calme me panique.

Marie semble saisir ma perplexité, alors elle ajoute : « Viens. »

Entrer dans cette maison, c'est comme replonger dans le même rêve après s'être réveillé.

Je marche sur un fil au-dessus du vide. Ici, tout est imprévisible.

Je précède Marie, qui referme la porte à clé derrière moi. Puis, lentement, accompagnée par les bruissements de son corps fantôme et le cliquetis de son bâton, elle me rejoint. Nous nous asseyons à la table au centre du salon.

« Où est-il ? » dis-je en essayant de paraître le plus tranquille et décidée possible. La seule chose que les ravages du temps semblent avoir épargnée, ce sont ses yeux profonds, gris acier.

« Qui cherches-tu ?

— Vous le savez très bien.

— Mon fils n'est pas à la maison, et d'ailleurs il vaudrait mieux que tu le laisses tranquille. Tu t'étais enfuie, c'était mieux comme ça. Mais te voilà revenue. Tu veux connaître la vérité, j'imagine. Tu es une fille curieuse, tu es bien du continent. Mais ici, les vérités, chacun les garde pour soi », réplique-t-elle d'une voix monotone. Il n'y a pas de colère dans ses paroles, peut-être une note de ressentiment, mais surtout de la détermination.

« Je ne suis pas venue pour lui, mais pour mon ami William. Il a disparu, je sais qu'il voulait rencontrer Pascal à cause de ses tableaux, et il n'est pas revenu. Dites-moi où il est !

— Je ne sais pas qui est William. »

Nous nous regardons. Marie me dévore de son regard menaçant. « Tu ressembles à ton père », dit-elle. Puis, face à mon expression stupéfaite, elle ajoute : « Ou alors n'as-tu pas encore compris qui nous sommes ? »

Un sourire semble se dessiner sur son visage

ridé, vite absorbé par une profonde quinte de toux catarrheuse.

« Je sais très bien qui vous êtes. Ce que je ne comprends pas, c'est le lien que vous avez avec ma vie.

— Ah », fait Marie. Puis elle sort un mouchoir sale d'une manche de son vieux pull feutré, le secoue et le porte à son nez en regardant fixement mon air dégoûté. « Nous n'avons aucun lien avec ta vie, Thérèse, ce n'est pas nous qui t'avons fait venir jusqu'ici.

— Mais si, c'est Pascal qui m'a amenée ici.

— Pauvre garçon… tu devrais le remercier, il t'a sauvée. Il t'a trouvée évanouie au bord de la route et t'a mise à l'abri. En plus, dans ton état…

— Il m'a gardée prisonnière !

— Tu n'as pas la moindre compassion pour ton *frère.* »

Ce mot plonge comme un poignard dans mon cœur.

« Je ne suis pas la cause de son mal, je n'ai rien à voir avec cette histoire, je ne connaissais même pas son existence. »

Marie a des gestes indolents qui m'agacent. Puis sa voix solide revient écorcher le silence de la pièce : « En cela, tu as raison. Tu n'étais pas au courant, et tu n'es pas la seule. C'est le grand secret du cap Corse : Pascal, le fils secret de Timéo Casalta, séquestré comme un fou. Renié par son père et sa famille. »

Je suis sur le point de lui répondre, mais elle ne m'en laisse pas le temps.

« Ça n'a pas dû être facile pour lui non plus, pauvre Timéo, mais tu as déjà dû entendre cette histoire, pas vrai ? Ce n'est pas la première fois qu'il fait un enfant dont il ne veut pas…

— Ne vous mêlez pas de ce qui ne vous regarde pas », dis-je, essayant de reprendre le contrôle.

Marie se met à rire. « Il me semble que c'est toi, ici, qui te mêles des affaires des autres…

— Pourquoi mon grand-père s'est-il suicidé ?

— C'est bien, je vois que tu commences à comprendre. Ton grand-père s'est donné la mort quand il a découvert la vérité. Malheureusement, tu es tombée dans la mauvaise famille : des mensonges… trop de mensonges…

— Qu'est-ce qu'il avait découvert ?

— Ce terrible secret qui a éloigné ton père de moi. »

À quoi fait-elle allusion ?

« Quel secret ?

— J'étais déjà enceinte, c'était trop tard, le petit monstre était déjà dans mon ventre… »

Je secoue la tête, m'efforçant d'interpréter ses paroles, mais les morceaux du puzzle ne s'emboîtent pas.

« Nous nous ressemblons plus que tu ne le crois. J'y pensais le jour où Pascal t'a frappée et que c'est moi qui ai dû t'aider. J'ai été infirmière, tu sais ? J'avais fait l'école avant qu'on ne nous séquestre, le monstre et moi, dans cette maison. Tant que Dominique était en vie, nous avons bénéficié d'un minimum de respect. Mais quand mon père est mort à son tour… Au village tout le monde nous prend pour des fous.

— Uniquement parce que Pascal est le fils illégitime de mon père ?

— Je me disais : “Regarde-la, elle est comme moi, enceinte, et elle ne sait pas qu’elle a un frère”… Quand Alda a tout révélé à Timéo pour nous éloigner, il était déjà trop tard…

— Mais quoi… qu’est-ce qui était trop tard ? » Ma voix se brise.

Je me sens pâlir, cette histoire dépasse mon imagination.

« Tu la connais aussi, la vérité, non ? Tu l’as vue dans le tableau que tu as trouvé au grenier. »

*

J’ai froid. Les branches des arbres cachent le ciel, et la lumière, raréfiée, filtre comme à travers les barreaux d’une prison. Mon corps et mon esprit sont engourdis, je ne peux plus ni bouger ni penser. L’humidité nocturne des bois est entrée dans mes veines et dans mes muscles. Parviendrai-je à me sauver ?

Une ancienne communauté a vécu dans ce village abandonné. J’aimerais savoir qui étaient ses membres, et ce qu’ils faisaient dans un endroit si retranché. Il y avait peut-être des mines, autrefois. Pour venir jusqu’ici, nous avons suivi un sentier presque invisible.

Un de mes ravisseurs avait une machette avec laquelle il se frayait un passage dans le maquis épais. J’étais trempé jusqu’aux os, fatigué et terrorisé. Je ne saurais dire combien de temps nous avons marché. Je ne pourrais jamais retrouver le sentier dans cette végétation inextricable, j’imagine qu’il a déjà disparu, englouti par la nature.

Ici, elle est vivante, mouvante, avec ses accès de colère, son langage propre.

Mes ravisseurs ne répondent pas à mes questions. Que veulent-ils de moi ?

Ils ne m'ont pas maltraité. Ils m'ont seulement amené dans ce vieux hameau oublié, caché par le maquis. Les maisons en pierre, une vingtaine en tout, n'ont plus de toit. Hier, j'ai entrevu une chapelle en partie écroulée. Au milieu de la petite nef centrale, on pouvait encore voir un bénitier accroché au mur et un autel en pierre. À présent, reconquis et défloré par la nature qui grimpe partout, le village ne semble plus peuplé que de fantômes mélancoliques.

Toi aussi, tu es revenue me rendre visite.

C'était presque le soir, les contours des choses commençaient à se brouiller. J'étais fatigué et je craignais de ne pas résister à une nuit de plus.

L'odeur des fleurs me mettait en alerte. J'entrevoyais ta robe bleue derrière un arbre. La maison où nous nous cachons, encore miraculeusement debout, a échappé à l'emprise du temps. On ne m'a pas attaché les mains, le maquis est ma prison. Si j'essayais de m'enfuir, je me perdrais.

Alors que la nuit tombe, les bois s'assombrissent et se mettent à murmurer des incantations magiques et assassines. Hier aussi, à mesure que les bruits nocturnes montaient, j'ai reconnu ta robe. Tu étais à une dizaine de mètres de moi, dissimulée derrière un arbre, puis derrière le mur d'une maison en ruine. Assis à côté de moi, mon ravisseur fumait. Il a tourné un peu la tête et, lorsque j'ai sursauté, mon mouvement brusque l'a alarmé. Il a regardé à son tour dans ta direction.

« La voyez-vous ? » Ma bouche était déjà sèche. « La voyez-vous aussi ? »

Il n'a pas répondu, mais a levé son fusil et regardé dans le viseur en le dirigeant vers toi.

« Non, non ! » ai-je crié, puis j'ai commencé à m'approcher de lui, pour l'empêcher de te viser. Il a bondi sur ses pieds et a pointé le fusil sur moi. Haletant, je l'ai supplié : « Je vous en prie, c'est ma fille, ne lui faites pas de mal ! »

Cela faisait si longtemps que tu n'étais pas venue me voir, Sofia, je pensais que tu ne viendrais plus. Je me suis trompé en pensant que tu m'avais pardonné. Ou que je t'avais échappé.

Te voir m'est douloureux, cela me déchire le cœur et me fait affreusement honte. Je sais que tu es morte, que tu n'es pas cette fille vêtue de bleu qui m'épie parfois de loin, et pourtant, quand je te vois, mon corps se met à trembler comme si tu étais réellement à mes côtés.

Puis l'homme m'a enfin regardé. Il a vu ma souffrance, ou ce qui n'est peut-être que folie. D'un signe de tête, il m'a ordonné de me rasseoir contre le mur, à ma place, sur ma paillasse. Puis il a reposé le fusil à côté de lui et s'est remis à fumer, en silence, les yeux rivés sur le maquis.

Tu es restée derrière le mur. Je pouvais te voir, même si l'obscurité devenait dense et compacte. Le vent agitait tes cheveux châtains et faisait onduler ta robe. Je ne distinguais que la moitié de ton visage et de ton corps, une demi-bouche, une narine, une seule jambe. Tu ne souriais pas.

Tétanisé par la peur et la solitude, ma seule pensée était qu'il avait cessé de pleuvoir. J'étais content parce que tu ne serais pas mouillée.

Rassemblant tout mon courage, je me suis mis à t'appeler, sans émettre aucun son, en remuant simplement la bouche. J'ai répété ton nom à de nombreuses reprises, jusqu'à ce que tu commences à remuer la bouche à ton tour. Je n'y voyais pas bien, à cause de la distance et de la nuit. Toi aussi tu me disais quelque chose, mais je ne comprenais pas quoi. Je me suis évertué à saisir le sens de ces mots muets, le souffle lourd. Je sentais que l'homme me surveillait de près, même s'il n'avait pas bougé et ne pouvait me voir.

Tout mon être était tendu vers toi, ou ton ombre, ton reflet pâli. Je me concentrais uniquement sur tes lèvres, tu ne m'avais jamais parlé auparavant.

Moi aussi je me suis remis à les remuer, en t'imitant. Et enfin, j'ai compris.

Tu me disais : « N'aie pas peur, papa. »

*

Ma raison flanche, des bribes de sens surgissent, pour disparaître aussitôt. La réalité devient malléable, liquide et insaisissable.

Mais je n'ai pas le droit de perdre le contrôle maintenant.

« Je veux savoir où est William.

— Je te répète que je ne sais même pas qui c'est. »

Marie chiffonne son mouchoir en boule et le glisse à nouveau dans sa manche en soupirant. Mon impatience l'énerve.

Il faut que je le retrouve, le plus vite possible. Des gouttes de sueur coulent le long de mon dos, l'air de la maison devient irrespirable.

Je me mets à crier : « William ! William ! »

Le visage de Marie se transforme en une grimace de dégoût. Puis elle éclate d'un rire sonore.

« Tu ne le trouveras pas ! »

Mais je ne la crois pas. William est venu ici. William *doit* être ici.

Si je le trouve, nous pourrons nous enfuir jusqu'à l'ambassade ensemble. Rouler à tombeau ouvert sur la route du cap Corse, courir vers notre salut. Quitter l'île, rentrer chez nous. Accoucher de mon enfant, le serrer fort contre moi pendant qu'il dort paisiblement.

La colère me submerge, tandis que je crie le nom de William. Je dois sauver mon enfant, mais aussi mon ami. Sinon, je ne me le pardonnerai jamais.

Je me lève brusquement de la chaise qui tombe à la renverse pour me précipiter vers la porte de la chambre où l'on me gardait recluse. Je l'ouvre brutalement, elle n'oppose pas de résistance. La pièce est faiblement éclairée par la lumière provenant de la fenêtre qui donne sur la cour. Ce lit vide, les gouttes de peinture sur le sol.

L'espace d'un instant, je me revois ici, pâle et perdant du sang.

Mais nulle trace de William.

Alors je me dirige vers la chambre de Marie.

Là non plus, rien, hormis une odeur pestilentielle qui me coupe la respiration.

Je monte l'escalier quatre à quatre. Derrière moi, le rire rauque de Marie, entrecoupé de quintes de toux, sa voix pleine, qui crie que je suis venue pour détruire la vie de mon frère, comme si le malheur causé par ma famille par le passé ne suffisait pas, et que je suis comme ma grand-mère Alda, une stupide continentale.

Le couloir est pareil à mon souvenir, avec les tableaux encore adossés aux murs. Dans la chambre où Pascal peint, il n'y a qu'une toile blanche montée sur le chevalet, quelques tableaux par terre et des taches partout.

William est introuvable.

Il n'est pas non plus dans les autres pièces, où les portraits de ma grand-mère se chevauchent, où les souvenirs constituent les chapitres d'une histoire ancienne qui me broie à mon tour.

Un bruit au rez-de-chaussée me force à interrompre mes recherches. Louise est-elle déjà là ? Sont-ils venus me chercher ?

Je me penche par-dessus la rampe, essayer de m'enfuir serait inutile, je ne ferais qu'aggraver mon cas. Et de toute façon, je n'en aurais pas le temps.

Quelqu'un est entré dans la maison, mais ce n'est pas Louise.

« Tu es revenue. »

Pascal porte son habituelle veste froissée et des bottes en caoutchouc. Fusil à l'épaule, il me regarde par en dessous, de ses yeux incontrôlables.

« Pascal… » Les mots me manquent, je me sens si coupable. « Excuse-moi, je ne voulais pas m'échapper. J'ai eu peur.

— Tu m'avais dit que tu voulais rester ici avec moi. »

Pas un de ses muscles ne bouge. Immobile, il me fixe en contrebas de l'escalier. Il a les bras ballants le long du corps, et à cette distance je peux voir ses yeux me scruter avec une intensité fixe soudaine et effrayante.

Entre nous s'interposent quelques secondes de silence.

« Pascal, où est William ? »

Il baisse la tête.

« Pascal, dis-lui, toi aussi, que tu ne sais même pas qui est ce William. Laisse-la partir, qu'elle s'en aille, qu'elle sorte pour toujours de notre maison ! »

Il ne répond pas. Même si je ne peux pas voir son expression, j'imagine ses yeux affolés scruter frénétiquement les murs de la pièce.

Je commence à descendre prudemment, marche après marche, en me tenant à la rampe. Pascal ne semble pas s'en apercevoir. Cela vaut mieux.

Marie est sûrement restée assise sur la chaise au bout de la grande table en bois. De sa place, elle continue de me crier de m'en aller. Pascal n'entend ni ne voit rien, saisi d'une sorte de paralysie. À présent, je peux le regarder en face.

Une brume opaque intoxique son esprit. Sa mère continue de hurler, lui faisant perdre la raison. Il s'est retiré dans son monde. Avant qu'il ne décide de se servir de son fusil, je ferais mieux de partir. Et vite.

Mais je lui dois une découverte merveilleuse, alors je m'approche lentement de lui et effleure son visage d'une caresse. Il ne bouge toujours pas.

Je veux en avoir la confirmation de mes yeux : j'attrape un pan de sa veste et de son tee-shirt en même temps, et les écarte de quelques centimètres, jusqu'à découvrir sa clavicule et une partie de son épaule.

Au moment où la tache de vin apparaît, Pascal parle.

« Tu m'as trahi, dit-il d'une toute petite voix.

— Tu es mon frère, je ne t'aurais jamais trahi. Il s'est passé des événements qui m'ont obligée à partir.

— Tu vas rester ici, maintenant ?

— Je ne peux pas. Je dois retrouver William. Aide-moi, Pascal. »

Il ne répond plus, la bouche ouverte, la lèvre inférieure pendante, sans énergie. Il a la tête légèrement penchée, comme éteinte, une ampoule cassée. Je voudrais ne pas le quitter ainsi, mais pouvoir l'aider, lui dire les mots justes. Sa solitude est suffocante.

Je lève encore la main pour la poser sur sa pommette, jusqu'à ce qu'il sorte de son état d'hébétude et me regarde dans les yeux.

Je murmure : « Je suis désolée. »

Puis j'avance calmement vers la porte.

Il m'est douloureux de l'admettre, mais je dois profiter de son chagrin. Tant qu'il souffrira, il ne me fera pas de mal.

« Ne t'en va pas. »

Il me regarde encore. Son visage est exsangue. Ses yeux sont rivés sur moi, rouges et gonflés.

Une voix dans ma tête continue de me répéter que l'homme que j'ai devant moi est mon frère.

« Tu ne vois pas l'effet que tu lui fais ? Tu ne vois pas comme tu le fais souffrir ? Va-t'en ! Va-t'en ! »

Marie déverse toute sa haine sur moi. Son corps épuisé semble sur le point de céder. Le visage cramoisi, elle a posé ses mains sur la table, découvrant un de ses poignets sous la manche retroussée de son pull. Elle est si fragile… comme si on l'avait vidée de son sang, elle aussi.

Sa colère emplit la pièce. Je me sens coupable, sans comprendre exactement quel est mon rôle.

Pourquoi devrais-je me sentir aussi liée à Pascal ?

Il est mon frère, mais je le connais à peine. En le regardant, si peiné et abattu par la vie, je me reconnais. Une autre version de moi-même, entièrement vulnérable.

Serait-ce de son âme sans défense que jaillit son art ?

Me voici presque à la porte d'entrée. Je dois quitter cette maison, je ne supporterai pas plus longtemps la douleur qui y stagne.

J'ai déjà attrapé la poignée de la main droite, lorsqu'une enveloppe froissée, tombée au pied d'un meuble, attire mon attention. C'est une banale enveloppe blanche qui porte le logo de la commune de Luri, et dont Marie Chadel est la destinataire.

L'adresse que j'y découvre me bouleverse.

En une fraction de seconde, elle ouvre une faille temporelle et me ramène quelques jours en arrière, dans une autre vie.

C'est un détail, le seul dont je me souvienne à propos du contrat que j'ai signé pour la transmission de propriété.

Cette maison est la mienne.

Je sors en courant, sans même envisager que Pascal puisse me suivre.

Il ne pleut plus, mais qu'importe.

Qui a voulu que je vienne ici ? Que voulait-on que je découvre ? Et si tout cela n'avait pas de sens ?

Suis-je sur le point de devenir folle ?

Je roule en retenant mon souffle, prenant les tournants comme si je naviguais sur un fleuve en crue. Concentrée sur mon objectif, je ne m'aperçois pas qu'un rayon de soleil a déchiré la couche de nuages et m'atteint en plein visage.

La lumière éclaire tout le paysage. La route sinueuse, creusée dans la roche, semble en équilibre sur la falaise. En contrebas, de petites plages recouvertes d'algues, des rochers, encore des rochers, et la mer sombre qui se fracasse inexorablement contre eux, comme si elle voulait les soulever. Pourtant, quand elle vient mourir doucement sur les plages, elle surprend par ses couleurs cristallines et sa quiétude.

L'île s'illumine. La route semble disparaître dans le vide à chaque tournant pour laisser la voiture flotter entre ciel et mer.

Au loin, j'aperçois la tourelle en pierre qui surgit dans la partie basse du village. Peu après, enfin, apparaissent les premières maisons aux murs fissurés, grises et inhabitées, et les lauriers-roses aux couleurs vives.

Je pénètre avec le 4 × 4 entre les maisons de Luri, empruntant l'une des deux rues principales pour remonter vers la partie haute, perchée sur la montagne.

Avec la lumière qui vient de se manifester, mêlée à l'air gris laissé par la pluie, la place de Luri, où se dresse le commissariat, semble encore moins accueillante, convalescente comme après une longue maladie qui aurait frappé l'île. Les lieux ont l'air à l'abandon, les maisons avec leurs fenêtres étroites et leurs persiennes décolorées, l'obélisque solitaire au centre de la place, érigé en l'honneur de je ne sais quoi. Tout paraît sauvage et archaïque.

Je gare le 4 × 4 au centre de la place. Peu m'importe si, à son arrivée, Louise s'aperçoit que c'est moi qui l'ai conduit. À présent, c'est elle qui me doit des explications.

Soudain, je devine une ombre derrière un volet au vernis vert rouillé. Quelqu'un se cache derrière un fin rideau, dans l'une des quatre maisons qui enserrent la place. Je sors de la voiture en claquant la portière derrière moi, puis je reste debout à côté du véhicule et regarde autour de moi en faisant une rotation complète.

Je veux les voir tous en face : ceux qui se cachent, ceux qui m'épient, ceux qui savent qui je suis et ne font rien pour m'aider.

D'autres ombres apparaissent. On me regarde. Luri n'est pas déserte, elle est peuplée de fantômes.

J'entre dans le commissariat, dont la porte n'a pas été refermée. Ma tante n'est donc pas revenue.

La hâte lui a fait commettre une erreur fatale : laisser son bureau ouvert. En quelques secondes, je franchis le seuil du royaume secret du commissariat de la police locale. Je commence par les tiroirs, où j'ai trouvé mon portable et mon passeport.

Ils débordent de papiers et de documents, que je feuillette rapidement un à un, ne sachant pas moi-même ce que je cherche. Et pourtant, je suis sûre que c'est là, uniquement là, que je découvrirai la vérité.

Des plaintes, des prospectus, de petits étuis en plastique contenant des documents épars, des transferts de propriété.

Je trouve la copie de mon contrat, dont je relis l'adresse pour en avoir confirmation. Puis je sors de ma poche l'enveloppe froissée que j'ai ramassée par terre chez Pascal, et je confronte les deux adresses : 1, rue Paoli. Elles correspondent bien.

Je fourre le tout dans mon sac à dos et continue mes recherches.

De temps à autre, le bruit d'une voiture au loin me fait sursauter. Alors je me fige et tends l'oreille. Peu après, le vrombissement s'éloigne, je souffle un bon coup, vide mes poumons et me remets à fouiller.

J'ouvre en grand toutes les armoires métalliques de la pièce, dans un tintement de métal, de papier froissé et coupant. Sans succès.

Est-ce que je m'attends à tomber sur un journal avec l'histoire de ma famille ? Une déclaration de leurs intentions ?

Soudain, je remarque une petite armoire en bois dans un coin, une pièce de mobilier insignifiante en apparence, sur laquelle est posé un tas de feuilles en désordre. C'est une sorte de coffre-fort qui n'est pas blindé, juste fermé à clé.

Je regarde autour de moi, le bureau est sens dessus dessous. Je me mords les lèvres, avec l'espoir d'une illumination. Tout à coup, je repense au marteau que j'ai aperçu dans un tiroir de la cuisine.

Sans y réfléchir à deux fois, je me précipite pour aller le chercher. J'ouvre le tiroir et le trouve. Ce n'est pas l'idéal, mais il pourrait suffire à briser les parois du petit coffre.

Au moment où je franchis la porte du bureau avec le marteau en main, bien décidée à achever ma mission, un bruit strident me perfore les tympans. Quelqu'un sonne à la porte.

Mon cœur s'arrête, je me fige sur place, muscles contractés.

Avais-je fermé la porte à clé ? Impossible de m'en souvenir.

Est-il possible que Louise soit déjà de retour ?

Je n'ai pas entendu la voiture arriver.

Si c'était ma tante, elle n'aurait pas sonné. Je pourrais avoir fermé la porte à clé de l'intérieur…

On sonne à nouveau, énergiquement. Puis une voix d'homme, sûrement âgé, se met à appeler Louise.

Il a dû remarquer le 4 × 4 dehors et en déduire que ma tante se trouvait au commissariat. Soit j'ouvre comme si de rien n'était, en expliquant que ma tante n'est pas là, soit je ne bouge pas d'un pouce, en attendant qu'il s'en aille.

« J'arrive. »

Ma voix est nette et décidée, bien que mon corps se mette à trembler. Sous l'effet de l'adrénaline, je deviens une corde de violon tendue et vibrante.

Le trajet entre le bureau et le couloir me paraît interminable. Je tire le loquet, j'avais donc bien fermé à clé, par réflexe.

J'ouvre la porte et un homme apparaît devant moi.

Il a d'épais cheveux blancs, le teint olivâtre, le visage sillonné de quelques rides. Contrastant avec sa peau, deux yeux bleus éclairent son visage. Il tient entre deux doigts de sa main droite une cigarette qui se consume. Vêtu d'un blouson noir et d'une chemise grise d'épais coton, semblable au jean, il est plutôt élégant pour quelqu'un d'ici, où les gens accordent peu d'importance à leur mise.

Il me regarde avec une expression très sérieuse, en faisant tourner quelque chose dans sa bouche, comme s'il allait cracher par terre. Soudain, il émet un claquement avec sa joue.

« Bonjour. »

Sa voix est distinguée et autoritaire.

Avec mes cheveux ébouriffés et mon visage tout rouge, je vais lui paraître suspecte.

Mais il ne me dévisage pas comme je m'y serais attendue.

« Bonjour, dis-je. Vous cherchez la commissaire Casalta ?

— Tout à fait.

— Elle n'est pas là. Elle est sortie avec la patrouille, mais je n'en sais pas plus.

— Vous en savez plus, mademoiselle Casalta, je

suis le chef de votre tante. Je suis ici pour l'interrogatoire. Ne vous avait-elle pas prévenue que j'allais passer ? »

Oui, elle me l'avait dit. Une onde de chaleur me parcourt des pieds à la tête. Il ne peut pas rester ici, pas maintenant.

« Bien sûr, monsieur… ?

— Alain Santier, commissaire adjoint.

— Monsieur le commissaire adjoint, je serais heureuse de vous raconter tout ce que je sais sur la nuit du meurtre de ma grand-mère, mais j'ai besoin de votre aide. »

Il ne laisse transparaître aucune agitation, se bornant à jeter à terre son mégot et à l'écraser de sa semelle, mais je sais que je l'ai mis en état d'alerte.

« Ma tante est sortie en disant qu'ils avaient sûrement identifié la cachette de mon père.

— Depuis combien de temps est-elle partie ?

— Au moins trois heures.

— Avez-vous une idée de la destination ? »

Louise n'a donc prévenu personne de son expédition. Ce détail joue en ma faveur.

« Pietracorbara, en direction de Bastia, je pense. » J'ai nommé un village au hasard vers le sud.

Ses yeux ne quittent pas les miens un instant, y décelant peut-être ma perplexité. De toute évidence, il veut savoir si je mens. Malgré les gouttes de sueur que je sens couler dans mon dos, je parviens à garder une apparence de sincère frayeur.

« Ils étaient trois et sont partis armés, j'ai peur que quelque chose de grave soit arrivé. »

Cette dernière affirmation semble le convaincre. « Très bien, mademoiselle Casalta, j'irai voir personnellement. Vous, ne bougez pas d'ici, je vous enverrai une patrouille. »

Pour me protéger ou pour me surveiller ?

Le commissaire adjoint Santier tourne les talons et s'en va. Je suis des yeux quelques secondes encore son large dos qui s'éloigne, juste avant qu'il ne monte dans la voiture d'où il me lance un dernier coup d'œil. Puis je ferme la porte à clé, m'y adosse et reprends mon souffle.

J'ai peu de temps devant moi.

Je reviens dans le bureau à la hâte. Il me faut éviter tout geste inutile qui puisse me faire perdre une minute précieuse.

J'attrape le marteau resté sur le bureau en désordre de ma tante et m'agenouille devant le petit coffre-fort que j'ai l'intention de fracasser.

Vu l'épaisseur de la paroi, je peux m'en sortir avec quelques coups bien assénés.

J'inspire autant que possible et lève mon bras droit au-dessus de ma tête, afin que le marteau prenne de la vitesse avant de s'abattre. De l'autre main, je tiens fermement le meuble que j'ai tourné de côté et poussé contre le mur pour le maintenir.

Déchargeant toute ma violence en abaissant l'outil, je pousse un hurlement rauque et étouffé.

Le premier coup est le bon. La paroi se fend avec un bruit sec. Le deuxième coup crée un trou près du premier. À présent, je procède de manière mécanique.

Je lève le bras et l'abaisse avec une violence dont je ne me savais pas capable. Après cinq ou six frappes, j'ai ouvert dans la paroi gauche un trou assez large.

Ma main droite, irritée par la prise du marteau, glisse à l'intérieur sans effort.

À ma grande surprise, le premier objet que je touche est dur et froid. Instinctivement, je retire ma main de quelques millimètres.

Il a l'air lourd, mais peu volumineux. Je m'aperçois rapidement qu'il s'agit d'une arme, et cette pensée me rend nerveuse. Je l'attrape et la sort du trou.

En nage, je me souviens que mon temps est compté.

J'observe le pistolet à la dérobée et note qu'il y a deux balles dans le barillet. Je glisse l'arme machinalement dans la poche de mon sweat-shirt.

Je remarque aussi des feuilles dans ce coffre, dont une pliée en trois et plastifiée.

Je les sors et les examine rapidement.

L'une d'elles est un document médical, le résultat d'un examen, d'après le logo d'hôpital en haut à gauche. Je le lis à la hâte, c'est un document technique dont le sens m'échappe en partie. Mais je connais les deux noms indiqués : Timéo Casalta et Lisandru Casalta. Je vois la mention « négatif ». Enfin, je comprends tout. C'est un test de paternité.

Pantelante, je serre fort le document entre mes mains, l'observant avec l'espoir qu'il réponde aux questions qui me taraudent sans fin.

L'heure tourne, une patrouille doit être en route, il faut que je parte. J'observe aussi l'autre feuille, celle qui est plastifiée : une invitation à un vernissage.

En l'ouvrant, je découvre une illustration, plus précisément un tableau. Puis je lis les noms de Pascal Chadel, artiste, et Chloé Cipriani, galeriste, ce qui rend tout encore plus évident.

Mon cœur bat à tout rompre, j'ai peur qu'il éclate. Chloé, la femme tombée de la falaise, la femme dont m'a parlé William, la femme dont certains pensent qu'elle a été tuée par Pascal.

Il y a quelques semaines encore, j'étais une tout autre personne. La solitude de Lisbonne m'était douloureuse et rassurante à la fois, j'avais l'impression de m'être retirée du monde, de flotter dans une dimension hors du temps, où mes actions n'avaient pas de conséquences et mes souvenirs me parvenaient avec des contours imprécis. Je vivais dans l'attente, essayant d'échapper à mon passé.

Je pensais t'avoir puni en te fuyant. Mais l'enfant était déjà en moi.

Il y a un mois, je ne savais pas si je l'aurais accepté. Je pensais ne pas être capable de le garder, certaine que cette énième responsabilité commune me serait revenue à moi seule. J'étais en colère, je ne comprenais pas pourquoi nos rythmes divergeaient autant. Seuls comptaient mon choix, mon ambition et l'image de nous que je m'étais forgée. J'avais déjà décidé, tu n'avais qu'à acquiescer et me laisser faire.

Tous les signaux que j'avais volontairement ignorés se révèlent aujourd'hui. Tu m'implorais de te laisser une place, de t'écouter. Alors que moi, je consumais la vie sans la savourer.

La toile restée blanche en est la preuve. À force de frénésie stérile, j'avais le cœur à sec. Je ne parvenais plus à voir ce qu'il y avait au fond de mon cœur, ce qui guidait ma volonté. Je m'étais oubliée moi-même.

Je comprends maintenant pourquoi je n'ai pas réussi à tracer la moindre ligne, et pourquoi, lorsque mon agent me disait d'être spontanée, d'exprimer ce que je considérais comme urgent, ma main ne savait plus quelle direction prendre. Il a fallu que je connaisse Pascal pour y parvenir. Puis les mouettes, le coup de téléphone, l'arrivée sur l'île : j'ai été précipitée dans un lieu selon mon âme, que j'essayais pourtant de refouler. Mais on n'échappe pas au passé, je le sais à présent.

Je plie les papiers de mon mieux et les glisse dans un sac à dos que je trouve dans le bureau. Le pistolet, je le garde dans la poche de mon sweat-shirt, pour le sentir à chacun de mes mouvements.

Puis je récupère les clés de la voiture qui sont restées abandonnées sur la table de la cuisine et traverse le couloir avec une étrange sensation d'égarement. Mon esprit bouillonne, j'essaie de recomposer le puzzle sans parvenir à aucune conclusion. Ce sentiment d'incertitude est affolant, la vérité est à deux pas de moi, et pourtant je suis incapable de la déchiffrer.

Louise pourrait avoir conservé le dépliant comme preuve de cette affaire qu'elle avait suivie elle-même. Mais que peut signifier le mot écrit par ma grand-mère ?

Au moment où je tourne la clé dans le contact

pour m'élancer sur les routes mystérieuses de Luri, quelque chose attire mon attention.

Il y a une feuille pliée en deux par terre, à gauche de la porte.

Depuis combien de temps est-elle ici ?

Et si c'était Santier qui l'avait laissée ?

Je me penche pour l'attraper. Elle est sale, marquée d'une empreinte de semelle : elle n'est donc pas récente, j'ai dû la piétiner au moins une fois sans m'en apercevoir.

Avant de l'ouvrir, je la retourne.

De l'autre côté est écrit mon nom.

*

Seule face au vent, je lutte contre cet ennemi invisible et puissant qui se glisse partout et envahit chaque interstice du territoire.

Un adversaire insaisissable qui existait bien avant moi, qui fait partie de mon passé et dessine ma route.

Si je continue de m'entêter, si je ne m'écroule pas simplement ici, sur le sol froid du commissariat de Luri, résignée à mon destin, alors sache-le, c'est pour ce bébé. Je veux que vous vous rencontriez, je veux voir ton expression quand tu le toucheras pour la première fois.

Il suffisait que je m'éloigne et me retrouve dans cette situation pour le comprendre. Un simple changement de perspective a suffi.

La feuille pliée en deux contient une note.

J'imaginais la calligraphie de Pascal plus brouillonne.

« À la falaise juste après sa maison, ou plutôt après *ma* maison. À la tombée du soir. Il y a un belvédère où on peut admirer une partie du cap Corse, petit morceau anodin de l'île, qui porte en lui toute sa magnifique et triste beauté. »

Un rendez-vous avec Pascal pourrait être à la fois éclairant et dangereux. William, il doit vouloir me parler de William.

Soudain, dans le silence de l'île dont j'ai appris à reconnaître les variations, je perçois un son lointain. Une voiture. Je dois fuir. Quelqu'un arrive pour m'empêcher de livrer mon combat.

Je serre la feuille entre mes mains et la glisse dans la poche de mon sweat-shirt avec le pistolet, puis je m'éloigne du commissariat pour rejoindre la voiture.

C'est le soir à présent. La petite place de Luri est un carré d'ombres suspectes aux contours flous, d'angles derrière lesquels j'ignore ce qui peut se cacher. J'entends la rumeur du bois et de la pierre mêlée aux bruits du maquis, de la mer au loin et des rafales.

Je ne sais à quelle distance se trouve le véhicule, mais je comprends d'où il vient : de la zone du belvédère où je dois me rendre.

Je démarre, phares éteints. Je me dirige vers le haut du village, en direction de la montagne. Je retiens mon souffle comme si, en ne faisant pas de bruit, je pouvais faire taire le moteur de la voiture lui-même.

Lorsque je dépasse les dernières maisons, la route devient plus étroite. Puis le maquis noir et compact s'impose. Alors j'éteins le moteur et reste à l'écoute de la voix de l'île.

Le vent entre les branches enchevêtrées et sèches émet des murmures sinistres. Je voudrais me trouver dans un petit refuge indestructible. Soudain, la voiture me semble grande et fragile, emplie d'ombres menaçantes.

Je me tourne brusquement vers les sièges arrière, effrayée par un bruissement que j'ai perçu tout près. J'ouvre grands mes yeux dans l'obscurité, mais rien n'apparaît. La partie arrière de la voiture est vide.

C'est l'obscurité qui me joue de mauvais tours. J'attrape le volant à deux mains et ravale ma salive en même temps que ma peur. Je dois être plus forte que l'île et ses bruits suspects.

La voiture que j'entendais au loin est peut-être déjà arrivée au commissariat, car je ne l'entends plus. Je dois attendre encore quelques minutes, par précaution, avant de redémarrer. Ma notion du temps est altérée, impossible de savoir combien de secondes sont passées.

Je cherche des yeux l'écran de la radio. Moteur éteint, l'heure n'apparaît pas.

Alors, je me mets à compter. Pour ne pas être trompée par le temps, pour me distraire des bruits continus qui semblent m'encercler. Et pour éloigner la sensation que quelqu'un frôle ma voiture, caché par la nuit, les yeux rivés sur moi.

Un, deux, trois, quatre, cinq, six... Trois fois soixante secondes. Je me concentre pour qu'elles aient toutes la même durée.

Seize, dix-sept, dix-huit.

Un choc sec et sourd interrompt brutalement mon décompte : quelque chose s'est écrasé sur une vitre de la voiture, à quelques centimètres de moi.

Je me retourne brusquement et bondis en arrière en protégeant mon visage avec mes avant-bras.

La terreur me paralyse, j'ai l'impression d'étouffer.

J'attends que la chose revienne. Où est-elle maintenant ? Sous la voiture ? Accroupie derrière la portière ? Soudain, plus un bruit. De nouveau cette trêve inquiétante.

Je remarque une traînée rouge sur la vitre. La chose qui s'est cognée à la vitre était vivante, elle a dû se blesser.

Ce sang devrait-il être le mien ?

Brusquement, le souvenir du pistolet me revient. Avec des gestes nerveux, je reprends contact avec le métal. Le voilà, il est bien là. Je suis armée et je respire à nouveau.

J'ouvre la portière lentement. L'habitacle se remplit tout à coup de lumière, mes pupilles s'élargissent, je ne vois plus rien.

Le pistolet serré entre les mains, je vise le sol, où cette chose sanguinolente a dû tomber.

C'est une mouette. Ventre en l'air, ses pattes palmées tournées vers moi. Sa tête, tachée de sang, est inclinée d'un côté. Son bec est entrouvert et dans son œil noir et lustré, il est impossible de déceler la vie ou la mort.

Je ne peux m'empêcher de penser à ma grand-mère, à la falaise. Un élancement me traverse la tête, d'une tempe à l'autre. Un haut-le-cœur remonte dans mon œsophage, et je le réprime de toutes mes forces, avec une expression de dégoût.

Avant qu'il ne se passe quoi que ce soit, je referme la portière en vitesse et démarre.

*

En un peu moins d'une dizaine de minutes, je me retrouve sur la seule route du cap Corse.

Les policiers partiront à ma recherche dès qu'ils découvriront que j'ai quitté le commissariat. Je risque d'avoir des ennuis pour avoir braqué le coffre-fort et volé le pistolet.

Je pourrais faire marche arrière, mais à qui me fier ?

J'ai la tête en feu, il me faudrait quelques heures de tranquillité pour recoller les fragments de vérité que j'ai exhumés.

Ma grand-mère voulait que je découvre l'existence de Pascal, sinon elle ne m'aurait pas attirée ici avec le prétexte de la maison. Elle a essayé de me mettre en garde… mais contre qui ? À moins que je ne sois tombée dans un piège qu'elle m'aurait tendu ?

Pourquoi ma tante ne m'a-t-elle pas tout de suite informée de la situation ?

Et il reste cet incroyable détail. Dominique Chadel et ma grand-mère Alda, la femme enceinte sur le tableau retrouvé dans la chambre de Pascal… Mais à cette idée, ma pensée se brouille.

Il faut que je creuse plus en profondeur. Cette fois, Pascal pourra m'aider. C'est peut-être pour cela qu'il m'a donné rendez-vous.

Le ciel est presque complètement noir, il ne reste qu'une très mince bande plus claire à l'horizon. Comme je voudrais apercevoir un ferry de touristes maintenant, un scintillement de vie et de normalité, un pont éclairé, un salon avec un piano délaissé, des gens qui admirent la beauté sauvage de l'île depuis un hublot embué.

Mais je longe les tournants avec l'impression de chevaucher le dos d'un serpent. La route est déserte, ce soir plus que jamais, comme si une menace pesait sur la Corse et que je fusse la seule à en ignorer l'origine.

Je dois trouver un moyen de gagner du temps. J'aurais bien une idée pour semer la police, mais elle pourrait se révéler dangereuse et aggraverait encore plus mon cas.

Je pourrais me débarrasser de la voiture. La précipiter du haut de la falaise. On penserait que j'ai eu un accident et que je suis morte.

Instinctivement, sans regarder ni à droite ni à gauche, je freine brusquement pour me garer sur le bas-côté étroit. Les roues crissent, et j'espère que les pneus ont laissé une trace reconnaissable sur l'asphalte mouillé.

Je descends de la voiture et vérifie le résultat de mon coup de frein : malgré l'obscurité, il me semble que ma manœuvre a laissé une marque discrète, mais suffisante pour laisser penser à un accident. Puis j'ouvre le coffre et la chance me sourit : je trouve une torche et un sweat-shirt de sport, que j'enfile sans oublier d'y glisser mon pistolet.

Je me mets en quête d'une pierre assez lourde pour écraser l'accélérateur du 4 × 4. J'en trouve une à quelques mètres, qui m'a l'air parfaite. Je la soulève des deux mains, elle est lourde. Je peux y arriver sans risquer de perdre mon enfant sur la terre du cap Corse.

Je me répète comme un mantra : je t'emmènerai loin d'ici, je t'emmènerai loin d'ici, je t'emmènerai loin d'ici.

Le moteur du 4 × 4 est encore allumé et vrombit doucement. Il ne me reste qu'à positionner la pierre et à envoyer le véhicule s'abîmer dans la mer. Tant mieux si quelqu'un entend le fracas de loin, ou le voit tomber dans le vide. L'île a des yeux et des oreilles, il ne sera pas difficile de se faire remarquer.

Je devrais être rapide pour ne pas rester prisonnière de la voiture et m'écraser au bas de la falaise.

Je remonte dans le 4 × 4 et regarde devant moi, toujours avec la portière ouverte : seuls quatre mètres me séparent du précipice. J'allume les phares. Je vérifie que le véhicule est au point mort et que le frein à main est tiré. Je soulève la pierre et la place sur l'accélérateur. Le moteur tourne à vide avec un vrombissement effroyable. À cet instant, je descends de la voiture et m'incline à l'intérieur, pour abaisser le frein à main. Puis j'inspire profondément et me penche pour appuyer sur l'embrayage d'une main tout en passant la première de l'autre. La voiture bondit et je recule, me laissant tomber à la renverse par terre avant qu'elle ne m'entraîne avec elle.

Lorsque les roues avant se retrouvent dans le vide, un bruit métallique et sourd retentit. C'est le ventre de ferraille qui cogne sur la roche. La voiture s'incline, reste en position verticale quelques secondes, les roues arrière se soulèvent. En un instant, elle disparaît vers sa fin.

Je me relève et m'approche du bord du précipice. Je reste là, ensorcelée par la vision de son vol. Durant un instant, tout se tait miraculeusement. Une magie suspendue dans le silence, puis une décharge d'adrénaline des pieds à la tête.

Enfin, le fracas. D'abord des chocs continus, puis une véritable explosion. Des morceaux de métal, les rochers et la mer.

La dernière chose que je vois, c'est un faisceau de lumière qui s'allonge dans la nuit et, d'horizontal, devient vertical, avant de disparaître. Puis tout se tait de nouveau.

Avant de m'en aller, je retire le sweat-shirt que je porte sous celui de sport et l'enroule autour d'une pierre. Puis je prends mon élan et, de toutes mes forces, lance ce paquet dans le vide.

Me libérer de la voiture m'a insufflé une énergie inattendue. Je voudrais hurler pour me défouler, mais c'est impossible. Personne ne doit m'entendre. Il faut qu'on pense que je suis morte, du moins pour quelques heures ou quelques jours. Je n'allume même pas la lampe torche et m'éloigne, guidée seulement par la lumière des étoiles qui commencent à apparaître dans le ciel.

J'ai l'impression de marcher pieds nus dans l'espace, une nouvelle constellation fait son apparition à chacun de mes pas. D'où me viennent ces sensations ? Cette île est mon ennemie, et pourtant elle est si souffrante, archaïque, resplendissante et forte qu'elle finit par m'être chère.

Je ne sais durant combien de temps j'avance au bord de cette route. Je dois être presque arrivée à destination lorsqu'une voiture surgit devant moi si brutalement que je n'ai pas le temps de me cacher.

Je reste figée sur place. Ses phares n'étaient pas allumés, elle avançait lentement pour être le plus discrète possible. J'essaie de me jeter à terre, mais il est trop tard, la voiture s'arrête et c'est à ce moment précis que les phares m'éclairent et m'éblouissent.

Je porte mon bras à mon front pour me protéger de la lumière et de ce danger inconnu. Je m'attends à entendre la voix de ma tante. J'approche l'autre main du pistolet qui appuie sur mon sternum.

Je ne fais que le toucher, sans le sortir. Inutile de pointer une arme contre la police.

Une silhouette apparaît à contre-jour, que je ne parviens pas à reconnaître.

« Qui êtes-vous ?

— Marilou. N'aie pas peur. »

Elle a une voix douce, un peu inquiète. En quelques secondes, elle est penchée sur moi et m'aide à me relever. Elle sent le bois brûlé et le maquis, la même odeur qu'avait Pascal lorsqu'il revenait de ses nuits de chasse.

Alors je la reconnais : c'est bien la femme du port de Luri, celle qui avait quelque chose à me dire.

« Avec moi, tu ne crains rien. »

Nous avançons lentement dans la nuit, phares éteints.

Dehors, le paysage dans la pénombre défile avec inertie. Tout est à sa place : la mer et ses reflets de lune, les étoiles pareilles à autant de petits yeux qui épient ma vie, le maquis à droite, et à gauche la falaise menaçante. Marilou conduit comme si elle connaissait la route par cœur.

Son odeur de forêt remplit la vieille voiture. Où passe-t-elle donc ses nuits ? C'est une belle femme, aux lèvres charnues et aux yeux caressants. Lorsque je l'ai vue la première fois au port, elle m'a fait une impression différente. Maquillée et bien habillée, je l'avais imaginée comme une femme fatale au parfum capiteux, qui laisse un sillage troublant derrière elle. À présent elle est pâle, et ses grands yeux attentifs, cernés de violet, trahissent son tracas.

On dirait que ma venue a semé le chaos, dissipé le brouillard qui recouvrait et protégeait l'île.

« Où allons-nous ?

— Ne t'inquiète pas, ici tu n'es pas en danger », me répète-t-elle.

Je ne sais rien de cette femme, et pourtant elle m'inspire confiance. Mais il faut absolument que j'aille voir Pascal.

« Non, laissez-moi descendre... J'ai un rendez-vous important.

— Avec qui ? »

Elle ouvre grands les yeux et se tourne une seconde de mon côté, comme pour vérifier que c'est bien moi qui parle. Son expression apeurée me décourage.

« S'il vous plaît, arrêtez-vous, je dois descendre.

— Thérèse, c'est dangereux, je ne peux pas. Je vais tout t'expliquer, je te le promets.

— Non, vous ne comprenez pas, je dois aider un ami, je ne peux pas manquer au rendez-vous.

— Où est ta tante ? »

Quel est le rapport avec ma tante, à présent ?

Sans répondre, je me contente de la regarder.

« Qui êtes-vous ?

— Je m'appelle Marilou, et je suis ici pour t'aider. Tu as de gros ennuis, et crois-moi, ta vie est en danger.

— Je m'en suis déjà rendu compte : qui me veut du mal ? Et comment le savez-vous ?

— Ta tante. »

Il y a des moments où le temps s'arrête, et où tout semble avoir gelé autour de soi. Quand j'ai découvert que j'étais enceinte, par exemple. J'étais dans la salle de bains à Lisbonne, dans cet appartement inconnu et solitaire, prélude d'un nouveau départ qui tardait à venir. Je camouflais la nostalgie et la peur de vivre sans toi par l'enthousiasme de cette installation dans une ville nouvelle, où je me serais sûrement transformée. Ce que je prenais pour un changement n'était en réalité que la répétition obsessionnelle du même schéma. Je ne t'ai rien dit, je ne voulais pas chercher de raccourcis. Je le perdrai, voilà ce que je me répétais, il s'en ira une nuit pendant mon sommeil. Il ne restera rien de lui, et ce sera ta punition pour ne pas m'avoir aimée de la manière dont je l'avais décidé.

Une fois encore, le temps s'arrête. Je ne suis pas

effarée, juste secouée. Il y a bel et bien une différence entre imaginer une chose et la voir confirmée.

Le coffre-fort, le test de paternité, le dépliant de l'exposition.

Le regard affligé de ma tante qui tient sa cigarette en expirant la fumée contre la vitre.

La tristesse, le désespoir. Voilà ce qu'il faut craindre, voilà ce qui est réellement effrayant. Et pas cette route dans le noir, traversée de bruissements. Pas cette femme qui sent le bois brûlé.

Presque sans que je m'en aperçoive, Marilou s'est remise à parler avec hâte.

« Louise est malade, Thérèse, elle est folle. Ton grand-père s'est suicidé, le savais-tu ? Il ne pouvait plus supporter la honte. Tout le monde savait, au village, tout le monde savait que Timéo, en réalité, n'était pas son fils. Et la conséquence, c'est que Pascal est… j'imagine que tu le sais. Lisandru a fait semblant d'ignorer son existence, jusqu'à ce qu'il en ait la preuve un jour. Cela a dû être horrible, Thérèse, tu comprends, n'est-ce pas ? » Elle fixe un moment le paysage, scrute la végétation à sa droite, où la paroi rocheuse a laissé place à une petite clairière. Elle est pressée de raconter, mais en même temps elle a une mission bien plus importante. « Nous devrons bientôt descendre de voiture et continuer à pied. Tu t'en sens capable ? Je t'aiderai, tu verras, nous t'aiderons, tu vas rentrer chez toi…

— Arrêtez la voiture ! »

Nous sommes presque arrivées au lieu du rendez-vous, encore un tournant et nous y serons.

Marilou freine et se gare, peut-être effrayée par ma réaction. Elle me regarde, lèvres entrouvertes, les yeux écarquillés, les sourcils légèrement froncés. Son air interrogateur m'indique qu'il est inconcevable pour elle que je ne veuille pas la suivre.

« Il faut que je voie Pascal, il m'a écrit une lettre, il m'a donné un rendez-vous. » D'un geste rapide, je baisse la fermeture Éclair de mon sac à dos, glisse la main à l'intérieur et en sors la feuille froissée. « Voilà, vous voyez ? Je dois aller le retrouver, il pourrait avoir quelque chose d'important à me dire… Pascal n'est pas méchant… »

Je perds mon calme. Les coups reçus sont trop nombreux, ma cuirasse est en train de céder. La confusion s'empare de moi, je me mets à croire des personnes inconnues, qui m'enjoignent de douter d'autres personnes inconnues. Cela n'a pas de sens. À qui faire confiance ?

Marilou n'a pas l'air beaucoup plus sereine. Elle attrape le papier et l'observe quelques instants. Tout à coup elle pâlit et se met à respirer péniblement, l'air terrorisé.

Que peut-elle avoir lu que je n'aie pas compris ?

Son inquiétude me contamine.

« Ce n'est pas Pascal qui l'a écrit. C'est un piège, il faut qu'on parte, on ne doit pas risquer d'être vues.

— Par qui ?

— Louise. »

Les morceaux du puzzle commencent à se mettre en place.

Comment ai-je pu être aussi naïve ? À quel moment Pascal aurait-il pu s'approcher de la porte et y glisser un message ? Il ne se risquerait jamais parmi les gens du village. Louise a dû le déposer quand elle est sortie avec les deux agents pour aller chercher mon père.

« Laissons la voiture cachée ici, dans les bosquets, et avançons à pied jusqu'à Caracu », m'intime Marilou. Puis elle me demande : « Tu te souviens ? »

Oui. Bien sûr que je m'en souviens. Caracu est un village abandonné depuis 1925, j'y allais avec mon père quand j'étais petite. C'était notre destination secrète. Chaque année, nous partions de chez lui, et il ouvrait à la machette le sentier qui, entre-temps, était redevenu sauvage, couvert de branchages et de ronces. Je le suivais sans hésitation, il me précédait avec son polo noué à la taille. C'était un guerrier, un pirate, à ses côtés je me sentais en sécurité. De chez lui aux ruines, la balade durait environ une heure, toute en montée. Mais quand nous arrivions, c'était si beau que j'oubliais l'effort.

Le village était le gardien d'une histoire effrayante que je lui demandais de me raconter chaque fois. Il avait été habité jusqu'au début du XXe siècle par des familles d'ouvriers qui travaillaient dans une mine d'antimoine. Ils descendaient jusqu'à Luri dès qu'ils avaient besoin d'eau. Puis l'usine avait fermé et toutes les familles étaient parties. La dernière était composée de six personnes, les parents et leurs quatre jeunes enfants. Un jour, ils avaient ramassé des champignons et les avaient cuisinés, poussés par la faim et l'inexpérience.

Je me souviens de mon père me demandant : « As-tu déjà vu quelqu'un manger des champignons à Luri ? » Je faisais non de la tête. Alors il souriait parce que je connaissais déjà la fin de l'histoire, mais j'avais quand même envie qu'il me la raconte.

Les champignons étaient vénéneux. On entendit les hurlements de tous les membres de la famille jusqu'à Luri. L'aîné des enfants parvint tant bien que mal à atteindre le village et à appeler le médecin. Mais à cette époque, ce dernier n'avait qu'un seul cheval à disposition et comme il savait que la famille n'avait pas d'argent pour le payer, il prit son temps. Trop. À son arrivée, ils étaient tous morts. Et Caracu ne fut jamais repeuplé.

Aujourd'hui, il ne reste que des maisons en ruine et les vestiges d'une chapelle. Enfant, c'était mon endroit préféré, même si je n'aurais jamais eu le courage d'y aller seule. Il m'attirait et m'épouvantait à la fois. Mais avec mon père je n'avais pas peur, jamais.

Que doit-il se passer à Caracu ?

Si Louise m'attend à la place de Pascal, elle devrait être toute proche d'ici.

Marilou regarde autour d'elle d'un air apeuré. Elle freine puis sort de la route. La voiture sursaute à chaque aspérité du terrain et nous pénétrons dans la petite clairière, jusqu'à un bosquet qui pousse à sa lisière. La lune seule nous éclaire, mais Marilou semble savoir ce qu'elle fait.

Tout à coup, je reconnais notre position. Marilou

veut monter à Caracu par le sentier qu'empruntait mon père, celui qui part juste derrière sa maison. La route principale commence juste derrière le tournant, voilà pourquoi je ne l'avais pas reconnue.

À présent je comprends tout.

« Qui se trouve à Caracu ? »

Pendant ce temps, la voiture ralentit encore. Marilou s'est préparée à mes questions, elle garde son calme.

Lorsque le véhicule s'arrête enfin, elle se tourne vers moi et me regarde intensément.

« Thérèse, écoute-moi, nous n'avons pas de temps à perdre. Si ta tante s'est aperçue que nous sommes dans les parages, elle viendra nous chercher et m'arrêtera sûrement. Elle trouvera aussi une autre façon de se débarrasser de toi.

— Mais pourquoi veut-elle me tuer ? » Sans m'en rendre compte, j'ai haussé la voix.

Marilou pose aussitôt sa main sur ma bouche, d'un geste brusque et délicat à la fois. Les larmes me montent aux yeux.

« Cela fait partie de son plan. La première manœuvre, c'était d'éliminer ta grand-mère en accusant ton père pour se débarrasser de lui aussi. Maintenant, c'est ton tour et celui de Pascal, en l'accusant de ta mort pour rester la seule héritière. Ainsi elle sera vengée de tout ce que sa famille lui a fait… »

Je ne lui demande même pas ce qu'il y a derrière toute cette folie. J'ai déjà trouvé la réponse toute seule.

« Les tableaux ? »

Marilou secoue la tête. « Non, pas seulement. C'est une femme… »

Mais elle s'interrompt, baisse les yeux et ajoute seulement : « Maintenant, descendons de la voiture et allons retrouver Timéo, vite ! »

Mon père, mon père ne me veut pas de mal, mon père veut me sauver… il ne faisait que se cacher ! Au milieu de ce sinistre délire s'allume un espoir ténu.

Alors que Marilou ouvre la portière, la voiture s'allume un instant, et sur le tableau de bord, je fais une découverte qui remet de nouveau tout en question.

« Que fait le carnet de William ici ? » La colère monte, je sens brûler son sillage incandescent.

Je répète ma question, avec des étincelles de fureur dans la voix : « Que fait-il ici, bon sang ? »

Ma main a glissé sans hésitation vers la poche de mon sweat-shirt, j'ai empoigné le pistolet et vise à présent la tête de Marilou.

« Fermez la portière. »

Marilou s'exécute sans broncher. Je peux sentir l'odeur de sa peur. Maintenant, je sais ce qu'on ressent quand on se trouve de l'autre côté, celui du pouvoir. Je pourrais tirer, voir ce que cela fait, de tuer quelqu'un. Lui faire payer tout ce qui m'arrive.

Mais que se passerait-il après ?

Quelle personne, quelle mère deviendrais-je ?

« Dites-moi où il est. »

Je vois la poitrine de Marilou monter et descendre de manière convulsive. « Thérèse, je peux t'expliquer, William va bien, nous voulons… » Ses mots peinent à sortir. Elle est figée de terreur à l'idée que j'appuie sur la détente à quelques centimètres de son visage. Je ne la crois pas, ce qu'elle comprend immédiatement.

Je n'ai pas de temps à perdre.

J'essaie d'ouvrir la portière, en vain. J'essaie à nouveau, mais c'est comme si la poignée était bloquée de l'intérieur. Je me retourne, furieuse, et Marilou comprend. C'est un vieux modèle, centralisé : une fois fermé à clé, il ne s'ouvre pas depuis la portière du passager. D'un signe de tête et des yeux, Marilou indique la clé.

Je l'attrape et j'ouvre, éteignant la lumière à l'intérieur de l'habitacle. Mes pieds se posent sur le sol moelleux. De l'herbe mouillée, dont l'humidité enveloppe mes pieds. Sac à dos sur l'épaule, je tiens fermement le pistolet dans mes mains.

Marilou n'a pas bougé, et quelque chose me dit qu'elle ne le fera pas.

Devant moi, les ténèbres. Les parfums de l'île, minéraux et végétaux, me parviennent immédiatement. Je continuerai seule, je sauverai William et me vengerai de tout le mal absurde qu'on me fait subir.

Je ferme la portière à clé, bloquant Marilou dans l'habitacle. Une crampe me traverse l'estomac.

Et s'il lui arrivait quelque chose ?

Je me mets en route sans me retourner, la laissant là toute seule.

J'avance dans la clairière sombre et silencieuse, rasant l'arête rocheuse dans sa partie la moins éclairée. Bras droit le long du corps, je serre encore le pistolet dans ma main.

S'il le faut, je tirerai et tuerai. Mais je m'échapperai, je nous sauverai tous les deux. Cette pensée décuple mon courage, je le sens dans ma poitrine et mon ventre.

Soudain, les murs blancs de la maison de mon père apparaissent au loin, au-dessus du promontoire situé en face de moi. Heureusement, le sentier grimpe d'un côté, je ne suis pas obligée de m'approcher de la route principale.

Tout à coup, un bruit m'arrête. Je m'accroupis, contractant tous mes muscles, dressant l'oreille et aiguisant mon regard pour mieux y voir dans l'obscurité.

C'est une voiture.

Le sol est doux et a un goût de terre, de mousse et de mille fleurs dont je connais maintenant les noms.

Je vois passer une patrouille de police sur la route principale, avec sa sirène sur le toit. Elle roule doucement, à contre-jour entre la lune et moi.

Marilou avait donc raison ! Ce n'est pas Pascal qui m'attendait à la falaise, mais bien Louise.

Ou est-ce simplement une patrouille partie à ma recherche ?

Et s'ils étaient complices tous les trois pour se débarrasser de moi ?

Les personnes qui se trouvent dans le véhicule ne me voient pas. Je me tourne en direction de la voiture de Marilou, mais elle reste cachée à ma vue. Personne ne s'est aperçu de rien.

Je me relève et reprends ma route à grandes enjambées, entravée par les hautes herbes et les buissons. En une quinzaine de minutes, me voilà arrivée au début du sentier. Il n'est pas en terre battue et, dans le noir, il est difficile à monter. Mais je ne peux pas allumer la lampe torche au risque d'être découverte. Je l'utiliserai une fois que j'aurai dépassé la maison de mon père, en pénétrant dans les bois en direction de Caracu.

Un frisson me saisit à l'idée de traverser le maquis de nuit. Je me demande si le chemin est entièrement praticable et si je parviendrai à le suivre.

Je serre le pistolet encore plus énergiquement, absorbant sa violence et son pouvoir. Je sens des gouttes de sueur entre ma main et la poignée réchauffée par ma chaleur.

Je me meus dans l'ombre comme un animal nocturne. De temps à autre, un battement d'ailes ou un chuintement me fait frissonner. Par moments, je trébuche sur une pierre branlante.

En parvenant à la maison de mon père par le flanc droit, je n'ai plus de souffle. Quelques mètres et un muret en pierre me séparent du mur blanc.

Voilà deux ans que je n'étais pas revenue ici.

Et toujours ce doute entêtant : mon père subit-il lui aussi l'absence qui nous sépare ? Dois-je l'ignorer pour qu'il m'accorde sa considération ?

À ma grande surprise, le vent se lève derrière moi, et mes cheveux balaient mon visage. Je m'arrête un moment avant de me décider à faire le tour de la maison, pour emprunter enfin le sentier qui mène à Caracu. Si la clairière est illuminée par la lumière tremblotante de la lune et des étoiles, le maquis semble une paroi opaque, derrière laquelle des yeux invisibles m'observent.

Tout à coup, j'ai l'impression d'entendre un serpent glisser sous une pierre, ou un hibou prendre son envol, fendant la nuit. Tout se passe en un instant.

On me frôle la main par-derrière.

D'abord, c'est la stupeur. Puis la peur.

Il est devant moi, je le reconnais d'emblée. Je vois mal son visage, un olivier en cache la moitié.

Mais c'est bien sa bouche. Elle est identique à la mienne, sans confusion possible.

Il est essoufflé, à deux pas de moi. Mon pistolet est tombé tout près. Lui a l'air désarmé.

« Thérèse. »

Sa voix, je l'entends depuis l'enfance, même si c'est toujours par intermittence. Aujourd'hui encore elle m'effraie et me stimule à la fois.

« Pourquoi, papa ? Tout cela, juste pour l'argent ?

— Calme-toi, tu ne sais pas de quoi tu parles.

— Où est William ? »

Ma colère rayonne dans la nuit.

William n'a rien à voir avec tout cela.

D'une main, j'attrape une poignée de terre et de cailloux, et la lance de toutes mes forces vers le visage de mon père. Il a dû être touché, car il émet un gémissement sourd.

Il n'est pas blessé, mais j'ai le temps de m'échapper.

Je me mets à courir le plus vite possible vers la maison, manquant de trébucher sur le muret de pierre. Je n'entends que mon halètement et le martèlement de mes pas. Je ne sais pas s'il me suit ni à quelle distance.

Je dépasse la véranda carrelée devant l'entrée

en donnant au passage un coup dans une chaise en plastique qui se renverse. Arrivée à la porte-fenêtre, j'abaisse la poignée de toutes mes forces. Elle s'ouvre et me voilà aussitôt à l'intérieur. Je vire immédiatement à droite, vers la chambre à coucher où, si je me souviens bien, il garde ses fusils.

Soudain, j'aperçois la silhouette de mon père qui entre par la porte de derrière. La maison est composée d'un seul salon central d'environ trente mètres carrés, avec une porte-fenêtre qui donne sur la mer et une porte à l'arrière, par laquelle on voit le maquis.

Je suis arrivée avant lui.

Lorsqu'il met son pied dans la maison, j'ai déjà empoigné le fusil.

*

Le maquis est sombre, et le sentier caché.

Autour de moi, l'odeur moite de la végétation. Le feu s'est éteint, il n'est plus que braises.

Mes ravisseurs m'ont laissé tout seul.

Je pourrais rester ici à jamais, ou m'aventurer à travers bois. Mais je ne connais pas le chemin et me perdrais.

Et puis, dans la pénombre, l'odeur des fleurs, le bruissement de tes pas…

Où es-tu ? Je ne parviens pas à te voir.

Alors je me lève pour faire quelques pas en direction du maquis.

Dès que je m'éloigne du feu, l'air se refroidit et s'humidifie, et l'obscurité devient presque totale.

Te voilà à quelques pas de moi, encore plus vraie, pieds nus, tes cheveux défaits soulevés par le vent de la nuit, ta robe bleue s'empêtrant dans les branches.

Je me mets à courir pour te suivre.

Tu n'es qu'une pâle lueur dans la nuit, qui disparaît entre les buissons, les troncs, les feuilles et les pierres.

Mes pas s'allègent, la fatigue s'en va, je suis la trace de ce scintillement.

Où m'emmènes-tu ?

Je ne sais combien de temps nous marchons.

Soudain, j'entends un coup de feu.

Alors, je comprends : tu m'emmènes vers elle, parce qu'elle a besoin de moi.

À présent, tout est clair, Sofia : comment ai-je pu me tromper à ce point durant tant d'années ?

Tu ne venais pas me faire des reproches, tu venais pour me pardonner.

Je me tourne pour te regarder en face une dernière fois, afin que tes yeux me confirment que j'ai raison.

Mais tu as disparu.

C'est comme si tu n'avais jamais existé.

Je comprends tout à coup que tu ne reviendras jamais.

Au loin, le mur blanc d'une maison émerge dans la végétation.

*

Je suis vivante, et entière. Enfin, je crois.

Nous sommes vivants tous les deux. Est-ce pour le meilleur, ou pour le pire ?

Je pointe le fusil sur lui. J'essaie de rester calme et lucide, mais mon cœur me trahit, ma respiration devient haletante.

Autour de nous, les ténèbres épaisses du maquis. Le bruit sourd des vagues qui se fracassent contre les rochers. Le *libeccio* s'insinue partout, comme un poison. Il malmène le sous-bois et secoue les cimes asséchées des arbres, lézarde la surface de la mer, violente le paysage. Soudain, une fenêtre s'ouvre et le parfum de l'eucalyptus, subrepticement, s'intensifie, me ramenant à mon enfance. Une rafale d'émotions contraires m'étourdit.

Mais je ne perds pas ma cible de vue une seule seconde.

C'était mon héros, mon pirate, mon idole. À présent le voici pétrifié devant moi. Il me fixe de son regard acéré et pénétrant. Il a mes yeux.

Je vise la tête. Le fusil n'a qu'un coup, deux peut-être, je n'ai pas le droit de le manquer.

Comment ai-je pu en arriver là ? La haine m'a-t-elle envahie à ce point ?

« Tu te souviens quand tu me disais qu'il est dangereux de faire des enfants ? Que j'aurais des remords ? »

Il ne répond pas. Il continue de me fixer. Pas un centimètre de son corps ne bouge. Je remarque pourtant que sa mâchoire se contracte ; une petite vibration, presque imperceptible. Son immobilité est terrible, exténuante comme un désir sans fin.

« Tu te souviens quand tu me disais que faire des enfants est une erreur ? »

Je sais très bien qu'il s'en souvient. Je suis convaincue aujourd'hui qu'il le pensait vraiment.

« Tu t'en souviens, papa ? »

Ma voix est chargée de colère. L'heure n'est plus au pardon. Car rien ne peut le justifier. Ni la peur, ni l'insécurité, ni le fardeau d'une douleur ancienne.

« Tu avais raison. »

Un coup de feu, le fusil recule, tout explose.

Je suis projetée en arrière et tombe violemment à terre, sur le sacrum. Un élancement douloureux me laisse effarée, mais aucun cri ne sort, car la douleur est trop intense et m'étrangle.

Tout tourne autour de moi. Comme si le monde était en train de se dissoudre.

Soudain, une voix me ramène à la réalité.

Avant de comprendre qui me parle, je sens une odeur piquante dans l'air. De la poudre à canon. Puis, une autre odeur, familière : celle du bois brûlé. Pascal ? Marilou ?

« Teresa, Teresa… »

Il a les cheveux ébouriffés. Son visage émacié, pâle, est couvert de taches plus sombres, charbon ou cendres. Il porte la même veste que la dernière fois que je l'ai vu, même s'il est presque méconnaissable à présent.

« William, dis-je avec un filet de voix, tu es sain et sauf ! Oh, mon Dieu…

— Et toi ? Comment te sens-tu ? Tu t'étais évanouie…

— On t'a fait du mal ? »

William secoue la tête énergiquement tout en m'aidant à me relever.

« Non, on m'a emmené pour me protéger et me cacher. Allons-nous-en à présent, il faut partir d'ici tout de suite… »

En un instant, je comprends la portée de mon geste.

Mon cœur cesse de battre, mes jambes deviennent de plomb. Aucun de mes muscles ne répond plus aux commandes de mon cerveau. Un haut-le-cœur, un autre encore, puis je vomis à quelques centimètres des pieds de William, éclaboussant ses baskets. Pourtant, il ne cesse de me tenir le bras.

« J'ai tué mon père… »

Je sens que je vais m'évanouir, tout est noir devant moi, les sons me parviennent avec une résonance inhabituelle.

« Non, non, tu ne l'as pas tué, j'ai vu l'ombre de quelqu'un qui s'enfuyait. Teresa ! Teresa, résiste ! Ne te laisse pas aller ! On doit s'enfuir ! »

Il me donne des claques, alors je me reprends, évitant de glisser dans le trou noir qui s'apprêtait à m'engloutir. C'est comme si j'émergeais de l'eau après une longue apnée. Seule la sensation de nausée persiste.

« Teresa… » À présent, William me tient par les épaules et me fait légèrement osciller. « Teresa, ça va aller ? »

J'opine du chef. « Oui, il faut qu'on s'en aille, avant que ma tante ne nous trouve. »

William attrape le fusil tombé à terre et l'observe avec assurance. C'est étrange de le voir porter une arme, surtout avec cette désinvolture. On dirait un tout autre homme que celui que j'ai connu dans son appartement de Lisbonne, apeuré, dévasté, sans vigueur, proche de sa fin. Le voici sale et amaigri, mais rempli d'une nouvelle énergie, celle qu'ont ici le ciel, le maquis et la mer.

« Il est déchargé, laissons-le là », dit-il sans me regarder, et nous sortons de la maison.

Le vrombissement d'une voiture au loin nous fait sursauter. Un seul regard suffit pour que nous nous comprenions aussitôt : nous nous jetons dans le maquis en nous écorchant aux branches des arbres, qui nous retiennent comme des doigts osseux aux ongles acérés. L'obscurité est presque totale et la végétation est tout de suite si épaisse que malgré notre détermination, nous avançons péniblement. C'est comme donner des coups d'épaule dans un mur.

Brusquement, cette paroi s'ouvre comme une brèche. William me guide, il semble connaître le chemin. Le sentier est étroit, nous devons avancer en file indienne. De hauts murs de végétation nous enserrent des deux côtés.

Pendant ce temps, le vrombissement de la voiture s'est évanoui. Nous ne pouvons être certains qu'il s'agissait de Louise, et pourtant ce seul doute suffit à me glacer l'échine.

Nous continuons de nous échapper à travers bois, où nous nous enfonçons de plus en plus profondément.

Je ne vois rien, ignorant la douleur, la peur et la fatigue, ne songeant qu'à fuir.

Le bois sombre et silencieux murmure dans sa langue, que j'apprends à connaître. Les arbres commencent à laisser place à des buissons plus bas à mesure que nous montons.

Mon esprit est embué, l'instinct de survie motive chacun de mes pas. Pourtant, je me sens oppressée.

« William », ma voix se diffuse dans le bois comme un signal trop évident, « j'ai fait une chose horrible », dis-je encore en murmurant.

Je ne vois que son dos qui me précède, silhouette sombre qui se fraie un chemin à travers la nature, laquelle tente de le retenir dans son étreinte.

Je comprends qu'il m'a entendue juste au moment où il s'arrête. J'imagine l'expression sur son visage. Il ne dit pas un mot, il attend que je parle, prêt comme toujours à accepter chacun de mes choix.

Je ne suis pas habituée à la tendresse, mon cerveau n'est qu'un faisceau de nerfs. Je me sens épuisée. Je pourrais m'écrouler ici, sur ce sentier, m'y laisser mourir puis recouvrir de terre et de vers, de mousse et de champignons, et devenir humus jusqu'à ma disparition complète dans la montagne.

Deux grosses larmes jaillissent de mes yeux sans que je puisse les contrôler. Ma poitrine sursaute, en proie à des sanglots venus de ce que j'ai de plus vulnérable en moi.

« Teresa, qu'y a-t-il ? »

William lève le bras et me caresse la joue. Je ne m'attendais pas à la douceur de ses mains. La manche de sa veste dégage une odeur piquante de fumée. Il a le même parfum que le bois, l'île l'a transformé.

Impossible d'interrompre mes sanglots, ils sont devenus si violents que je commence à m'affaisser sur moi-même, en serrant mes bras contre mon ventre.

Alors William s'approche et m'étreint fort contre lui, en me berçant. Il me souffle à l'oreille un poème en anglais, une prière lente et monotone, que je ne comprends pas.

J'enfouis mon visage dans son épaule, je voudrais y entrer de tout mon corps. Cela faisait si longtemps que je n'avais pas serré quelqu'un contre moi avec cette intensité.

Plus l'étreinte de William devient forte, plus je sens que la peur est pressurée hors de mon corps.

Ce qui s'agitait en moi parvient à se calmer lentement et me permet de parler.

« J'ai enfermé Marilou dans la voiture. »

L'image de Marilou, seule dans le noir, se concrétise et les sanglots redoublent. Et si ma tante la trouvait et la tuait ? Je ne pourrais pas me le pardonner.

« Il faut qu'on aille la chercher ! On ne peut pas la laisser là ! Je n'avais rien compris ! Quand j'ai vu ton carnet dans la voiture, j'ai perdu la tête… »

Le souffle me manque, je sens mon estomac se tordre, mes joues incrustées de boue et de larmes.

« Calme-toi, Teresa, calme-toi, dis-moi où est Marilou. »

J'essaie de le lui expliquer, mais ma langue affolée se met à tout lui raconter : l'histoire du coffre et des papiers, du pistolet, de la voiture que j'ai poussée à bas de la falaise. Je n'arrive plus à m'arrêter.

William m'interrompt soudain : « OK, j'ai compris,

tu me raconteras la suite après. En ce qui concerne Marilou… ne t'en occupe pas, pour l'instant, elle est plus en sécurité là où elle est. Nous devons attendre la fin de la nuit. Demain, à l'aube, nous irons la chercher et prendrons la voiture pour nous enfuir à Bastia. Tu as tes papiers sur toi ?

— Oui.

— Bien, maintenant, montons jusqu'à Caracu. Demain ils trouveront la voiture au bas de la falaise, il faudra du temps pour l'extraire, ils penseront que tu as eu un accident. Nous en profiterons pour nous enfuir et rejoindre l'ambassade. Partir maintenant est trop dangereux, on doit te chercher partout. Ou plutôt, on doit *nous* chercher partout. »

William a raison. Il ne nous reste qu'à continuer, même si une part de moi n'arrive pas à se résigner. Comment ai-je pu faire une chose pareille ? J'ai soudain l'impression de m'écrouler, d'être terrassée par une fatigue qui éclipse angoisse et culpabilité.

Nous poursuivons notre chemin sur le sentier devenu caillouteux. Tantôt il monte, tantôt il descend légèrement, puis devient plat pendant quelques minutes, et tout recommence. La lenteur avec laquelle nous sommes contraints d'avancer est exténuante, à cause de l'obscurité et des cailloux qui nous font trébucher. William ne souffle mot, je l'entends haleter, comment peut-il connaître la direction aussi précisément ? Le bois semble avoir tout englouti, plus rien n'a de sens pour moi. Pourtant, il est sûr de lui, comme si quelqu'un le précédait et l'accompagnait en le tenant par la main.

Soudain, nous débouchons sur le versant du promontoire. Le maquis est maintenant en contrebas. Je parviens à distinguer les cimes des montagnes face à nous et, derrière, la mer éclairée par la lune. Le panorama est si beau que malgré notre soif, notre peur et notre fatigue, nous nous arrêtons quelques secondes, en silence, pour le contempler.

Autour de nous, la nature continue son inlassable labeur.

Je n'ai jamais ressenti de telles émotions.

Je glisse la main sous mon tee-shirt et caresse mon nombril.

J'ai changé. Je suis mince et sèche comme une branche d'olivier pourtant remplie de sève. Ma peau absorbe la pâle lumière lunaire, et la mousse grimpe sur mes jambes. Je me sens légère, avec les ailes d'un hibou, la peau épaisse et résistante d'une bête du maquis.

La métamorphose a eu lieu sur l'île, grâce à elle : je me confonds avec elle, après avoir effleuré une part de moi cachée sous des couches de mensonges et de négation.

La Teresa d'autrefois, indomptable et toujours pressée, qui évite le passé, n'existe plus. Elle s'est dissoute comme l'écume des vagues sur la grève.

Les anciens esprits de l'île m'ont tendu la main et transportée jusqu'ici pour contempler le monde depuis l'obscurité la plus absolue.

La voix de William me distrait de mes pensées : « Nous arriverons bientôt à une clairière, où nous pourrons nous reposer. »

Il me prend la main doucement, les yeux rivés sur la mer scintillante.

« Moi aussi j'ai quelque chose à te raconter, mais attendons d'avoir rejoint la clairière. »

*

Ces nuits ont été révélatrices. Elles m'ont montré un monde caché derrière le monde apparent, m'ont appris à en faire partie sans le craindre. Le mystère est toujours dissimulé derrière d'épais murs de mensonges, univers parallèle où vivent des fantômes et des vérités multiples, des histoires que nous ignorons. Celles-ci poursuivent leur existence invisible, et nous la nôtre. Parfois, il arrive que l'on se croise, et que l'on pénètre soudain dans un nouveau monde, où nous-mêmes occupons une place différente, qu'il faut alors être prêts à accepter.

*

« Pascal est mon frère. »

Je le répète pour en être sûre, peu m'importe qu'on puisse nous entendre.

« Pascal est mon frère. »

Si je le prononce à haute voix, alors c'est bien vrai.

William regarde autour de lui nerveusement, mais il sait qu'il ne peut pas m'arrêter. Il tend le bras, attrape mon coude et y exerce une légère pression. Il me ramène sur terre en me tirant d'un fil invisible qui oscille dans le ciel.

Il hoche la tête dans le clair-obscur argenté de la clairière. Puis il dit : « Louise ne pouvait pas risquer que la valeur des tableaux soit révélée. Voilà pourquoi elle a tué Chloé. Malheureusement, je l'ai compris trop tard. »

C'est comme un déclic. En un instant, tout se met en ordre, quoique dans une confusion désarmante. Autour de moi, le monde me semble normal et différent à la fois, du parfum du bois à la couleur du ciel, jusqu'à moi-même.

L'île se tait. Au-dessus de la petite clairière, le ciel est constellé. Il me semble que les étoiles dodelinent à l'unisson. Je ressens une légère nausée.

William s'assied à mes côtés et observe le ciel à son tour, lorsqu'il sent que tout est calme et tranquille autour de lui.

Il me laisse le temps d'assimiler ce qu'il vient de me révéler, me protégeant sans s'immiscer dans mes sentiments. « Un jour, tu m'as demandé ce que l'on ressent en perdant une personne à laquelle on tient plus que tout au monde. Je t'ai répondu que c'est affreux. Que c'est l'émotion la plus forte que l'on puisse ressentir. » William parle à voix basse, sans faire un geste. Les coudes posés sur les genoux, il reste aux aguets des moindres bruits du maquis. « Ce n'est pas vrai. Je me trompais. Certes, c'est très difficile de se réadapter. En quelques secondes, tout ce que l'on pense et connaît est rasé. Tout se vide de sens, les affections, les amitiés, la routine. Tu dois remplir un sac et jeter quarante ou cinquante années de vie. Tu cesses d'être père, comme dans mon cas, ou mère, fils, fille, sœur, femme… C'est comme de venir au monde une deuxième fois, il faut tout réapprendre de zéro. Tu as une nouvelle place dans l'univers et tu dois savoir comment l'occuper. Pourtant, l'émotion la plus forte au monde, on ne la ressent pas en perdant quelqu'un, mais en trouvant une personne. Même si, dans les deux cas, on doit s'adapter à une nouvelle existence.

— Merci, William. Pour moi, tu es un peu cette personne-là. »

Je devine qu'il sourit.

« Tu as trouvé quelque chose, ici sur l'île. Ce n'était peut-être pas ce à quoi tu t'attendais, et ce sera dur, je le sais, mais… cela en vaut la peine. Je l'ai compris quand je t'ai connue.

— Qu'as-tu compris ?

— Qu'il vaut la peine de changer de place. »

Notre conversation est interrompue par le bruit d'un coup de feu dans le lointain, dont l'écho se perd dans la montagne.

Nous nous jetons un coup d'œil, nous levons et reprenons notre chemin en accélérant le pas.

À quelle distance le coup de feu a-t-il été tiré ? Et surtout par *qui* ?

Nous devons nous éloigner le plus possible d'ici pour aller nous cacher dans les ruines de Caracu. Dans la clairière, il est plus facile d'être vus.

Nous remontons la pente à vive allure en haletant. Des bruits de branches cassées, le ululement d'une chouette, le sifflement d'un rapace, le claquement de nos langues sur nos palais asséchés. L'épuisement est une constante de ce voyage.

Par endroits, des branches épaisses entravent le mince sentier et nous sommes obligés de ramper. Mon sac à dos s'accroche à plusieurs reprises et je dois l'extirper péniblement, au risque de le déchirer.

La lune dans le ciel avance de quelques degrés, elle aussi suit le sentier.

Derrière nous, le maquis semble retombé dans le calme et le silence, mais le coup de feu résonne encore dans nos oreilles, comme un présage trop funeste pour l'ignorer ou ralentir.

Après avoir marché environ une heure, la sensation de fatigue physique prédomine même sur la peur. J'ai le dos en miettes, les jambes gonflées, lourdes, les pieds qui me brûlent en plusieurs endroits, je dois avoir des ampoules énormes qui ont dû éclater pendant le trajet. J'ai terriblement soif, une soif que je n'avais encore jamais éprouvée. Je boirais n'importe quoi, même le sang d'un animal fraîchement égorgé, si seulement j'étais en mesure de me le procurer.

Je pense à l'enfant. A-t-il soif, lui aussi ? Ce n'est qu'un fœtus minuscule, il est impossible qu'il éprouve ces sensations. Pourtant, je le mets à rude épreuve, et lui aussi, en ce moment, doit s'accrocher difficilement à mon ventre. J'espère qu'il ne va pas se décider à me quitter maintenant que je me sens à deux pas du salut.

Lorsque nous entrons à Caracu, la lune est haute dans le ciel, elle diffuse une lumière vigoureuse et claire à laquelle je suis habituée. Les murs grossiers des rares maisons du village dégagent un air puissant et antique dans la nuit. Des pans entiers sont recouverts de lierre, nous ne voyons que des taches noires, les toits écroulés, les fenêtres béantes. On reconnaît une petite arche qui relie une maison à une autre et, un peu plus bas, ce qui devait être une chapelle, dont l'une des façades est entièrement détruite.

Si la réalité ne me faisait pas plus peur que mon imagination en cet instant, je me laisserais conditionner par les ténèbres et le paysage. Caracu ressemble à un lieu peuplé de fantômes endormis, qui pourraient se remettre à vivre d'un moment à l'autre.

Je me souviens de ce que m'avait raconté mon père. Il me semble entendre les hurlements désespérés des derniers habitants du village s'évanouir dans le maquis.

Ni William ni moi n'avons la force de parler. Je me contente de le suivre. Il se coule sous la petite arcade, puis disparaît derrière le squelette d'une porte, dont j'entends le crissement.

Nous nous trouvons dans une vieille maison, inhabitée depuis plus d'un siècle. Le toit et les étages se sont écroulés, laissant un grand trou dans le plafond, par lequel on aperçoit les étoiles. Les planchers ont dû pourrir et tomber. À certains endroits, il est encore possible de s'abriter, je remarque d'ailleurs par terre les signes d'un campement improvisé et les restes d'un feu de camp.

C'est ici qu'ils se cachaient.

William me fait un signe et je m'assieds sur un fin matelas de camping couvert de boue et de terre. J'enlève mon sac à dos et m'enlace les genoux.

William sort une bouteille d'eau de derrière une

grosse pierre. Une apparition. Je soupire de gratitude. Il me semble n'avoir jamais rien goûté de meilleur que cette eau. Elle est revitalisante au point que c'en est douloureux.

Je n'en bois que quelques gorgées et passe la bouteille à William, encore essoufflée.

« Merci. J'ai l'impression de renaître », dis-je en le regardant se désaltérer parmi les ombres de la maison abandonnée.

Mais William se raidit soudain et me fait signe de me taire avec sa main. Il reste avec la bouteille suspendue à quelques centimètres de ses lèvres serrées.

On entend en effet comme un bruissement lent, accompagné de branches cassées. Des pas. Quelqu'un s'approche, peut-être juste de l'autre côté du mur.

Nous ne disons mot. Les battements de mon cœur s'accélèrent brusquement.

L'inconnu marche à quelques centimètres de nous, le plus discrètement possible. Nous sommes immobiles, impossible qu'il nous voie, à moins qu'il n'entre par la porte.

William est debout dans la même position, silencieux et figé.

Je retiens mon souffle le plus longtemps possible, puis expire tout doucement par les narines.

Les pas continuent avec une lenteur exaspérante derrière la maison, nous les entendons franchir le mur et passer sous l'arcade.

Quelques secondes après, une ombre s'avance dans l'entrée. La lumière de la lune nous aide à voir sans être vus, puisque nous sommes dans la partie la plus sombre de la maison. Je ne peux identifier l'intrus, mais un détail est reconnaissable : il a un fusil accroché dans le dos.

William et moi remarquons l'arme et échangeons un regard terrifié. Une chose est certaine : si c'était mon père, il saurait où nous nous cachons et nous aurait déjà rejoints.

Il ne reste pas beaucoup de solutions.

Louise est venue mettre un terme à son plan.

Un élancement soudain au ventre manque de me faire hurler. Je parviens à réprimer mon cri en plaquant la main sur ma bouche.

William se tourne vers moi, épouvanté.

Soudain en sueur, je me plie en deux pour calmer la douleur.

Louise a dû m'entendre quand même : elle n'avance plus.

Je vois William se pencher lentement en pliant les genoux et attraper une pierre à quelques centimètres de ses chaussures.

La douleur m'a aveuglée, j'essaie d'intercepter son regard pour le convaincre de s'arrêter, quoi que soit ce qu'il a en tête.

Mais il lève le bras et lance la pierre par-delà la porte.

Comme prévu, les pas de Louise – c'est elle, ce ne peut être qu'elle – se dirigent vers le bruit, s'éloignant un peu de l'entrée.

Une seconde avant de sauter sur le seuil, William se penche vers moi et chuchote : « Sauve-toi ! » Avant que je n'aie eu le temps de répondre, il s'est déjà échappé hors de la maison et court dans la direction opposée à celle de Louise, afin qu'elle le suive.

J'entends leurs pas s'éloigner et leurs respirations entrecoupées. Puis les bruits deviennent moins nets et je reste seule.

La douleur au ventre commence à diminuer, me laissant sans force. Des bouffées de pure terreur viennent la remplacer.

Je ne peux pas laisser William comme ça dehors.

Je me lève, encore chancelante, faible, avec la tête qui tourne et la nausée. Mon enfant est-il en train de m'abandonner ? Est-ce juste l'effort, ou la peur ?

Je sors de la maison abandonnée et regarde autour de moi dans la nuit. Je n'entends plus rien, alors j'avance de quelques pas, jusqu'à ce qu'un fracas tout proche m'explose aux oreilles. J'inspire tout l'air possible puis me mets à courir en direction du coup de feu. Je ne peux imaginer l'éventualité qu'il soit arrivé quelque chose à William. Je me répète qu'il n'est pas trop tard, non, qu'il n'est pas trop tard.

Lorsque je les vois enfin, Louise est de dos et vise William avec le fusil. Il est étendu à terre et la regarde en haletant. D'un bras, il essaie de se protéger le visage, comme si cela pouvait être utile contre le projectile prêt à partir.

Instinctivement, je ramasse une branche et m'approche le plus silencieusement possible, mais William me voit et ses yeux déjà énormes s'élargissent encore plus.

« Si tu me tues, tu ne feras qu'aggraver ta situation, tu es finie, maintenant, tout le monde sait que tu es ici, j'ai donné l'alerte en bas au village. »

La tentative de William est désespérée et n'a aucun effet. Je ne peux pas voir l'expression de ma tante, mais elle attend un moment avant de répondre, durant lequel son corps tressaute brièvement.

« Je ne te crois pas. Tu es désespéré, tu vas mourir… Prie, maintenant, repens-toi, ne gaspille pas tes dernières forces. »

Encore deux pas, je me sens légère comme un papillon. Je me concentre sur la nuque de Louise, à quelques pas de moi.

« Je dis la vérité, tu es finie, tout le monde sait, la valeur des tableaux, le meurtre de Chloé Cipriani… Même si tu me tues, tu es une femme finie !

— Tu me fais pitié, tu as voulu venir jusqu'ici, je t'avais dit de ne pas t'en mêler. Ce n'est pas un endroit pour les étrangers. Et tout ça pour aider la fille de Timéo, quel dommage. Dès que j'en aurai fini avec toi, je m'occuperai d'elle…

— Comment peux-tu faire une chose pareille à ta nièce ?

— Nièce ? Quelle nièce ? »

Louise a un petit ricanement triste, puis elle soupire. Je gagne du terrain, je ne suis plus qu'à deux mètres, le moindre bruit pourrait me trahir.

« Pour être ma nièce, elle devrait déjà être la fille de mon frère, et moi je n'ai pas de frère, je n'ai qu'un caprice de la nature qui a créé un autre monstre, comme lui… »

William essaie de gagner du temps. « N'importe qui comprendra que c'est toi qui as tué Alda. C'est toi qui l'as assassinée, puis tu as prévenu Timéo Casalta pour qu'il arrive sur le lieu du crime et soit inculpé. Il y a un message sur le répondeur téléphonique qui le prouve. Comment as-tu pu faire croire à sa fille qu'il la cherchait pour la tuer ? »

Je soulève la branche au-dessus de ma tête, avec délicatesse. Je concentre toute mon énergie dans mes bras, je me prépare à asséner mon coup, lorsqu'un élancement soudain dans le ventre m'atteint comme une lame qui me transperce les viscères.

Un gémissement insignifiant suffit à tout gâcher.

Le coup de crosse est certainement destiné à mon bas-ventre, mais mon corps défend mon enfant instinctivement, et c'est ma hanche qui encaisse le coup.

Mon os se brise comme une assiette de céramique. Je me mets à crier, mais en vain, personne ne peut m'entendre. Notre accrochage donne le temps à William de se lever et de se ruer sur Louise, mais, juste avant qu'il ne l'atteigne, elle a déjà collé le fusil contre ma tempe.

C'est à cet instant précis, au contact du métal froid, que je me souviens de mon père qui me raconte ce qu'il reste d'un homme quand on lui tire dans la tête.

« Pas un geste, ou je la tue. »

Ma dernière pensée est pour mon enfant qui va se retrouver piégé dans un corps sans vie, qui cessera de le nourrir, l'étouffera de son poids et deviendra son cercueil.

Il est trop petit pour être sauvé, et même si les

secours arrivaient immédiatement, il n'est pas encore prêt pour le monde.

Ma seconde pensée est pour toi, quand tu découvriras que je suis morte, et qu'on te dira que je n'étais pas seule. Pourras-tu jamais me pardonner ? Tu resteras sans réponse, assailli par les doutes. Les questions que tu voudrais poser arriveront jusque dans le maquis et erreront entre les ruines de Caracu, sans jamais trouver de réponse.

Mais j'ai une certitude, et j'espère qu'elle te parviendra où que tu sois en ce moment.

Cet enfant est tenace et délicat comme notre amour, et jamais je ne m'en serais séparée parce que je crois encore en notre histoire.

Puis j'entends une explosion, qui m'entraîne avec elle dans un lieu où la douleur n'existe pas.

Mais le hurlement qui me perce les tympans n'est ni le mien ni celui de William. Et le corps qui tombe à terre et se tord dans une flaque de sang n'est pas le mien non plus. C'est celui de Louise, qui souffle :

« Sois maudit, Timéo, pour ce que tu as fait à mon père et à notre famille. »

Mon père est une silhouette sombre qui se détache contre le disque plat de la lune.

Autour de lui, les étoiles brillent, et une mince colonne de fumée sort du fusil qu'il empoigne.

Louise se tient le genou de ses mains qui se poissent de sang. Ses cris se propagent dans le maquis.

« Tu as tué mon père ! C'est ta faute s'il s'est suicidé ! Tu le savais, que tu n'étais pas son fils ! Tu savais tout, mais tu as voulu lui donner double peine… En plus de la honte, l'horreur d'un fils qui crée un monstre !

— Non, Louise, dit mon père. Je pensais que tu étais ma sœur, et non pas Marie, et je l'ai cru pendant longtemps. Mais je me trompais.

— Moi, ta sœur ? » Louise pousse un cri inhumain vers le ciel. « Je ne suis pas ta sœur ! » Elle crache en direction de mon père. « Ta famille et toi, vous êtes des monstres ! Vous ne méritez rien, ni argent, ni la vie ! »

Mon père lève le fusil de quelques centimètres et la vise.

« Ne traite plus jamais Pascal de monstre, tu as compris ? Plus jamais, Louise, ou je te jure que la prochaine fois je n'épargnerai pas ta vie. »

Je sens qu'on effleure ma main.

Je me souviens seulement à présent que William est à côté de moi et me regarde avec une expression bouleversée, rouge de peur, les yeux brillants.

Le voilà enfin, envoyé par l'île pour me défendre.

Maintenant je le reconnais, le pirate, le seul homme capable de me protéger, même dans les eaux noires qui enserrent la barque à rames.

« Papa… » Ma voix tremble, je n'arrive pas à continuer. Comment ai-je pu le viser avec un fusil ? « Je suis désolée… »

Mais les mots s'étranglent dans ma gorge et me piquent les yeux.

« Tout va bien, ma petite, ne t'agite pas… »

Je voudrais me lever et l'embrasser, mais je sens la main de William serrer la mienne plus fort.

Les gémissements de Louise ont diminué d'intensité. On dirait presque qu'elle pleure.

Mon père a hissé le fusil sur son épaule et vient dans ma direction. Je lui tends les bras, je voudrais qu'il me soulève et me ramène à la maison, comme une petite fille.

William fixe quelque chose dans le vide, que je n'arrive pas à voir, et hoche la tête tout doucement, comme s'il acquiesçait à quelqu'un. Il a les yeux emplis de larmes. Un sourire ému s'est dessiné sur son visage.

Il fait encore nuit noire, et l'île brille sous les étoiles. J'ai l'impression de pouvoir entendre le bruit de la mer, mais ce n'est peut-être que le *libeccio* qui a repris son chant silencieux.

Le parfum d'eucalyptus et de nature vivante revient, un parfum de terre et d'eau, un chant dans les feuilles, des chuintements d'insectes.

Je suis prête à me réconcilier avec l'île, avec mon passé et ma famille. À présent, le maquis coule en moi, je suis en paix. Dans les hauteurs, je peux voir le firmament que j'ai cherché avec tant de détermination.

Puis, c'est comme si on me glissait une aiguille à tricoter juste sous le nombril, tout doucement, en jouissant millimètre par millimètre, à chaque instant, de ma douleur.

William s'aperçoit rapidement de mon malaise et se met à crier mon nom.

Je vois mon père accélérer le pas dans ma direction.

Je sens son odeur toute proche, son corps qui me soutient, tandis que tout autour de moi devient liquide et confus. Une seule pensée persiste dans ce brouillard.

Je t'en prie, ne t'en va pas maintenant.

Épilogue

Les invités arriveront dans quelques heures et il y a encore beaucoup à faire.

Je dois accrocher plusieurs tableaux.

Placer les légendes avec les titres.

Retirer chez l'imprimeur les panneaux d'explications, avant de les accrocher aussi.

Ilia, avec sa dextérité joyeuse, m'a donné un coup de main. Si elle n'avait pas été là…

Par moments, je me surprends à l'observer. Elle me fascine.

Il ne reste que quelques heures avant le vernissage de l'exposition, mais au lieu de m'activer, je demeure figé à la fenêtre de ma nouvelle maison, face à la mer.

Je suis resté à t'attendre, Sofia, nuit après nuit, alors que je vieillissais et que tu restais toujours jeune et parfaite. Je me suis senti coupable durant toutes ces années, de n'avoir pas été capable d'affronter ni ta naissance ni ta mort.

Je suis resté à attendre ton pardon, alors que le temps ne passait plus pour toi, et que ma vie se consumait à chaque seconde.

En réalité, je n'avais pas compris que tu m'avais déjà accordé ton pardon, et que j'étais le seul à ne pas m'être encore pardonné.

À présent, je savoure enfin le temps qui me reste, car ce ne seront ni tes visites nocturnes, ni ton éternelle jeunesse qui m'empêcheront de vieillir et de mourir.

J'ai compris tout cela hier, comme si un éclair m'avait traversé l'esprit, en regardant le crépuscule sauvage de Bastia disparaître dans la mer pour laisser place à la nuit, enveloppé du parfum d'une femme à côté de moi, qui n'était plus le tien.

*

Des mèches de cheveux claquent sur mon visage. J'aime ce vent.

L'air est frais et je devrais rentrer dans la cabine, mais je préfère rester sur le pont encore quelques minutes.

Je veux lui dire au revoir et profiter d'elle encore un peu tandis que je m'en vais.

Le soleil intense me brûle, ses rayons traversent la brise qui souffle dans tous les sens, sur le bateau, sur la mer, sur mes joues.

Le port de Bastia s'éloigne, je reconnais la vieille ville, la cathédrale, la place Saint-Nicolas puis le maquis, les montagnes, les rochers, la mer.

Je prends congé de tout cela avec dévotion.

Quelque chose de moi est resté là-bas, je le sais maintenant.

Tu sors en poussant la lourde porte qui donne sur le pont.

C'est banal, je le sais, mais dès que je te vois, je me dis que tu es magnifique, et que dans ton regard se reflète la meilleure part de moi.

« Teresa, tu n'as pas froid, ici ? »

Tu t'assieds à côté de moi et enlaces mes épaules. T'avoir à nouveau près de moi vaut mieux que n'importe quelle autre sensation au monde.

« J'ai été enfermée à l'hôpital trop longtemps, le vent me fait du bien. »

Je me mords les lèvres et entrelace mes doigts aux tiens.

Je continue de regarder la mer et l'île, et le point où elles se séparent pour devenir deux natures distinctes.

Je suis une personne différente.

Tout est rentré dans l'ordre.

La maison en héritage est restée à ceux à qui elle appartenait déjà, à Pascal, mon frère, à qui je dois tant. Les quatre murs que je cherchais, je les achèterai bientôt avec l'argent de ma « Grande Occasion », que j'ai saisie et qui me mènera loin.

Alors que je regarde l'île disparaître, mes pensées vont à Louise. Je ne lui garde pas rancune. C'est étrange, mais je n'ai plus de place pour ces sentiments. Ma tante est une pauvre femme détruite par le chagrin. J'espère que de la cellule où elle est enfermée, elle peut au moins voir la mer.

Les habitants de Luri auront de quoi parler pendant les prochaines années.

Mon père et moi nous sommes regardés longuement sans nous dire un mot. Je n'oublierai jamais son odeur dans la nuit du maquis ni comment il m'a sauvée. Je n'ai pas eu peur. Avec lui, je n'ai jamais eu peur. Nous nous reverrons, j'en suis sûre. Lui aussi commence une nouvelle vie, avec Marilou, même s'il ne quittera pas l'île.

Toi aussi, bientôt, tu vas devenir le père d'une petite fille.

J'aurais beaucoup de questions à te poser, mais pour une fois je préfère ne rien te dire, parce que tout ira bien si tu restes tel que tu es, tu seras parfait. Nous serons parfaits.

La Corse est désormais une silhouette rocheuse qui s'éloigne rapidement du bateau en route vers le continent.

Voilà le cap Corse, je parviens à voir des villas isolées et un village qui pourrait être Luri, mais je n'en suis pas certaine, je ne reconnais plus rien, comme si j'avais fait table rase de ce qui s'est passé, et que les lieux où j'avais été piégée n'eussent jamais existé.

Une étincelle m'éblouit pendant un instant.

D'où vient-elle ? Peut-être de cette maison ? Ou du maquis ?

En voici une autre, une seconde après.

« Toi aussi, tu as vu ? »

Mais tu regardes déjà ailleurs et ne t'es rendu compte de rien.

Une lueur, un appel, peut-être un signal, un au revoir, que je ne peux t'expliquer.

Quelque chose me dit que l'île m'attend et qu'elle m'attendra toujours.

Parce que mes origines et mon destin sont cachés dans ses entrailles.

PAPIER À BASE DE
FIBRES CERTIFIÉES

Le Livre de Poche s'engage pour
l'environnement en réduisant
l'empreinte carbone de ses livres.
Celle de cet exemplaire est de :
250 g éq. CO_2
Rendez-vous sur
www.livredepoche-durable.fr

Composition réalisée par Soft Office

Achevé d'imprimer en France par
CPI BRODARD & TAUPIN (72200 La Flèche)
en novembre 2021
N° d'impression : 3045223
Dépôt légal 1re publication : novembre 2021
LIBRAIRIE GÉNÉRALE FRANÇAISE
21, rue du Montparnasse – 75298 Paris Cedex 06

88/3347/7